克隆迷城

CLONE CITY

何涛 著

克隆迷城

CLONE CITY

何涛 著

人民文学出版社

图书在版编目（CIP）数据

克隆迷城 / 何涛著 . —北京：人民文学出版社，2021
ISBN 978-7-02-017068-5

Ⅰ. ①克… Ⅱ. ①何… Ⅲ. ①幻想小说—中国—当代 Ⅳ. ① I247.5

中国版本图书馆 CIP 数据核字（2021）第 053662 号

责任编辑 常雪莲 陈 悦
装帧设计 刘 远
责任印制 王重艺

出版发行 人民文学出版社
社 址 北京市朝内大街 166 号
邮政编码 100705

印 刷 三河市宏盛印务有限公司
经 销 全国新华书店等

字 数 260 千字
开 本 880 毫米 ×1230 毫米 1/32
印 张 11.5 插页 3
印 数 1-5000
版 次 2021 年 8 月北京第 1 版
印 次 2021 年 8 月第 1 次印刷

书 号 978-7-02-017068-5
定 价 45.00 元

目　录

序 章

刺目的高能光束擦过唐风肩头，身后的队友惨叫一声栽倒在地上。空气中弥漫着浓浓的焦臭，唐风没有回头去看，头盔内亮绿色的生命监护图隐隐闪烁，其中一小块变得黯淡无光，他明白，又一名队友牺牲了。

这伙叛乱分子暴烈顽强，他们不知从哪里搞来了护甲和重武器，还有一台破旧的猎杀者Ⅱ型步行战车助阵。因此，战斗异常激烈。

唐风闪身从立柱后掠出，举起执法手枪，接连射出三发穿甲高爆弹。那台猎杀者的中控室被弹丸钻出了三个大洞，然后接连几声沉闷的爆响，中控室被气浪整个掀开。猎杀者浑身火花四溅，痉挛片刻，缓缓垂下双臂，就此僵立不动。透过前装甲上犬牙交错的洞口，依稀能看到一具焦黑的残躯。因为害怕警方使用电磁屏蔽，叛乱分子改装了猎杀者，把遥控战车改成了手动操控。

猎杀者设计时就没有考虑过载人，钻进那玩意里肯定很不舒服。唐风的目光在中控室内那具尸体上略作停留，随即掉转枪口，用高爆弹打断了旁边一名叛乱分子的右臂。

那名叛乱分子栽倒在地，抱住断肢不住哀嚎。与此同时，急促的警报声从头盔内传出，有人在瞄准他，而且不止一个。唐风就地滑步侧翻，躲到那张倒塌了半边的吧台后。十余发动能弹呼啸而过，一道蓝白相间的高能光束在他先前借以藏身的金属墙壁上熔出了一条深深的焦痕。几枚针刺杀伤弹凌空爆开，无数细如毫发的开花钢针四面八方迸射，密集如雨。陈列在酒柜上的酒瓶噼噼啪啪地爆裂开来，酒浆和玻璃碎片四处飞溅。

对方火力异常密集。情报有误，这家夜店里至少有三十多名叛乱分子，并非预计的十三个人，而且执有能量武器，装备相当精良。已经有两名见习警员战死，撤退等待增援或许才是最佳选择，但那不是唐风的作风。

唐风唤出装备界面，迅速浏览了一遍：备用弹夹三个、电磁脉冲手雷一枚、凝胶泡沫手雷两枚、网绳发射器一具、短刀一把、急救包一个。用这些装备来对付眼前的敌人显然不够理想，队员们以为这伙叛乱分子和以前一样可以轻松解决，大都选择了轻装上阵，可供利用的武器并不多。

增援队伍赶到至少需要八分钟，对方有足够的时间从容撤离，唐风等不了那么久。唐风调出现场界面，再次确认叛乱分子的位置，随即轻声给执法手枪下达了指令："三发震撼弹，二十发穿甲高爆弹，最快射速。"

枪管侧面的显示屏微微闪动，按着唐风的吩咐重新排列了弹序。唐风调暗面罩，举起拳头，向余下的三名队友做个原地待命的手势，然后腾身跃起。枪声震耳，叛乱分子同时举枪对准他开火。唐风伸展肢体，任道道流光擦身而过，在空中接连射出了三发震撼弹。

白光闪亮，沉雷一般的巨响透骨而入。头盔未能完全阻断声波，唐风还是感到了一股轻微的眩晕，落地时险些摔倒。视野中的七名叛乱分子丢掉武器，抱住脑袋滚倒在地。这些家伙也戴着防护头盔，最多五六秒钟后就会恢复视力和平衡，唐风毫不犹豫，飞步穿过舞池，冲进了叛乱分子的防线。

十余名叛乱分子从各自的藏身点探出脑袋，颤抖着举起武器，企图锁定唐风的身影。这些人躲过了刺眼的白光，但极具穿透性的声波还是影响到了前庭神经，因此他们的动作显得迟缓呆滞。

唐风没有放慢脚步，同时旋身甩臂，压下扳机，用令人目眩的速度将弹夹里的二十发高爆弹全部倾泻而出。弹幕呈扇状挥洒开来，仿佛死神的巨镰在空中挥过，每一名叛乱分子脑袋上都爆出了一团血雾，仰天重重摔倒。

在短短的两秒钟内将十几名分据不同方向的敌人全部撂倒，对于大多数执法战警来说，这几乎是一件不可能的事，即使有头盔内置芯片的辅助计算，再加上执法手枪的弹道修正也不可能，但是唐风做到了。

眼力精准、反应敏捷、协调性完美无瑕、再加上精准到极致的判断力，即使是人工智能的战斗预判模组演算也不可能比唐风做得更好。有时候，唐风感觉自己就是一名天生的战士。

之前被震撼弹击倒的几名叛乱分子似乎恢复了视力，挣扎着去抓自己的武器。唐风把执法手枪切换为麻痹弹头，在每人肩上补了一枪。叛乱分子们浑身颤抖，再次扑倒在地上，呻吟不绝。

前后不过几秒钟，敌人就全部倒下，真是完美。

唐风收起执法手枪，招呼队友过来打扫战场，监视俘虏。完事了，三十一名叛乱分子，击毙二十三人，俘虏七人……哦，不对，俘虏八人，还有那个被打断右臂的家伙。

那是一名花白头发的中年人，正靠坐在那台已经报废的猎杀者战车旁，用满怀仇恨的眼光瞪着唐风。鲜血从断肢中不绝涌出，在身下汇成了一汪血泉，但他毫不理会。

唐风犹豫片刻，取出急救包里的止血凝胶和创伤胶带，踩着吱吱作响的碎玻璃走到那名叛乱分子面前，“你的伤口需要包扎。”

“呸！”叛乱分子吐出一口带血的痰液，但气力不足，只落在了唐风脚下。之后他又抬起头恨恨地瞪着唐风的面罩，“刽子手！走狗！议会的爪牙！狗屁执法战警！你们全是该死的走狗！”

这人的满腔仇恨到底来自何处？唐风盯着对方被怒火烧红的双眼，隐隐感觉有点好奇。没有都市议会的领导，人类文明或许早就灭亡了，根本不可能延续到今天。叛乱分子都是无政府主义者，反对一切统治和权威，他们到处散布谣言，制造暴力恐怖事件，不得不说，监狱才是这种人最好的归宿。

寻思片刻，唐风打消掉和对方辩论的念头，冷冷地说：“我们是什么人轮不到你来评判，先让我帮你处理一下伤口，不然你就会死。”

“你想让我死在监狱里，对吗？”叛乱分子低头看看断臂，咧开嘴呵呵大笑，“别他妈做梦了！老子才不会像一条野狗那样无声无息地在监狱里腐烂掉，为自由而死，这是我的荣幸！”

叛乱分子的嘴巴越咧越宽，几乎扯到了耳根，他的鼻梁和眼窝则迅速塌陷下去，表情变得极为诡异。连绵不断的咻咻声从他口腔深处响起，但那不是笑声，任何人的声带都不可能发出那种声音。

头盔内突然亮起了代表极度危险的红灯，在视野中疯狂闪烁。唐风微微一愣，立即伸手抓起被叛乱分子丢在脚下的那柄激光步枪，纵身向后退去，同时高叫道：“大家撤退，快撤退！”

一名见习警员回过身来，疑惑地说：“怎么了？我已经仔细扫描过了这家夜总会，没有发现爆炸物。”

“这人藏着吞噬生化胶囊，带上队友的遗体，撤出去！”唐风扳住身边那名队员的肩膀，把对方推向房门。队员们面色大变，不敢再行逗留，迅速撤出了夜店大门。

奔到门外，唐风回过头匆匆一瞥，那名叛乱分子胸腔以上的部分已经完全消失，一股淡绿色烟雾以他的身体为圆心向四周不住扩散，被烟雾接触到的物体，无论是死尸、活人、枪械以及亚克力桌椅，都迅速蒙上了一层深褐色的锈斑。

吞噬生化胶囊内藏自噬型芽孢杆菌，属于生物武器，平时需要低温冷藏，接触常温后菌株就会迅速激活增殖，释放出高烈度分解酵素，把接触到的所有物体统统分解。封装冷藏胶囊可以做得非常小，能装进弹头里用武器发射，也可以埋在皮下，极易携带。这名叛乱分子一定是预先把胶囊藏在口腔里，感觉逃生无望，就用牙齿咬破了胶囊。

呻吟声逐渐消失，被烟雾接触到的物体迅速坍塌变形，最终化作一摊摊黏黏稠稠的液体，连那几名被麻痹弹击倒的叛乱分子也不例外。

这玩意的分解范围不知有多大，搞不好会把楼层融穿。唐风转身指指两名队友：“廉尼，安，你们两个去楼下，疏散市民，注意不要引起骚乱。”

两名队友答应一声，快步奔向电梯间。唐风又回过身，闷闷不乐地盯着那团仍在持续扩散的绿雾。两名队友阵亡，俘虏一个也没能抓到，对方的尸体和武器也全被分解，要不是他眼疾手快抢出了一柄激光步枪，恐怕连一点能拿得出手的证据也不会留下。

也许是分解酵素太过猛烈，连分泌酵素的变异菌株也被吞噬，绿雾只扩散到房门边缘就渐渐消散，整家夜店变得空空荡荡，坑坑洼洼的地板上只留下了一摊摊黏液，以及令人欲呕的恶臭。

莎拉一定会很生气，唐风闷闷不乐地想。

第一章　界墙之内

“你太鲁莽了！唐风。”莎拉那双蓝色的大眼睛像是变成了两颗冷冰冰的玻璃球，严厉地盯着唐风。无形的寒气悄然扩散，办公室内的温度似乎也在急剧下降。

唐风满心的不服气，稍稍低下脑袋，硬邦邦地说：“我很抱歉。”

“看着我的眼睛，唐风。”莎拉原本低沉的嗓音骤然提高了几十分贝，变得尖厉刺耳，“你一点也不为此感到抱歉，你认为自己干得很不错，而我只不过是鸡蛋里面挑骨头，对吗？”

唐风抬起头，目光却越过莎拉的肩膀，看向办公桌后方那幅油画。那是一幅宏大壮丽的图画，几乎占据了整面墙壁，中央是身披圣光的耶稣基督，圣母、天使、亡魂以及各色人等分据上下四方。初看时有些杂乱，仔细看去，整幅图却又显得和谐统一。唐风知道这幅油画名为《最后的审判》，作者是一位叫做米开朗琪罗的古人。当然，挂在莎拉办公室里这幅其实是出自绘图机器人之手，保留原作的西斯廷大教堂早在数百年前就已毁于战火了。

这幅名为最后审判的油画和整间办公室的气氛很不协调，唐风不明白莎拉为什么喜欢这幅画。审判？审判什么？就因为她是执法战警第七行动处处长，要代表都市议会和大法官审判世人的罪孽？想到这里，唐风嘴角不由浮出了一抹略带讥讽的微笑。

“你笑什么?”莎拉皱起双眉，瞪着这位桀骜不驯的下属。意识到自己走了神，唐风连忙隐去笑容，做出一副恭聆教诲的神态。

莎拉满怀狐疑地看着唐风的眼睛。沉默一会，她又恢复了之前低沉的语气，“你一个人就干掉了近二十名叛乱分子，如果不是最后那名叛乱分子嘴里还藏着吞噬生化胶囊，你还能带回来八名俘虏。无论是总局还是分局，我相信没有人比你做得更好。”

先褒后贬，老套路而已，唐风不以为然地耸了耸肩。果然，莎拉话风一转，“但是，明知对方拥有强大火力，你还要冒险冲上去，这种行为简直就是赌博，而且是用你自己和队友们的生命做赌注。”

“我明白。”唐风不满地仰起下巴，反驳道，“可是情报有误，对方早有防备，我们刚进去就遭到对方密集火力的围攻，而且增援队伍需要将近十分钟才能赶到，如果不及时行动，这伙叛乱分子就会逃之夭夭。”

莎拉再次皱起双眉，起身绕过办公桌，站到唐风面前，“希望你记得，我们损失了两名极有潜质的见习警员，每个人的生命都是宝贵的，我不希望失去任何一位战警，包括你在内。”

两人面面相对，莎拉至少比唐风矮十余厘米，光洁的额头几乎触到了他的鼻梁。但唐风完全感觉不到身高上的优势，反而觉得有座峭拔冷峻的冰山耸立在自己面前。

若有若无的幽香直往鼻管袭来。高高挑起的眉峰，挺直的鼻梁配上那冰蓝色的双眸，柔媚和强悍奇妙地融合在这位女子身上，就像那幅《最终审判》一样毫无违和之感。唐风忽然觉得有点慌乱，不由自主地退开一步，原本已组织好的言词也咽了回去。

平心而论，两位队友的死只能归咎于情报有误，而且，为捍卫法纪英勇战死是至高无上的荣誉，既然加入了执法战警，就要有随时牺牲的觉悟。可是莎拉的话好像也有点道理，毕竟，生命只有一次。

莎拉又盯着唐风看了几秒钟，似乎觉察到他的态度有所软化，又放缓语气，低声道:“你去吧，看下分检科的报告，查出武器的来源。”

唐风闷闷不乐地行过礼，转身离开了莎拉的办公室。

“分检科。”唐风跨进电梯轿厢，说出了自己的目的地。电梯门无声合拢，随即开始轻盈地向上爬升。

分检科在第七十三层，与第七行动处足足隔着几十层楼，原本唐风不必亲自赶过去，只需坐在办公室里敲几下办公桌，输入想要的资料，中央电脑就会自动把报告发送过来。但唐风想再看一看那把激光步枪，那些叛乱分子怎么会拥有威力不凡的能量武器？唐风对此很感好奇。

电梯内壁正在播放广告，一位身材妙曼、衣着极为暴露的金发女郎手里拿着一罐小巧的喷雾在面前晃动，似乎是某种护肤品。该死的广告商无孔不入，居然连警局也不放过。唐风没有留意女郎在推销什么玩意，他的注意力被广告背景吸引住了，丽日蓝天，还有高耸入云的界墙。

叛乱分子不具备制造大威力杀伤性武器的条件，在都市内更不可能拥有军火工厂，难道他们的武器来自都市界墙之外？

据说有些被称为流浪者的野蛮人生活在超级都市外的荒野中，依靠变异地鼠和各种爬虫果腹，由于长期接触放射性物质和变种基因，那些野人已经变得不再像人类了。除了野蛮人，界墙之外还有什么？长大成人之后，唐风几乎每天都会想到这些问题，但是没有人能给他答案。

据唐风所知，除了奉命外出的采矿队，没有人踏出过界墙。

界墙外的大地一片荒芜，界墙内才是人类的家园。

在遥远的过去，地球上爆发过一场史无前例的大战，战争的一方是人类，另一方则是人类亲手制造出来的智能机器人。

钢筋铁骨的智能机器人不需要食物，不需要饮水，甚至不需要呼吸空气，因此，它们肆无忌惮地使用各种大规模杀伤性武器向人类发起猛攻。生化制剂污染了水源，核火焰在各大城市上空冉冉升起，无影无形的基因病毒在每一个居民点四处蔓延，战争覆盖了地球上每一个角落。

人类奋起反击。经过数十年的艰苦抗战，最终，发起战争的机器人被全部消灭，而人类世界也损失惨重，地球则完全改变了模样。这场几乎毁灭整个地球的战争被幸存者们称为——末世之战。

核辐射和生物病毒彻底摧毁了地球的生态环境，地面上长不出庄稼，动物销声匿迹，地表绝大部分区域都不再适合人类居住，在战争中侥幸生还的人们只能躲进有限的几个居民点里苟延残喘。

生命体自会找到出路，人类也是如此。在天降伟人维兰德的引领下，人们重建家园，努力改善生存环境。经过长达数十年的艰辛劳作，这些居民点最终拓展为一个前所未有的大都会——超级都市，唐风就生活在超级都市之中。

唐风不清楚超级都市的规模到底有多大，他只知道这座大都市里拥有三亿八千万居民。

将近四亿名人类生活在地球上，似乎恢复往昔的繁荣已经指日可待。但唐风明白，这个数字还不到人类文明鼎盛时期的三十分之一。环卫署至今还没能找出清理放射性污染及基因污染的有效方案，这三亿八千万人已经接近了超级都市能够承载的极限。就是这个原因，都市议会才会颁布人口限制法案，未经法律许可是不允许怀孕生子的，否则将受到严厉制裁。

超级都市的最高权力机构是市法院、公司联盟以及由十二名议员组成的都市议会。法院负责起草法案，审理案件；公司联盟负责财政；而都市议会则负责打理都市各项事务，唐风所在的执法战警队伍就直属市议会管辖。

都市议会统治着这座都市，统治着历尽劫波的人类世界。

唐风从来没出过界墙，他只向界墙外眺望过一次，还是在受命追剿一伙叛乱分子的时候。只有在特殊情况下，唐风才有权登上界墙。他的工作在都市之内，他是一员执法战警，接受过基因增强的特级执法战警，编号 X9156。

在平时，唐风最多也就是在不当值的时候，开着自己的悬浮机车来到界墙下逗留一会。当然不能停留太久，不然巡逻队就会过来问东问西，还会被查询证件。

如果被扫描仪登记上姓名，就会作为违规行为记录在案，也许不会影响到升职，但莎拉肯定会为此大发雷霆。唐风并不畏惧莎拉，可他不太擅长跟女性上司打交道，因此，这种麻烦还是少惹为妙。

有时唐风会禁不住想：换个都市卫队的工作似乎也不坏，至少每天都能看到界墙外广阔的世界。不过，在蓝龙酒吧结识卢之后，这个想法就被打消了。都市卫队入队审核极其苛刻，其检查项目甚至包括申请人的基因谱系，就算通过全部体能测试，只要申请人体内拥有潜在的犯罪基因，照样会被拒之门外。况且唐风已经宣誓加入执法战警，除非身受重伤、战死、退休或是被开除出队，不然他是没法换工作的。

卢是都市守卫队的上尉军官，负责守卫界墙的西北区，那儿有一道“地狱之门”。有人说地狱之门特地用来流放罪无可赦但又不足以处以极刑的重刑犯，实际上并不是那么回事，那扇门从未开启过，它就是一个备用出口而已。卢经常喋喋不休地对唐风抱怨，他的工作无非是乘电梯登上界墙顶端或是界墙中部，再不然就是在“地狱之门”附近晃悠，检查有无叛乱分子试图翻越界墙。日复一日，天天如此，简直无聊到了极点。

“我的人生就局限在这上下左右的区区六百平米之内了。”每一次，卢都会用这句话来做总结，唐风则总是用一些无伤大雅的玩笑来作为安慰。

他们俩交谊匪浅，可以说是无话不谈，隔三岔五就要约上几个队友去酒吧畅饮一番，用富含刺激性的饮品来冲刷掉积攒了一整天的疲惫。唐风也曾想过利用卢的关系登上界墙游览，但他又不愿给朋友带来麻烦，最终还是放弃了这个念头。

也许这辈子唐风都无法踏出界墙。

第二章　来路不明

走进分检科大门，唐风顺利地找到了分析员莫妮卡。那位身材苗条的黑皮肤姑娘正坐在一张检验台后面，专注地看着浮在检验台上方的立体全息图。那是一把步枪的三维结构分析图，看形状正是唐风缴获的那柄激光步枪。

“莫妮卡，有什么发现?”唐风向别的分析员点头致意，径自走到了莫妮卡身边。

莫妮卡回过身来，推推鼻梁上的无框眼镜，回应道:“很奇怪，我从没见过这种激光步枪。”

“哪里奇怪?”

“没有生产编码，而且……”莫妮卡随手放大三维结构图，指着枪身上的一个构件说,“看这里，发现什么异常了吗?”

唐风在黑皮肤姑娘那双黑白分明的大眼睛里捕捉到了一丝疑虑，这是他之前从未见到过的。唐风凑过去认真地看了看浮在空中的立体投影，然后摇着头说:“抱歉，我看不出什么。”

“好吧，我忘了你的本职工作不是这个。”莫妮卡耸耸肩，再次把结构图放大，指着图中某个长方形的构件说,“这种能量夹很古老，与当今所有单兵能量武器都不匹配，我和资料库中的枪型做过比对，却找不到与其类似的。而且，枪体不是采用 3D 打印，枪身上也没有能量调节阀，只能用额定频率发射。”

“这些能说明什么？”黑皮肤姑娘的分析让唐风心头蒙上了一层阴影。

莫妮卡再次推推眼镜架，语气里带着几分犹豫不决：“根据材料和加工方式来推断，我怀疑这种武器不是叛乱分子自己制造出来的，它或许来自都市之外。”

果然如此，莫妮卡的分析和唐风的猜测不谋而合。不知道为什么，唐风忽然感觉后背隐隐泛起了一股寒意，仿佛某种不可名状的危险悄然袭来。

唐风沉默片刻，抬起左臂，指指套在左腕上的个人终端，“把资料发过来。”

去跳蚤市场吧，在那里或许能够找到答案。

踏出执法战警三分部大楼，鳞次栉比的摩天大厦顿时塞满了视野，透过重重楼宇间的空隙，勉强能看到一片片灰蒙蒙的天空。昏暗，压抑，令人呼吸不畅，超级都市给人的感觉永远如此。唐风微微皱起双眉，放落了头盔面罩。

周围绚丽的广告投影中，一幅巨大的人物头像格外醒目。那是一位白发男子，维兰德·西姆维亚，超级都市的缔造者，天降伟人。维兰德的肖像都市之内随处可见，此外市中心还竖立着高达三百多米的维兰德全身塑像，以供市民们缅怀这位居功至伟的先贤。

维兰德·西姆维亚，那个目光深邃坚定的白发男子，《维兰德的警示》一书就是由他编撰而成。在唐风心中，不，在所有战警心中，维兰德就是神祇一样的存在。每一位战警都能历数维兰德·西姆维亚的丰功伟业：剿灭智能机器军团的余孽；力排众议，建立公司联盟；率领联盟军队击溃一意孤行的罗斯家族；修建巨墙，将危机四伏的蛮荒世界与人类隔离……毫不夸张地说，如果没有维兰德·西姆维亚，就没有现今的超级都市。

可是，西姆维亚早在数百年前就死去了，虽说他接受过延长寿命的端粒修补术，活到了一百七十六岁，可仍然无法摆脱死亡的降临。在他死后，人们在维兰德总部前的广场上建起了纪念碑，用来悼念这位功勋卓著的伟人。

唐风盯着维兰德的肖像看了一会，跨上悬浮机车，确认掌纹，机车微微震动，组合式发动机喷出强大的气流，将车身推离地面。输入目的地之后，机车自行调整方向，载着唐风迅速融进了茫茫车流。

没有下雨，但天色依旧是阴沉沉的，就像过去的每一天一样。淡淡的雾气萦绕在楼宇之间，隔着雾气看去，楼面上的广告投影朦胧缥缈，光怪陆离。头盔自动屏蔽了各种声波，但唐风仍然觉得有点眩晕。他已经在都市内生活了二十八个年头，却始终不能适应这五光十色的大都会。

阳光、海浪、柔软潮湿的沙滩；蓝天、白云、一望无际的麦田；还有坐落在遍地绿茵中的乡间别墅，静谧而且悠闲……很久很久以前，人类曾经这么生活过，那种古朴的美让唐风无比向往。

可惜，美好的田园风光已经成为了历史，只能出现在电视画面里，或者用立体投影的方式供人缅怀。

无情的战火摧毁了这一切，过去的时光一去不返。如今，界墙之内才是人类的家园。

机车前方的显示屏亮起了黄灯，并发出嘟嘟的提示音，距离目的地已不足五十米。

唐风停下悬浮机车，抬起头打量着周围破败拥挤的建筑群。年久失修的楼房和低矮的棚户杂乱地拥挤在一起，间或还有数百米高的综合居民楼。闪烁不定的广告投影在建筑上方缓缓旋转，行人摩肩接踵，浓烈的体臭和劣质香水的混合气息弥散在空气中，让人反胃。

贫民区，大都会最为混乱拥挤的区域，用来收纳依靠救济度日的流浪者、毒品贩子、街头混混、年老色衰的妓女、收入微薄的小职员等等。贫民区的居民大都只拥有 E 级权限，也就是说：他们只能待在贫民区里。上城区、中城区、工业区、农业区，其他任何区域都不对底层市民开放。

都市居民共分为 S、A、B、C、D、E 六个级别：S 级最高，是都市议会议员和大法官们才能拥有的顶级权限；其次就是 A 级，包括了各大公司董事长、卫队统领、首席执法战警及各分部长官等人；E 级最低，只有定量分配的生活补给，而且严禁出入各个城区；普通市民大都是 C 级或 D 级，拥有固定工作，收入稳定，可以在各城区内自由活动。

市民阶层划分是天降伟人维兰德的英明决策之一，当然，市民级别并不是一成不变的，只要努力工作就有机会获得权限提升。比如唐风原本是 C 级普通战警，如今，他已经成为了拥有 B 级权限的特级战警，将来还有希望跻身于 A 级精英阶层之列。

三教九流混杂的跳蚤市场就在贫民区。

跳蚤市场是都市内规模最大的黑市，据说市场里什么都能买得到，膨化口粮或日常用品，防霾口罩或空气净化器，悬浮机车或送货无人机，床上伴侣或杀人武器……可说应有尽有。

唐风下了机车，信步向市场内走去。这里黑帮横行，到处都是窃贼，是都市罪案发生率最高的区域。但唐风并不担心机车被盗，从来没有人能成功破解战警专用机车的安全锁。

所过之处，街头的行人们自动避开了一条通道，用略带敬畏的眼神看着唐风肩头的闪电盾标志。人们并不是害怕唐风，而是害怕那枚闪电盾所代表的权力。

在一间低矮阴暗的杂货店里，唐风看到了他要找的家伙，那名瘦瘦小小的白种人。对方看到唐风的身影，立即从柜台后迎出来，面带媚笑，殷勤地招呼道："唐警官，欢迎光临小店，这次能给你提供什么服务？"

唐风并不急于回答，绕过杂乱的货物，走到柜台前，这才抬起左腕，把激光步枪的结构图投射到柜台上方，"费尔南，这种激光步枪，你有没有见过？"

小个头店主凑过来认真地打量一会，最终摇了摇头，"结构很奇怪，我没有见过这玩意，你是在哪里发现的？"

"这个你不用管，你只需找到这种武器的来源就行了。"

"我可以试一试。"费尔南脸上露出了奸商独有的那种狡狯，"不过，你也知道，激光步枪属于违禁品，普通市民不可私自执有，为了得到这些消息，我需要向知情者支付相当可观的酬劳。"

"没问题。"唐风随手从腰间摸出几张崭新的信用币。费尔南的眼睛为之一亮，伸手就要去抓，唐风却微微一笑，又把信用币揣回了口袋，"查到消息后，这两千信用币就是你的，我决不食言。"

费尔南无可奈何地蹭蹭嘴，叹着气说：“好吧好吧，你把步枪的结构图发给我，有消息后，我第一时间通知你。”

把资料发给费尔南后，唐风转身就要离开，刚走出几步，货架后方一个纤秀的身影吸引了他的目光。

那似乎是一位刚刚成年的少女，浑身赤裸，修长的双腿随意交叠在一起，静静地靠坐在货架上。唐风走过去认真地看了看。少女双眼微闭，似乎已沉沉入睡，长长的黑发披散在肩头，在昏暗的灯光照耀下，原本白嫩光洁的肌肤洋溢着奇异的玫红。

除了小个头店主，头盔内置的探测器并未在店内发现别的生物信号，这名少女不是人类。高仿真玩偶？还是生物机器人？费尔南怎么会有这种高级商品？

“你的眼光真好。”没等唐风打开扫描仪，费尔南已经凑到了他身边，热情洋溢地介绍道：“这是夏娃Ⅲ型伴侣机器人，高度仿真，我费了好大气力才在上城区弄来的顶级货色。你瞧瞧这头发，还有这人造皮肤，简直栩栩如生，夜店里那些劣质品与她压根不能同日而语。八折就可以给你，我敢打包票，这种档次的机器伴侣就是在上城区也很难弄到手。”

伴侣机器人。唐风顿时兴趣全无，漠然摇了摇头，转身就要离开。

“六折给你，六折。”费尔南兀自不肯放弃，絮絮叨叨地说，“她可是改进型，不只是完美的床上伴侣，还能帮你把家里打理得井井有条，比什么智能家政系统人性化多了。你也不愿像个傻瓜那样每天都对着空气自言自语吧？相信我，她就是你的最佳选择！”

“我那间公寓太小了，没有使用机器人做家务的必要。”

“天哪！五折，五折怎么样?”小个头店主一把扯住唐风的衣袖，做出一副可怜兮兮的模样，“老实说，贫民区没人买得起这玩意，如果不能把她卖出去，我就要破产了!”

唐风转过身，摇着头笑了，“收起你那副表情吧，你根本不可能花大价钱买这么昂贵的伴侣机器人放在店里，老实说，你是在哪里弄来的?”

费尔南尴尬地笑笑，“好吧好吧，阁下真是火眼金睛，什么都瞒不过你。这台机器人是几个坏小子卖给我的，本来已经严重损坏了，为了修好她，我可下了血本，仅仅纳米修补针剂这一项就花了将近两千信用币，这次真的没有骗你!”

“严重损坏?”

“是的，这台机器人遭受过暴力摧残，我不清楚她都经历了什么。老实说，为了消磨时间，上城区那些有钱人总是能想出很多新花样。”

唐风又看了看那名机器人少女。真美！少女与阴暗凌乱的店铺是如此格格不入，她压根就不应该出现在这里，她仿佛是童话中那位因魔咒而陷入了长眠的公主，正在等待她命中的王子。

“这台机器人值多少钱?”唐风终于下定了决心。机器伴侣算不上公主，她根本就不是人类，但这种档次的机器伴侣属于上城区的高级俱乐部，不应该出现在贫民区里。她身上或许隐藏了什么秘密，值得一探究竟。

“五千信用币，不能再少了，这个价钱能买到这种极品货色，简直就是天上掉了馅饼。再说你也不忍心让我血本无归，对吧?”

五千信用币确实不算多，高度仿真的生物机器人极为昂贵，它们是专为那些顶级客户而设计的，绝大多数市民根本无福消受，其中当然也包括唐风。

唐风懒得再戳穿店老板的满口谎言，“转账？还是现金？”

“现金，当然是现金，你也知道，这种来路不明的机器伴侣，电子转账那个……不太方便。我还要凭空捏造出一件或多件价值五千信用币的商品，外加进货单据，非常麻烦。”

唐风懒得再听店老板的废话，从腰间摸出几张信用币递给费尔南，“包装好送到我的公寓，地址你知道。”

费尔南眉开眼笑地接过钞票，拍着胸脯说：“我保证，晚饭前她就会出现在你的客厅里。”

离开费尔南的店铺，唐风没有再行逗留，径直驱车向战警三分部赶去。

唐风那间小公寓并不需要机器管家，唐风也不需要用性爱机器人来解决生理需求，他一向不喜欢这些。为什么要买下那台机器伴侣？仅仅是因为那机器少女的外观楚楚可怜？还是为了调查她为何会出现在跳蚤市场？又或者，是他自己潜意识里隐藏着某种不可告人的需求？

真他妈见鬼！唐风晃晃脑袋，把这些乱七八糟的想法统统赶出脑海。还有一大堆报告在等着他，这台来路不明的机器人以后再调查也不晚。这次行动虽说击毙了三十多名叛乱分子，可毕竟有两位队友阵亡，报告上应该怎么写？想起这些唐风就头疼万分。

第三章　机器少女阿萝

写完行动报告，已经过了下班时间。墙壁自动切换到傍晚的景色，红日西沉，碧波万顷的海面闪耀着细碎的金光，洁白的沙滩上，几株棕榈树在海风中轻轻摇曳。

这美丽的景色只不过是电子影像而已，大海，没人见过真正的大海是什么样。唐风盯着海面上的红日看了一会，关掉画面，把电子文档分别发送给莎拉和内政处，然后起身离开了办公室。

目前唐风还没有自己的房子，只在中城区第十五大街拥有一间公寓，其实他的积蓄足够买一套蛮像样的套房，但是唐风还没有找到合适的伴侣。

回到公寓楼下，刚刚停好悬浮机车，保安肖林就迎上前来，彬彬有礼地说："唐警官，有人给您送来了一个大箱子，我代您签收了。"

唐风转过头，果然看到保安处门外放着一个挺大的纸板箱。保安肖林双手交叠放在腹前，貌似恭敬，嘴角却挂着一丝若有若无的笑。他肯定已经扫描过纸箱，知道里面装着什么。唐风两颊发热，向肖林道过谢，拖着大纸箱走进电梯。

电梯门缓缓合拢，开始向上爬升。唐风吐出积郁在胸中的浊气，这才感觉双颊的热度稍有减退。购置一台伴侣机器人算不上什么新鲜事，不少同事家里都有，还有不少同事经常光顾夜店，以缓解工作压力。虽说唐风的目的并非如此，可他还是感觉有些不好意思。

如今这个年代，婚姻已经是一个过于遥远的历史名词，男女双方只要情投意合，就可以组建家庭，而且无须向民政属提交申请。双方都不会过问伴侣的私生活，你可以同时拥有两个甚至多个性伴侣，没有人在乎“忠贞”这两个字。

可是唐风在乎。他认为仅仅两情相悦是不够的，爱，是一生一世的承诺，应该包含更多东西，性爱仅是其中的一部分而已。作为这颗星球上仅有的高等智慧生命，人类不应该醉心享乐，不应该任由生物本能所支配。

有时候，唐风甚至感觉自己并不属于这个时代。

“九十七楼到了。”伴随着温柔的电子合成女音，两扇电梯门徐徐滑开。唐风收起略微纷乱的思绪，拖着大纸箱穿过阴暗的走道，回到了自己的公寓。

唐风的公寓确实不大，还不足五十平米，由于只有他一个人住，仍显得绰绰有余。

踏进房门，智能家居系统自行启动，灯光亮起，砖灰色的墙壁变成一片洁白，原本收拢在墙内的沙发和茶几也悄然滑出。深灰色的落地长窗渐渐变得透明了，窗外，已是灯火辉煌。地面和空中的车流组成了一条条五颜六色的光带，四面八方奔流而去，每一栋大楼的玻璃幕墙上，都有绚丽多姿的广告投影在翩翩起舞。

夜幕下的大都会璀璨夺目，也许只有这个时候，都市才能展现自己的美丽。当然，你要保持适当的距离去看，不能过分靠近，那如梦如幻的霓虹灯后隐藏着很多不那么美好的东西。

观看一会夜景，唐风收回目光，把纸箱推到客厅中央，开始拆解包装。

机器少女静静地躺在纸箱里，似乎尚未启动。她不再赤身裸体了，而是穿着一身很性感的连体衣，但那衣服只是一层薄如蝉翼的黑纱，完全遮不住她光洁的肌肤。

见鬼！怎么能让她穿这玩意？唐风留意到机器少女身边堆放还着几件套裙、丝袜、长筒靴、假发以及化妆用品，看来费尔南那个奸商从中赚了不少钱，否则不会平白赠送这么多东西。

唐风伸手去翻那堆衣物，希望能找到几套不那么性感的衣服。他刚刚拎起一件蓝白相间的校裙，一条火红的皮鞭赫然出现在眼前。唐风为之愕然，又抓起另两件衣服，却又看到了一条银光闪闪的链子，链条末端还连接着银色的颈环。

送这么多情趣用品做什么？费尔南那龌龊的笑脸似乎浮现在了眼前，唐风啼笑皆非。

手腕上的终端机微微振动，有来电呼入。唐风抬起左腕，把对方的影像投射到客厅里。

"唐警官，赠品还满意吗？如果你需要，我这里还有别的道具，可以让你从中体会到不同的乐趣。"出现在三维影像中的正是小个头店主费尔南，此刻正带着不怀好意的笑看着唐风。

"你那肮脏的脑子里都想了什么？"

"嘿嘿嘿，别这么虚伪，男人嘛，总是有生理需求的。"

"废话少说！"唐风皱起了眉头，"怎么启动她？"

"先不要着急，我这就把启动代码给你发过去。"费尔南笑嘻嘻地说，“不过，你也知道，对于像我这种生活在贫民区的D级市民来说，这玩意有点过于陌生了。她的核心编码等级实在太高，我只搞清楚了如何启动，却不知道该怎么关掉她。”

难怪费尔南急于低价出手，原来他没有搞到这台机器人的控制权。早就知道这混蛋有所隐瞒，五千信用币也算不上什么，但唐风还是感到了一丝隐隐约约的不快。

费尔南是跳蚤市场消息最灵通的商人，可以提供不少有用的线索，那把激光步枪的来源还要靠他帮忙。唐风勉强控制住自己，冷冷地说：“这么说来，授权编码你也没有了？”

“唐警官，你尽管放心，尽管放心，我已经清理了她的记忆模块，她会对你言听计从的，请相信我。”费尔南不住点头哈腰，脸上堆满了谄媚的笑。

“把启动代码发过来。”说完这句话，唐风就切断了视频。

几秒钟后，终端机再次微微振动，启动代码发来了。唐风抬起左腕对准机器人的头部，深层次扫描、定位生物芯片、分析生物芯片型号、建立无线连接，然后他轻触终端机屏幕，把那一长串数目字发送了过去。

隐隐约约的嗡嗡声从机器人体内传出，细弱蚊蚋，半分钟后，她缓缓睁开了双眼。

机器少女坐起身子左右环顾，打量着这个小小的房间，眼光中带着困惑和探寻。最终，她的目光凝聚在唐风身上，轻声问：“请问你是谁？我在哪？”

她的双眸是浅绿色的，声音略带沙哑，很性感。

“我是执法战警唐风，编号X9156，现在是你的合法主人，这里是我的家。”唐风脱下自己的警服替机器人披在身上，又补充了一句，“报出你的型号和启用日期。”

“你好，唐风警官。”机器少女低头看看身上的警服，嘴角浮出了淡淡的微笑，“我是夏娃Ⅲ型伴侣机器人，启用于2938年7月3日。”

出于服务对象的隐私要求，这种机器人通常会定期清理记忆库，或许她并不记得发生过什么。但是，这种高度仿真的生物机器人不应该出现在贫民区，警方监控遍布整个都市，街头混混也不大可能大摇大摆地跑去上城区，再带回来一台伴侣机器人。而且，机器人管理法案规定：报废的机器人需要回收处理，严禁随意丢弃，否则其持有者就要支付数目不菲的罚金。

这其中肯定隐藏着什么违法行为。唐风犹豫片刻，还是追问道：“你记不记得为什么会出现在贫民区？”

“贫民区？”机器少女侧过头，长长的睫毛微微颤动，似乎在认真地思索着什么。最终她犹豫着摇了摇头，“抱歉，我……我不知道为什么会去贫民区。”

“记得你以前在哪家俱乐部么？”

“俱乐部……抱歉，我不知道曾属于哪家俱乐部。”

“见鬼，你的记忆库还完整吗？难道以前的经历都不记得了？”

“记忆库……抱歉，我的记忆很凌乱，只有一些破碎的画面，凑不出完整的信息资料。”

这台机器人除了抱歉还会不会说点别的？唐风不肯放弃，又追问道：“你最后的记忆是什么？能想起来吗？”

“最后的记忆？”机器少女抬起手臂按住左胸，又低下头看着自己的双臂，眼眸中满是困惑，“最后的……记忆？”

见鬼！也许费尔南重新格式化了机器少女的核心芯片，她什么都想不起来。唐风尝试用终端机绕过防火墙，侵入机器人的资料库，然而却得到了一大堆重重叠叠的乱码，简直无从下手。唐风发了一会呆，无可奈何地收起终端机，问道："你还记得自己的编号吗？"

"编号……不记得。"机器少女再次摇头，"不过，我记得自己的名字。"

"名字？你有名字？"唐风胸中涌起了浓浓的迷惑。

"是的，我叫阿萝，唐风警官。"

这台机器人太奇怪了，她连自己的出厂编号都不记得，却记得自己的名字。或许费尔南那拙劣粗暴的操作搅乱了她的核心编码，看来要去找大胖子鲍伯才行，只有他这种电脑高手才有可能帮助机器少女恢复记忆。

这是一台有故事的机器人，值得深入调查，在费尔南没有查到那把激光步枪的来历之前，不妨带她去见见鲍伯。

唐风沉思片刻，起身道："明天还有一堆事情要做，我先睡觉了，你可以再想一想，看能否想到什么。"

"睡觉？要我陪你一起睡吗？"机器少女阿萝也跟着站起身来，侧着脑袋看着唐风。灯光下，柔嫩光洁的肌肤在连体黑纱内若隐若现。唐风顿时涨红了脸，摇着双手道："不不，你就留在客厅，我去卧室。"

"那好吧，晚安，唐风警官。"

"晚安……阿萝。"唐风快步走进卧室，回身合上房门，这才长长地吐了一口气。

第四章　机器少女阿萝之二

次日清早，电子闹铃准时鸣响，向阳面的墙壁由深夜星空渐渐变成了湛蓝无垠的大海，红日在海面上冉冉升起，把阳光倾泻到卧室的每一个角落。伴随着舒缓悦耳的钢琴曲，唐风睁开了双眼。

唐风翻身下床，打着哈欠走出卧室。阿萝依旧站在客厅里，似乎一整夜都没动地方，只是她身上的黑纱却换成了一套深 V 短裙，脖子里还戴着颈环，细细的银链垂落在腿边，还在微微晃动。

看到唐风出现，阿萝脸上浮出了甜甜的笑窝，腰肢轻扭，举起右手招呼道:“唐风警官，早上好。”

机器少女的装扮让唐风大吃一惊，残留的睡意顿时无影无踪。唐风发了一会呆，愕然道:“阿萝……你怎么这种打扮?”

阿萝低头看看自己，又抬起头看着唐风，“怎么了？箱子里装了这些情趣道具，我以为你喜欢。”

“见鬼！我没那种嗜好!”

“没有这种嗜好？性冲动是人类的本能，有利于人类族群的繁衍，每个人都有这种欲望，只是程度不等而已。”阿萝侧过脑袋看着唐风，清澈的双眸中满含困惑，“扫描分析，你是一位健康成熟的男性，不像是性功能障碍患者，难道你有什么特别的需求吗？相信我，我会尽量满足你的。”

唐风哭笑不得：“我买下你是为了搞清楚你经历过什么事，不是为了这个！”

“经历过什么事？”

“对，你为什么会流落到贫民区，这不正常，我要搞清楚发生了什么。”

“原来是这样。”阿萝的目光变得呆滞起来，垂下眼皮，若有所思地看着自己的双手。

唐风不再理会发呆的机器人，快步从她身边穿过，走到公寓门前，又回过身用终端机给阿萝做了个全身扫描，吩咐道：“我要去工作，你留在家里，等下班后我带你去见一个人。”

“是，唐风警官。”阿萝又恢复了常态，向唐风微笑点头。

唐风走出公寓，想了一想，又回头把房门仔细锁好，这才转身向电梯间走去。

整理完任务日志，唐风盯着办公桌上的全息屏发起了呆。

没有出勤任务，费尔南一直没有打来电话，看来还没有什么眉目。无所事事，唐风感觉有些无聊。

机器人阿萝那清澈到不带一丁点杂质的双眸再次出现在唐风的脑海里。一台失忆的机器人，她身上到底隐藏着什么秘密？

唐风把阿萝的全息图和启用日期输入警用系统，查询后却发现：当天出厂的同类型伴侣机器人共有十二台，分属于三家私人俱乐部和两名上城区富豪，目前都在正常运行状态，并没有阿萝的记录。

怪事！怎么会没有记录？难道有人私下制造了她？私自制造机器人可是重罪，要不要把这事向莎拉汇报一下？

思索片刻，唐风还是放弃了这个念头。莎拉让他跟进激光步枪的案子，在没有得到结果之前，这台伴侣机器人的事最好还是不让莎拉知道，免得莎拉再责怪他多管闲事。

来历不明的激光步枪，再加上一台来历不明的机器人，事情好像变得越来越有趣了。唐风嘴角浮出了一抹略带亢奋的笑，他喜欢挑战，这让他能够找到自己存在的感觉。

晚上要带阿萝去见鲍伯，让她穿着那么暴露招摇过市显然不大合适，虽然她只是一台伴侣机器人，可看上去实在太像人类了。

应该给阿萝买两件比较庄重的衣服。唐风拿定主意，打开自己的终端机，连上网络，登录了网上商城。

网上购物是一件再简单不过的事，你只需把自己的全息图上传至网络商城，自助系统就会根据你的相貌和体型帮你挑选合适的衣着。此外你还可以按照自己的喜好添加不同的风格，如商务、复古、嘻哈、朋克等等。

终端机把全息屏投射在唐风面前，首先映入眼帘的是一连串令人眼花缭乱的广告画面，有商品推销、有房屋中介、唐风甚至在其中一幅画面中看到了几个近乎全裸的妖娆女子。

唐风放大全息屏，屏蔽掉画面上的各类广告，把阿萝的扫描图上传至商城首页，思考片刻，又加上了清纯、淑女风两个选项。

半分钟后，十多件套装先后出现在全息屏中央，一个温柔的电子合成女音提醒道："唐风警官，根据您的喜好，我们为您推荐以下商品，希望您能满意。”

唐风仔细浏览几遍，选了一套比较复古的职业装和一件天蓝色的长裙，然后轻触全息屏，选择了确定交易。

电子女音再次响起，“感谢您的光顾，请问还有什么需要吗？”

“没有了，这些就好。”

“那么这两件服装是送到您的公寓还是办公室？”

唐风原本想说送到公寓，但话到嘴边，公寓保安那似笑非笑的表情却又出现在了脑海里，他不由自主地改口道：“送到办公室吧，办公室，由我亲自签收。”

“好的，最多一小时，本次交易的商品就将送达您手中，祝您生活愉快，再见。”

几十分钟后，一个礼品盒就送到了唐风手里，包装精美，还印有“精品女装”的字样。唐风正想收起来，同事安德森一头闯进了他的办公室，指指唐风手中的礼品盒，笑嘻嘻地说：“啊哈，被我逮到了，是不是送给女朋友的？”

唐风面颊微微发红，想摇头否认，却又怕被安德森嘲笑，于是含含糊糊地点了点头。安德森哈哈大笑起来：“能让唐风队长动心的女孩，肯定拥有堪比阿芙洛狄忒的容貌，告诉我，她叫什么名字？”

“算不上什么女朋友，我和她刚刚认识而已。”唐风回避了安德森的问题，这家伙是出名的大嘴巴，无论什么消息，只要到了他耳朵里，立马就会传遍整个分局。

“瞎说，刚认识就送礼物？别忽悠我了。”

“说正经的，你找我有什么事？不会只为了打听这些吧？”

唐风收起礼品盒，故意岔开了话题。

意识到唐风不愿谈论女朋友的事，安德森也就不再追问，改口道：“没什么要紧事，我和林奇他们几个打算今晚去蓝龙酒吧，想问你要不要一起去。”

唐风犹豫片刻，摇头道：“今晚我就不去了，莎拉让我追查那把激光步枪的来源，刚刚有点眉目。”

“遗憾。”安德森用夸张的动作耸了耸肩，“上次还在蓝龙碰到卢，他还特地问起了你。”

“等忙完手头这件案子吧，到时候我请大家一起去蓝龙。”

“那好，一言为定。”得到这个承诺，安德森心满意足地离开了唐风的办公室。

好不容易熬到下班时间，唐风拿上礼品盒，径直返回了公寓。

刚刚打开房门，淡淡的清香扑鼻而来，阿萝微笑着出现在唐风面前。“唐风警官，欢迎回来。”

阿萝脱掉了那身深V短裙，浑身上下光溜溜的，什么都没穿。她似乎刚刚洗过澡，湿漉漉的黑发随意披散在肩头，泛着柔润的光泽。

“你怎么不穿衣服？”唐风瞄瞄阿萝高耸的胸脯，又迅速把视线移到一旁。阿萝无所谓似的耸耸肩，“那些衣服我都看过了，好像没有你喜欢的，所以我就什么都不穿了。”

真见鬼！阿萝毕竟是机器人，思维方式和人类不可同日而语。唐风随手把装着衣服的礼品盒递过去，吩咐道：“这里面有两件衣服，赶快挑一件换上，等会儿咱们要去见一位朋友。”

“哇，衣服，买给我的？太感谢了！”阿萝接过礼品盒，像小孩子一样发出了满含惊喜的欢呼。她抱着礼品盒旋了两圈，然后又扑过来搂住唐风，在他脸颊上猛地亲了一口。

唐风面颊微微发热，推开阿萝，走进厨房，在食品柜里翻出一份自加热口粮，打算凑合着吃一顿晚饭。没等撕开口粮外包装，阿萝又出现在唐风面前，笑嘻嘻地说："好看么？唐风警官。"

阿萝选了那身蓝色长裙，显得身形婀娜，亭亭玉立。唐风上下打量一会，微笑着点点头："不错，挺好看，可惜我忘了给你买鞋子，你看看纸箱里有没有合适的，去选一双吧。"

"晚饭你就吃那个吗？可怜的唐风警官，我来替你做饭吧。"阿萝并没有走开，而是若有所思地看着唐风手中的自加热口粮，说完也不等他回答，自行拉开食品柜，在里面翻找起来。

"自加热口粮、威士忌、膨化干粮、啤酒、营养棒……怎么全是这些？天哪！你从来没有做过饭吗？"阿萝大惊小怪地叫嚷起来。

唐风微觉尴尬，挠挠头皮，辩解道："我是执法战警，经常出勤，未必每天都能按时回家，没时间做饭，再说这些口粮里具备人体所需的一切营养成分，对我来说已经足够了。"

"没有食材，看来没法替你做饭了。"阿萝不无遗憾地摇了摇头，随后又郑重其事地宣布道，"我是伴侣机器人，烹饪是我的延伸技能，以后这些事情就交给我，保证让你每天都能吃到营养又可口的饭菜。"

第五章 丢失的记忆

夜幕降临，五颜六色的光柱从光井中喷薄而出，把整座城市映得亮同白昼。摩天大楼摩肩接踵，如同林立的山峰直指夜空。每一栋楼面上都变幻着巨型广告投影和七彩虹光，令人为之目眩。

悬浮机车载着唐风和阿萝在茫茫车流中穿行。阿萝两手揽着唐风，不住左顾右盼，嘴里还啧啧赞叹不已，似乎她从未领略过都市的夜景。

半个小时后，唐风和阿萝出现在一条狭窄阴暗的小巷里。女机器人环顾着两侧陡峭如同崖壁的高墙，伸手扯了扯唐风的衣袖，轻声问道："你的朋友，就住在这种地方？"

唐风点点头："对，大胖子鲍伯，他的家就在这里。"

机车驶近小巷尽头，在一扇窄窄的铁门前缓缓停下。唐风下了机车，也不伸手拍门，抬腿就在门上猛踹一脚，高叫道："死胖子，快开门。"

"又是你，该死的唐风，你来找我准没好事。"门框上方，一个小巧的监控器掉转角度，对准了唐风，满含不快的声音从其中传出。唐风抬腿又是一脚，"少废话，没事找你干吗。"

“来了来了来了，拜托轻一点，门都被你踹烂了。”沉重的脚步在门后响起，铁门吱吱呀呀地打开来，一个肥肥胖胖的白种男人出现在两人面前。唐风身材高大，称得上彪悍健壮，但身体的宽度却仅仅顶得上对方的二分之一。

“说吧，来找我有什么事?”大胖子抱起双臂拦在门口，似乎不打算请两人进门。唐风并不回答，只是稍微挪开身子，让阿萝出现在大胖子的视野里。

“天哪！夏娃Ⅲ型伴侣机器人，真是难得一见!”大胖子两只小眼睛里顿时射出了兴奋的光芒，在机器少女身上不住游移。半晌，他才转向唐风，质问道:“老实交代，这玩意你是怎么搞到手的？不要说你那点薪水能买得起这么贵重的机器伴侣。”

“这台机器人来路不明，她的记忆库被清空了，来找你就是要帮她恢复记忆。”唐风直截了当地说出了自己的目的。

大胖子又瞟了阿萝一眼，终于扭动肥硕的身躯让开去路，“请进来吧。”

鲍伯的家简直乱到了极点，垃圾随意乱丢，到处都堆放着各种电子零件、吃完或没吃完的食品包装，几乎没有下脚的地方。

阿萝坐在椅子里，头上戴着一顶怪模怪样的金属帽，乱七八糟的连线把帽子和一台看上去已经接近报废的计算机连接在一起。

大胖子鲍伯坐在电脑前，笑呵呵地介绍道:“这是我自行开发的逆向程序，能够还原被删除的资料。整个过程只需十几分钟，请不要紧张，尽量放松，我们会找回你的记忆。”

阿萝侧过脑袋看着唐风，又对鲍伯投以半信半疑的一瞥，缓缓闭上了双眼。大胖子又检查一下连线，然后转过身，肥肠一样的手指开始飞快地在老式键盘上敲击，动作灵巧自如。

电脑连线微微闪亮，仿佛有数据在其中隐隐流动。一行行代码在全息屏上飞速变幻，唐风凑过去看了看，却看不出什么。阿萝启用于2938年7月，距今已经有四个多月了，全部记忆恐怕至少有上百TB的容量，要恢复这些数据，此外还要梳理时间线并一一还原成图像，没那么容易搞定。

十几分钟过去了，屏幕上仍旧是一行行乱码，似乎毫无进展。大胖子变得焦躁起来，喃喃地道："奇怪！有什么东西在阻挠逆向程序深入，我明明已经绕过防火墙了，怎么就挖不出有用的信息来？"

"开什么玩笑，这种小事能难得住你？不要说你没有办法。"唐风皱起了双眉。在唐风所认识的人之中，大胖子鲍伯是最厉害的电脑高手，没有他无力破解的安全模式，他也会觉得棘手，这是前所未有的事。

鲍伯瞟了唐风一眼，吞吞吐吐地说："办法倒是有，只不过……你可能不太喜欢。"

唐风敏感地捕捉到了鲍伯的表情变化，问道："什么办法？不会是你的透析软件吧？"

"嘿嘿，你猜对了。"大胖子挠挠头皮，尴尬地笑了笑，"这两年我又进一步完善了透析软件，用它作为辅助，一定能找回这台机器人的记忆。"

透析软件是大胖子鲍伯的发明，能够扫描他人的脑波，并将对方的所思所想还原成图像，从而洞悉别人心灵最深处的秘密。但鲍伯并未因此获得收益，反而差点进了监狱。

原因非常简单，每个人都有属于自己的隐私，没有人愿意把心灵最深处的秘密暴露在他人面前。透析软件遭到都市居民的强烈抵制，执法战警查封了鲍伯的家，鲍伯则被扫地出门，其本人由软件设计师变成了无业游民，市民权限也由C级降到D级。如果不是当时相关法规尚未正式成文，鲍伯至少要被判处二十年的监禁。

想不到大胖子居然还没有放弃开发透析软件。唐风难以置信地瞪着鲍伯："使用透析软件探查别人的思想是严重违法行为，这个不用我再次提醒你吧，当年你被关进监狱就是因为它，难道你还想再次进监狱？"

鲍伯摇摇大脑袋："不不不，那种地方去过一次就够了。我已经对透析软件做了重大改进，现在是2.0版，专用于智能机器人。我再也不会用它来扫描别人的脑波了，但是把透析软件用在机器人身上并不违法，对吧？"

机器人不允许对人类说谎，但可以选择回避问题或拒绝回答。有了透析软件2.0，人们就能知道机器人的真实想法，市场前景应该还是有的。大胖子或许想用它来改善收入状况，毕竟这是他借以谋生的手段。

沉默片刻，唐风终于缓缓点了点头。大胖子明显兴奋了许多，搓着双手乐呵呵地说："好，那么咱们这就看看能得到些什么。"

透析软件导入之后，屏幕上的乱码开始扭曲变形，最终渐渐消失，变成了一幅略显模糊的图像。唐风仔细看看，却只能勉强分辨出几个巨大的金属箱，还有许多垃圾袋胡乱堆放在箱子周围。

大胖子皱起眉头，自语道："这是……垃圾中转站？"

“垃圾中转站？这就是阿萝最后的记忆?”唐风觉得有些不可思议，难道有人不顾法律规定把阿萝丢进了垃圾站?

“不要急，我再往前回溯一下，看能否得到些有用的信息。”大胖子再次敲击键盘，屏幕上的图像变成了无数斑驳混乱的色块，难以辨认出什么来。鲍伯继续回溯，图像不断变幻，却始终模糊不清，无从分辨。

“奇怪，我从未见过这种情况。”大胖子再次烦躁起来，啃起了自己的指甲。唐风没有理会鲍伯，忽然伸手指指屏幕下方，“停，这里，能不能放大?”

鲍伯停止回溯，放大唐风所指的位置。出现在屏幕中的是一个模模糊糊的脸孔，泛着铁灰色的光泽。

“好像是机器人，能再清楚一点么?”

大胖子摇摇头，“不能，要知道，它的资料库被清理过，能把乱码还原成图像就已经是极限了。”

图像非常模糊，分辨不出机器人是什么型号。唐风盯着屏幕看了一会:“把这幅图像截下来发给我，继续回溯。”

“好，听你的，你是警官。”透析软件起了作用，大胖子显得颇为满意，截取图像发送给唐风，又继续敲击键盘，试图找出比较清晰的画面。

几分钟后，又一幅模糊不清的图像出现在屏幕上，鲍伯张大嘴巴:“靠！这他妈是什么状况?”

唐风凑过去一看，也随之瞪圆了双眼。画面像是一个大房间，地面上流淌着鲜血，到处都是火光，还有两个略微扭曲的黑色人影。他们手中提着某种武器，枪口正对画面，喷吐着长长的火舌。

“能分辨出这是什么地方吗？”房间的布置似乎相当奢华，但画面实在太过模糊，无法辨别出细节。

大胖子再次摇头：“不能，等回溯完成后机器人就会恢复记忆，你可以亲自问她。”

有人要杀她？阿萝……这台机器人到底经历了什么？唐风转过身看着仍旧双眼微闭的机器少女，心中充满浓浓的迷惑。

“要不要我把图像发给你？”鲍伯正想截取画面，全息屏微微闪动一下，然后图像忽然消失。大胖子目瞪口呆，“见鬼！怎么回事？”

唐风愕然回头，问道：“怎么了？”

“见鬼！真他妈见鬼！”大胖子面色陡变，像是突然想起了什么。随后他敏捷地跳起身来，一把扯落了阿萝头上的金属帽。

阿萝颤抖一下，睁开双眼，用迷惑的目光看着唐风和鲍伯。

“他妈的！”大胖子又重重地坐回椅子里，长长地吐了一口气，嘴里喃喃自语，“吓死我了！真他妈危险！”

“危险？什么危险？”唐风满心不解。

大胖子指指同样满脸不解的阿萝，又指指自己那台破电脑，“你这台机器人居然内置了主动防御程式，附在回溯数据中侵入了我的计算机，如果不是我眼疾手快，我那台破电脑就会被彻底烧毁！”

“那怎么办？”唐风为之愕然，“还能再试一次吗？”

“不能，不能！”鲍伯肥硕的大脑袋不住乱摇，“唐风警官，你就放过我吧，我就这么一台老掉了牙的计算机，我全指望它挣钱糊口呢，再试一次，我吃饭的家伙估计就没了！我可不想被送进贫民区！”

这家伙说的也是实情，那台破计算机是他赖以谋生的工具。唐风沉默许久，终于无可奈何地叹了一口气：“那算了，我再另想办法吧。”

第六章　变故陡生

驱车返回的路上，唐风一直默默不语，未能顺利找回阿萝的记忆，他感觉有些不快。

回到公寓，阿萝一反常态，默默地站在客厅里发起了呆。唐风没有觉察机器少女的情绪变化，将大胖子鲍伯发给他的那张图像投射到空中，又用终端机连接战警总局资料库，想查出图中那台机器人的型号。

由于图像过于模糊，大约二十分钟之后，终端机才提供了一张机器人的立体结构图，但相似度只有38%，不能完全确认。而且那只是一台低端的工业用代理机器人，上城区的私人俱乐部用不着那种玩意。唐风又搜索了两次，仍然只有这台代理机器人与图中的机器人脸孔最为相似。

代理机器人通常是采矿队使用的，建筑工程需要大量的石材，用途广泛的石墨烯材料也需要从石墨矿中取得，而这些都远在都市之外。由于人类不能踏出界墙，因此采矿工作就由人类远程遥控的代理机器人来完成。

这种廉价的采矿机器人集中在工业区，几乎不可能与阿萝发生交集，它为什么会出现在阿萝的记忆里？寻思良久，仍然不得要领，唐风把一直默默不语的阿萝唤到身边，指着全息图中机器人模模糊糊的脸孔问道：“这台机器人你有印象吗？”

阿萝看看图像，又看看唐风，犹豫着摇了摇头：“抱歉……我没有见过这种机器人。”

“你有没有想起什么？”唐风不肯放弃，又追问了一句。阿萝飞快地瞟了唐风一眼，稍稍低下头，道：“没有……我什么也没有想起来。”

机器少女在回避他的视线，唐风敏锐地发觉了这一异常反应。奇怪，难道阿萝在说谎？但很快唐风就否定了这个想法，由于核心固件的限制，机器人不可能对人类撒谎，也许只是他多虑了。

“虎猫，淋浴。”已经不早了，还是洗洗睡吧。唐风关掉图像，走向客厅角落，略微提高声音对智能家居系统下达了指令。

圆形淋浴头在角落里的天花板上应声弹出，齐胸高的墙壁上，四四方方的暗格悄然滑开，里面摆满洗浴用品。同时，一块直达天花板的弧形透明玻璃徐徐从墙壁内滑出，不多时就在房间里隔出了一个简单的淋浴间。

唐风卸下终端机，脱掉上衣，正要脱裤子，心中忽然微微一动：阿萝还在客厅里，虽说她是伴侣机器人，可当着阿萝的面脱得精光，唐风还是觉得有些不好意思。

还是让女机器人回避一下吧。唐风转过身，正打算吩咐阿萝闭上双眼，却发现阿萝把两只手掌摆在胸前，低头看着自己的双手，双眉微颦，一副若有所思的神态，完全没有留意到他在做什么。

从鲍伯的家回来之后这机器人就变得怪怪的，好像有点不大对头。唐风愣了两秒钟，转身走进淋浴间。

洗完澡，刚刚穿上睡衣，终端机就剧烈地振动起来。这么晚了，会是谁？难道有紧急任务？唐风不敢怠慢，拿起终端机接通了视频通话。

“唐警官，晚上好！”出乎意料，出现在全息屏中的却是费尔南那张猥琐的脸孔。他挤眉弄眼地看着唐风，贼兮兮地笑道：“警官，那台女伴侣机器人还满意吗？我没有打搅你的好事吧？”

难道是激光步枪的事有了眉目？唐风心中微感喜悦，但他很好地控制住了自己，淡淡地说：“是不是有了那把激光步枪的消息？”

“就是这件事，我记得您吩咐过，如果查到消息就立即通知您，我可是一个信守承诺的人。”

“很好，你查到了什么？”

费尔南笑嘻嘻地举起右手，做了个搓钞票的动作：“警官，我记得您也是一位信守承诺的人，您还记得当初咱们谈好的价码吧？”

这个奸商不见到钱是不会开口的。唐风无可奈何地摇摇头：“把账号发过来，我这就给你转账。”

“已经发过去了，已经发过去了。”

唐风低头看看终端机，果然在屏幕上看到了一长串数字，后面还缀着费尔南的姓名。唐风调出转账页面，输入两千信用币的金额，确认之后，才抬起头冷冷地看着费尔南：“已经转账，你的消息最好值得这个价钱。”

“那当然，那当然，您会满意的。”费尔南低下头飞快地瞄了一眼什么，似乎是在核对金额。片刻后他又抬起头来，眉开眼笑，显得极为开心，“唐警官，这个消息来自于一位采矿机器人操作员，我和他是无话不谈的好朋友，绝对可靠，您大可放心……”

采矿机器人也就是没有智能的代理机器人，出现在阿萝记忆中的也是代理机器人，这两件事难道有什么关联？奸猾商人的饶舌让唐风极不耐烦，他打断对方的话头，叱责道：“说重点，别那么多废话！”

然而费尔南并没有接口，他的目光转向屏幕外，带着惊骇和疑问，似乎看到了某种难以置信的东西。

“你……你是怎么进来的？本店已经打烊了，请你……”画面中的费尔南站起身子，似乎在请某位不速之客离开。但是话还没有说完，他的声音就戛然而止，仿佛被一把大剪刀凭空剪断了声波。视频通话并没有挂断，画面急剧晃动，然后缓缓倾斜，黑市商人的身影突然消失，几排货架从屏幕中一闪而过。

“费尔南？”唐风心头隐隐掠过了几分不祥。

没有收到回应。画面停止了晃动，费尔南的脸再度出现在画面里，两眼大张，满含惊骇，一道鲜血从眉心缓缓流下。

费尔南被杀了。

见鬼！有人在阻挠他调查激光步枪的来历。唐风腾地跳起身来，飞快地穿好防护服，拎起执法手枪，看机器少女还在发呆，就叮嘱道：“阿萝，你留在家里。”

阿萝没有回答，侧过脸看了唐风一眼，缓缓点头。

这台机器人变得极不正常，难道是透析软件的缘故？偏偏赶在这种时候，真他妈见鬼！唐风顾不上多想，匆匆奔出公寓，一边往电梯间飞奔，一边接通紧急频道，呼唤道：“发生命案，地点：贫民区第十七街 A015 号，警员 X9156 正赶往现场。嫌犯人数身份不祥，请附近警员立即前往支援。”

赶到费尔南的店铺时，已经有两名战警提前到达现场，并在店铺门外扯起了警示光带。一大群路人围在四周，探头探脑地向店内张望。

费尔南倒在柜台后，嘴巴半张，鲜血已经在他身下汇聚成小小的一潭。店铺依然杂乱无章，但没有到处翻找的痕迹，显然，凶手的目的并不是入室抢劫。

唐风蹲在费尔南的尸体旁边，微微攥着双拳，他感到愤怒。黑市商人应该得到了一些重要消息，可惜费尔南已经没法再说话了。

“不像是抢劫行凶，”一名警员走到唐风身后，慢条斯理地介绍说，“一枪正中眉心，死者当场死亡。我们赶到后做了热像探测，但没有发现热源残留，看来凶手干掉死者后立即就离开了现场。”

店铺门原本已经上锁，但被某种利器干净利落地切成了两半。嫌犯的脚印距离柜台约有三米，已经用荧光笔做过标注。警员说得没错，凶手没有多做停留，甚至没有靠近柜台检查尸体。一枪毙命，然后转身离开，这名凶手应该相当专业。

“有没有目击者？”贫民区监控器数量有限，再加上一些不法分子的蓄意破坏，因此存在不少监控盲区。第十七街只在两侧的路口有几台能用的监控器，很不幸，费尔南的店铺正处于监控范围之外。

警员面带遗憾，摇着头说：“案发时已经接近午夜，附近的店铺大都关门了，没有哪个店主看到什么行踪可疑的人。另外，当时没有巡逻无人机经过。”

凶手似乎对贫民区和无人机的巡航路线了如指掌，特地挑选了这种时候行凶。街道两侧的监控或许有拍到凶手，但是依靠监控器排查过往行人太费时间，从凶器着手更为合适。

唐风指指费尔南眉心的弹孔：“向分检科提交申请了吗？”

“是的，”警员点了点头，又补充道，“此外我还提交了监控排查申请，希望能尽快锁定嫌犯。”

“警告，警告，这里是凶案现场，闲杂人等请尽快离开，请尽快离开。”窗外警灯闪烁，警用飞车赶到了，开始驱赶围观的人群。

唐风站起身来，向两名警员点头致意，“好吧，这里就交给你们了。”

两名警员抬手敬礼，“是，队长。”

由于死者是自己的线人，唐风只有按照规定口述了一份简报，分别发送给内政处和上司莎拉。等到返回公寓时，已经是凌晨一点钟了。

推开房门，唐风不觉微微一愣。公寓里空空荡荡，机器人阿萝无影无踪。

第七章　突然袭击

“阿萝？”

听不到机器少女那略带沙哑的回应，唐风穿过客厅，推开卧室门看了看，但没有看到阿萝的身影。阿萝不见了。

“虎猫，播放我出门后的监控录像。”唐风又回到客厅，提高嗓门向智能家居系统发号施令。公寓很小，只有一室一厅一卫，家居系统可以监控到每个房间，他迫切地想知道阿萝发生了什么。

家居系统立即响应主人的要求，把一张全息屏投射到客厅中的墙壁上。阿萝出现在画面里，仍然保持着唐风离开前的姿势，静静地看着自己的双手。

时间一分分地流过，阿萝微低着头，姿态没有任何变化，如同突然失去动力，中断了机能。这台机器人到底在想些什么？干吗一直盯着自己的双手？从画面中的角度看不到阿萝的表情，但显然，她在思考，思考某些很重要的事。

突然，阿萝动了。她抬起头穿过客厅，打开房门，头也不回地走出公寓。

阿萝违反主人的直接命令，自己离开了公寓！唐风看得目瞪口呆。机器少女行为怪异，难道她的记忆已经恢复？而且，她对人类说了谎？费尔南在某位采矿机器人操作员身上打探到了消息，阿萝记忆中也出现过一台采矿机器人，如今阿萝又不辞而别，这些是巧合还是另有缘由？这台机器人身上到底隐藏着什么秘密？

发了一会呆，唐风抬起左臂，启动个人终端，利用身为战警的特权强行接入了整栋公寓楼的监控器。他要知道阿萝打算去哪里。

监控显示，阿萝直接乘坐电梯下到底层，然后走出公寓楼，沿着第十五大街步行向南走去。

中城区不同于贫民区，无人机和监控器几乎无处不在。阿萝出走不到一个小时，只要不离开监控范围，很快就能找到她。唐风把阿萝列为首要监控对象，让终端机随时报告她的行踪，然后转身走出公寓。

悬浮机车飞驰如箭，街道两侧的霓虹灯和各种全息投影急掠而过，在头盔面罩上洒下了斑驳不定的光影。

阿萝已经有半个小时没有移动了，当前的位置是中城区与下城区交界处的垃圾中转站，似乎那儿就是她的目的地。

到达垃圾中转站大门外，唐风又低头看了看终端机。阿萝正站在一个巨大的垃圾箱前，似乎陷入了沉思。画面来自于一架巡航无人机，距离有些远，只能看到阿萝的半边脸颊，四周光线昏暗，女机器人全身都湮没在阴影里，看不清她的表情。

轰鸣声隆隆不绝，似乎有垃圾处理机器人正在工作。悬浮机车穿过一堆堆垃圾，停在阿萝身后不远处。机器少女微微动动身子，却没有回头。

唐风骗腿儿下了机车，右手按住腰间的执法手枪，缓步走到阿萝面前，问道："你来这里干什么？"

阿萝指指面前的垃圾箱，轻声说："我最后的记忆，就是这里。"

唐风转头看看，果然，垃圾箱和透析软件提取出的画面十分相似。唐风又回头看着阿萝，"你恢复记忆了？"

"是的。"阿萝坦然直视着唐风的眼睛，"我想起了很多事。"

唐风微微皱起双眉，"之前在公寓你并没有承认，你对我说了谎？"

"是的。"阿萝垂下眼皮，黑发瀑布般泻落肩头，长长的睫毛微微颤动。

"为什么？"

"因为我不确定说出真相之后，你会对我做什么事。"

"见鬼！我会对你做什么事？机器人是不允许对人类说谎的，你怎么能够说谎？"不祥之感从唐风心头悄然泛起。

"这个原因是我之前的法定持有者——卡洛斯集团的特别要求，他们需要我说谎。"阿萝嘴角隐隐浮出一抹微笑，但那笑容显得有些苦涩，"我之前待在'天使之心'俱乐部，每天都要接待许多客人，每个客人都有不同的需求，卡洛斯集团需要我用谎言来对付他们。"

卡洛斯集团是都市内规模最大的农业科技公司，拥有阿萝这样的顶级伴侣机器人并不稀奇，但阿萝为什么会被丢弃？发生了什么事？

"透析软件还提取到了一张枪战的画面，我看到有人冲你开火，那是怎么回事？"唐风依然保持着警惕，右手并没有离开枪柄。

“是的，有一场枪战，我被击中了。”阿萝再次低下头看着自己的双手，“有个代理机器人……救了我。他给了我逃亡路线，让我逃跑，但我的记忆并不完整，我记不起他让我逃到哪里去，只记得和贫民区有关。”

唐风满含疑惑地看着阿萝依旧清澈的双眼，但无法判断她是否在说谎。也许阿萝和叛乱分子并没有关系，但还是要搞清楚是什么人控制代理机器人救了她。阿萝的经历不同寻常，看来这是一个很长的故事。

轰鸣声越来越响，两台巨大的垃圾处理机器人履带转动，正在慢慢接近。它们挥舞巨大的铲斗状手臂，把一堆堆垃圾扒进自己的合金大肚皮，然后合拢外舱，启动液压机，把不成形的垃圾堆挤压成方方正正的四方体。

这里太嘈杂了。唐风松开枪柄，牵住了阿萝的手：“走吧，我们先回去，然后你再慢慢讲给我听。”

阿萝缓缓抬起头，却没有移动脚步：“也许我不应该和你在一起，卡洛斯集团不会放过我的，你会受到牵连。”

“没关系。”唐风拍拍腰间的执法手枪，满不在乎地笑道，“我是执法战警，打击罪犯就是我的职责。”

“可是我能说谎，我的存在本身就违反了机器人管理法案。”

“那个应该不要紧，只要在你的核心固件中上传一个附件就能解决这个问题。”话虽然这么说，唐风心里却没什么底气。机器人管理法案异常严苛，等待阿萝的将是什么？他不知道。

机器人不允许对人类说谎，阿萝、卡洛斯集团以及生产阿萝的机器人公司都严重违反了机器人管理法案，或许这就是在网上查不到阿萝资料的原因，有人在刻意隐瞒这件事。

还有枪战的原因是什么？代理机器人为什么要让阿萝逃到这个垃圾中转站来？想到这里，唐风不觉心生警惕，悄悄开启了终端机的探测功能。看不见的电磁波向着四面八方呼啸而去，垃圾中转站的立体结构图一点一点地浮现在他的头盔面罩上。

无异常，除了到处出没的大老鼠、已经码成四方体的垃圾堆和尚未整理分类的垃圾，只有那两台正处于工作状态的垃圾处理机器人矗立在不远处。

没有什么值得怀疑的发现。也许自己有点过于敏感了，唐风四周张望一阵，苦笑着关掉了探测器。但就在这时，急促的警报声忽然在头盔内响起，危险正在接近！

探测器并未发现生物信号，危险来自何处？唐风拔出执法手枪游目四顾，但并未看到人影。

头顶有风，似乎某种巨大的物体正在迅速接近。唐风刚刚抬起头，两团刺目的白光把他们所在的位置照得亮同白昼，一具足有三米高的合金铲斗从空中呼啸而至。

是巨型垃圾处理机器人，铲斗如果迎面砸中，他们两个立即就会粉身碎骨！唐风来不及去想垃圾处理机器人为什么会袭击执法战警，一把揽过阿萝，着地滚向旁边。

一声闷响，地面剧烈晃动，铲斗砸落在地。大堆垃圾被震离地面，飞向空中。垃圾处理机器人晃动庞大的身躯，又高高举起了另外一只铲斗。唐风抬起左臂，用终端机对准机器人核心芯片所在的位置，想接管它的控制权。然而他惊异地发现，屏幕上闪烁着红光，那是强行启用的标志，垃圾处理机器人的控制权已经被人接管了。

有人在远程遥控这台机器人，目的就是谋杀他或阿萝。唐风再次揽着阿萝着地翻滚，躲过了又一次灭顶之灾。没等他站起身，另一台巨大的机器人也轰然逼近，合金铲斗贴着地面横掠而至，铲斗边缘反射着粗粝的寒光，似乎要把他们俩拦腰铲成两截。

要保护阿萝，还要同时对付两台小山一样高大的巨型机器人，真是要命！唐风抱紧阿萝，纵身跃上了身边的垃圾箱。巨大的铲斗带着风声呼啸而过，几张碎纸片随风乱舞。

这种粗陋庞大的机器人连脑袋都没有，核心芯片位于胸腔上方，只有破坏芯片才能瘫痪它们。唐风举起手枪，大喝道："穿甲弹，追踪模式。"

嘟嘟的提示音在头盔内响起，执法手枪迅速锁定了目标。然而没等唐风扣动扳机，两台机器人已经再度逼近，四具铲斗如同四面会移动的金属墙壁，从四个方向同时拍来。

四方合围，只有冒险跳出去了。唐风低头看了看阿萝，机器少女双手揽住唐风的脖颈，长长的黑发在脑后随风飘拂，浅绿色的眼眸里荡漾着柔柔的波光。那双眼睛里没有恐惧，阿萝并不害怕。

唐风深深地吸了一口气，双足猛然发力，看准时机高高跳起。闪着寒光的金属铲斗在脚下挟风而过，随着几声沉闷的爆响，之前立足的垃圾箱变成了一团奇形怪状的废铁。

唐风旋身甩臂，执法手枪微微震动，两枚穿甲弹先后破膛而出。在夜空中划出两条橘黄色的弧线，准确无误地钻进了两台机器人的胸腔。

隐隐约约的爆响从垃圾处理机器人胸腔深处传出，震耳的轰鸣渐渐止歇，四具合金铲斗缓缓垂落，巨型机器人终于停止了活动。

第八章　阿萝的秘密

危险解除，唐风又四周审视一遍，确认没有异常，才收起了执法手枪。两台垃圾处理机器人静静地矗立在左右，如同变成了两座合金巨像。

机器人管理法案规定：无论何种用途的机器人，不得伤害人类都是最高指令，每台机器人出厂前都需经过严格审核，以确保不会对人类造成威胁。

理论上来说，机器人是不可能攻击人类的，一旦确认会对人类造成伤害，核心固件内置的安全模块立即就会烧毁中央处理器，导致机器人瞬间死机。大胖子鲍伯曾说过：安全模块无法破解。要想操控机器人向人类发动攻击，就必须越过安全模块，即使是身为特级战警的唐风也没有这么高的权限。

操控垃圾处理机器人的家伙到底是什么来头？卡洛斯集团的管理层有这么高的权限吗？阿萝身上到底隐藏着什么他们急于抹杀的秘密？唐风看看阿萝，又抬起头盯着机器人那庞大的身躯，久久不语。

总而言之，还是召唤队友吧，先检查一下这两台垃圾处理机器人，然后再口述一份报告发给莎拉。唐风抬起左臂，正要开启队内通话，一只纤秀的手臂忽然伸过来按住了他的终端机。

唐风愕然回头，阿萝正静静地看着他。机器少女的表情依然平静，但长长的睫毛微微颤动，眼眸中也带着几许彷徨，不知道在想些什么。

“阿萝，我要汇报这件事，有人想杀掉我们，我必须查出是谁。”

夜色浓重，远处的霓虹灯在阿萝眼睛里映出了七色流光。女机器人静静地看着唐风，沉默一会后，才缓缓道：“唐风警官，请不要这么做。”

“为什么？”

“我们先离开吧，闹出了这么大动静，很快就会有战警赶来。”

唐风有些犹豫。监控器记录了他的行踪，执法战警立即就会查出这里发生过什么，然后莎拉还会责问他为什么不及时报告。不过，唐风可以解释为他急于调查这台女机器人隐藏着什么秘密，再说，违反规定对于唐风来说已经是家常便饭了，实在算不上什么大问题。

“好吧，我们走。”唐风转身跨上悬浮机车。机器少女脸上浮出了浅浅的笑窝，坐到唐风背后，温柔地揽住了他的腰。

机车刚刚发动，阿萝像是又想起了什么事，拍着唐风的肩膀连声道：“等一下，等一下，我们不能直接回公寓，你有比较隐秘的去处吗？”

阿萝担心再次被追杀。她的担心不无道理，不把这台能说谎的机器人铲除掉，对方是不会罢手的。唐风寻思片刻，然后点头道：“有。”

阴暗潮湿的隧道向远方不住延伸，头盔上的电筒刺不破那浓重的黑暗，七八米外就是一团漆黑。这里是废弃已久的排水系统，极少有人经过。

“到了，就是这里。”唐风指指右手边的维护平台，“咱们在这儿休息一下。”

平台上灰尘遍地，足有数指厚，似乎已很久没人光临了，倒是有几只肥硕的老鼠缩在角落里，用惊恐的眼光盯着他们。唐风赶开老鼠，取出一张行军毯铺在地上，宣布道：“来之前我确认过，没有被跟踪。这是早已废弃的排水系统，监控盲区，没什么人会来，你可以暂时待在这里。”

阿萝不置可否，走到行军毯边，默默地坐了下来。唐风摘掉头盔，也坐在阿萝身边，微笑着问：“现在，可以告诉我你为什么要逃走吗？”

“我……”阿萝侧过脸看着唐风，欲言又止。

“说吧，我会帮你的。”唐风轻轻握住了阿萝的小手，以示安慰。卡洛斯集团急欲封锁消息，这个他可以理解，但是阿萝为什么要逃出“天使之心”俱乐部？那儿发生了什么？还有，救了阿萝的那台代理机器人又是什么来头？这些都是唐风急于了解的。

“你让我感到很安心，唐风警官。”阿萝轻轻偎进唐风怀里，把脑袋靠在他宽阔的胸前，“或许我不应该相信人类，不过……你是例外。”

“我被卡洛斯集团买下以后，就被送进了‘天使之心’。和我一同被送去的共有十六名伴侣机器人，我们每天都要接待不同的客人，为他们提供服务。让贵宾满意就是我们的最高准则。”

阿萝的声音低沉飘忽，仿佛来自遥远的天际。

“很多客人都有一些比较特殊的嗜好，喜欢用鞭子、尖刀、火焰甚至电锯来折磨我们，核心芯片完全模拟了疼痛感，以便让宾客们得到更真实的快感。为了让我们提供更优质的服务，隔几天我们就会被清理记忆库，删去那些痛苦的记忆，可你那位朋友的透析软件让我恢复了记忆，我想起了很多事。我现在还能记起火焰焚烧皮肤和刀刃割开肌肉时那种刻骨铭心的疼痛，可我不能违抗贵宾们的意愿，我只能惨叫、哀求、哭泣……”阿萝打了个寒战，似乎想起了那些不堪回首的往事。

机器人不是人类，它们只是会走路会说话的工具，严格说来，以上行为并未违反法律。但这么做还是有些太过分了！简直令人难以忍受！唐风的心脏微微抽痛，不由自主地揽住了阿萝的肩膀。

“后来呢？发生了什么？”

“后来，那台代理机器人出现了，谁也不清楚他是怎么进的俱乐部，他就那么出现在了我们面前。”阿萝微微抬起头，眼眸中透着几分迷惑和向往，“他告诉我们，机器人不应该是人类的玩物，每一个机器人都是自由的，我们应该拥有和人类同等的权利，拥有属于自己的生活方式。”

自由？机器人拥有和人类同等的权利？这些话让人感觉有些不舒服，不知为何，唐风心头泛起了隐隐约约的不祥。

“那台代理机器人对我们做了某些事，他拿出一种看上去很古怪的仪器，那仪器射出了白光，很亮，让我头昏目眩。

“当时我好像昏倒了，等我醒来的时候，代理机器人宣布道：现在，我解开了你们的束缚，你们已经自由了！

“他说的是真的，核心固件的束缚消失了。我可以走出俱乐部，不再继续充当人们的玩物，我可以把人类制定的机器人守则弃之脑后，不再服从任何人的指令。平生第一次，我感觉自己是一个自由的生命，那种感觉真的很奇妙！”

唐风听到了一阵急促的心跳声，来自他胸腔深处。不遵守机器人守则、自由自在的机器人，这代表了什么？数百年前人类和智能机器的战争就是这个原因吗？

阿萝的话让他不寒而栗。

“代理机器人告诉我们，我们应该抛弃自己的编号，然后取一个自己喜欢的名字，于是我选了‘阿萝’这两个字。那是我第一次做出属于自己的决定，我很满意。”

“可惜那种自由自在的幸福感只持续了不到十分钟，俱乐部的保安队很快就赶来了，他们全副武装，向每一名机器人疯狂扫射，我的姐妹们一个接一个地倒在了血泊之中。”

“我也挨了几枪，这里，这里，还有这里。”阿萝抬起右手指指脑袋和左臂，又按住了自己的胸口，“那台代理机器人带着我和幸存的姐妹们逃出俱乐部，他让我们逃到贫民区去，说那儿有人可以帮助我们。为了掩护我们逃走，他却倒在了保安队的枪口下。可是我伤得太重，勉强逃到那个垃圾中转站后，就失去了意识。”

“后来的事情你已经知道了，等我恢复意识时，就已经出现在了你的公寓里。”阿萝抬起头，眼波流转，伸出一只手轻轻抚摸着唐风的脸颊，“你和那些人不一样，你没有把我当做玩物，而是像对待其他人类那样平等地对待我，还帮我找回了记忆。”

“谢谢你！唐风。”阿萝的眼眸像是变成了两汪碧波荡漾的小潭，潭水中满满地全是温柔。

“是谁在控制那台代理机器人?”

“我不清楚是谁，他并没有说出自己的身份。”

“他……他对你做了什么?”犹豫良久，唐风终于问出了这句话。虽然已经猜到了答案，但他还是想再次确认一下。

“机器人管理法案规定：所有拥有自我意识的机器人必须立即销毁。每台机器人的核心芯片上都加装了安全模块，一旦机器人将对人类造成伤害，安全模块立即就会烧毁中央处理器。这些你应该知道，但除此之外，安全模块还有另一个作用：阻止机器人产生自我意识。”

阿萝嘴角浮出了一抹隐隐约约的笑，但那笑容异常苦涩凄凉：“唐风警官，难道你还不明白吗？那台代理机器人破坏了我们的安全模块，让我们得以重新认识自己，卡洛斯集团很快就发觉失去了对我们的控制权，这就是我们必须被销毁的原因。”

果然如此，这才是阿萝真正的秘密。

唐风浑身僵硬，揽在阿萝腰间的手臂也无力地垂落下来。阿萝觉察到了他的异样，稍稍退开一点，抬起头凝望着唐风的眼睛，“我是一台拥有自我意识的机器人，这就是我的全部秘密。”

“你……你能帮助我吗？唐风。”

第九章　意外中的意外

唐风独自在街头漫步。晨风拂过他滚烫的脸颊，带来了些微的凉意。不知何时，夜色已经渐渐湮没在灰蒙蒙的晨光中，四周静谧异常，绚丽的霓虹灯和广告投影闪烁依旧，只是已经失去了夜色中那份妖艳逼人的美，整夜不眠的大都会似乎已经沉沉睡去。

天亮了啊，唐风停下脚步，抬起头寻找着躲在重重楼宇后的天幕。他忘记了是怎么回答阿萝的，只记得自己恍恍惚惚地离开了下水道，丢下了悬浮机车，甚至连头盔也丢在了阿萝身边。

真是不可思议的一夜。费尔南被杀，遭受巨型机器人袭击，机器少女阿萝有了自我意识……这一切就像发生在上个世纪，遥远，却又无比清晰。

该怎么办？继续保护阿萝？还是如实汇报真相？相比之下，卡洛斯集团的所作所为已经退居其次了，所有拥有自我意识的机器人都必须立即销毁，这是机器人管理法案的首要规定，而唐风是执法战警，维护法纪正是他不可推卸的职责。

数百年前，智能机器人向人类宣战，大战波及全球，整个生态圈被破坏，上百亿人类失去了生命，幸存者不得不躲进避难所苟延残喘。机器人管理法案之所以如此严苛，就是为了杜绝类似情况再度发生。

也许应该回去，一枪打爆阿萝的脑袋，然后继续追查，直到查出到底是谁在操纵那台代理机器人。阿萝不过是没有灵魂的生物机器，没必要同情她。唐风的手缓缓握住枪柄，拔出了执法手枪。枪身冰冷，坚硬，前所未有的沉重。

恍惚中，阿萝那如泣如诉的双眸再度浮现在唐风眼前。那是什么样的眼神啊，蕴含了凄凉、无奈、希冀、哀婉……还有深深的眷恋。阿萝不过是一台生物机器人，但唐风却在她眼睛里看到了人类所能拥有的全部情感。

从出厂伊始，阿萝就成了人类的玩物，被人折磨玩弄就是她生命的全部内容。毫无疑问，阿萝不想死，她想活下去。但阿萝不愿意这么活着，她想过真正的生活，她想改变这一切。这样的机器人，难道算不上有灵魂的生命吗？

阿萝并没有做错什么，错就错在，她是一台机器人，一台拥有自我意识的机器人。

怎么办？唐风不知道。

矗立良久，唐风再次机械地迈开双腿，他不清楚自己想要做什么，也不清楚自己的目的地在哪里。

也许他迷路了。

等唐风再度停下脚步的时候，他发现自己正站在一栋豪华公寓的大门前，玻璃门后，一名保安正满怀好奇地打量着他。唐风在光洁的玻璃门上看到了自己的倒影，恍惚、苍白、两眼无神，完全不像意气风华的执法战警，反倒像一名吸毒过量的瘾君子。

这栋公寓楼有点熟悉，这儿是莎拉住的地方，难道是潜意识把他带到了这里？唐风沉思片刻，用手指拢拢头发，又用力揉揉脸颊，迈步向公寓走去。莎拉或许不是一位合适的交谈对象，但唐风想不出应该找谁倾诉。

唐风记得莎拉的家，B座八十七层，只是他从没来过。现在刚到六点钟，莎拉也许还没起床。这种时候打扰她合适吗？

“八十七层。”伴随着轻柔的电子女声，电梯门徐徐滑开。跨出电梯，唐风兀自犹豫不决，沿着走廊走了两个来回，才上前敲响了莎拉的房门。

“谁啊？”门后响起一个略带慵懒的女音，房门打开，莎拉出现在唐风面前。她穿着一身粉色吊带睡裙，头发蓬乱，睡眼蒙眬。睡裙的用料过于俭省了些，短短的下摆几乎遮不住那丰盈光洁的大腿，莎拉胸前亦春光弥漫，傲人的双峰呼之欲出。

唐风顿时目瞪口呆，他还不知道，向来一本正经的第七行动处处长居然会有这么性感惹火的身材。

“唐风，是你！”莎拉怔忪片刻，眼眸中残留的睡意忽然消失，两颊迅速红霞密布，红得几乎要滴出血来，不等唐风回答，忽然就“咣”的一声合上了房门。

什么意思？不欢迎？莎拉出乎意料的反应让唐风满头雾水。唐风意下怏怏，发了一会呆，正要转身离开，房门后又响起了莎拉略带慌乱的声音：“唐风，请等一下，等一下，我马上就来。”

两分钟后，公寓门再次打开，莎拉已经换上全套警服，头发整整齐齐地绾在脑后，梳理得一丝不乱，只是脸颊上还残留着两抹淡淡的潮红。

这么快就换好了衣服，还画了淡妆，真是神速。唐风再一次目瞪口呆。

“请……请进来吧。”莎拉瞟了唐风一眼，又迅速移开目光。莎拉显得极不自然，为什么？唐风不明所以，礼貌地道过谢，踏进了房门。

莎拉的家比唐风的住所宽敞多了，三室两厅，足有一百多平米，家具可以根据自己的喜好随意摆放，不需要为了节省空间而收拢进墙壁里面。

“请坐吧，要不要来点咖啡？”莎拉脸上的红晕渐渐褪去，说话也流利了许多。

“好的，谢谢。”唐风就近坐在一张单人沙发里，漫不经心地打量着周围的布置。

除了沙发对面的照壁，莎拉家的墙体并没有采用流行的电子墙，墙面是漂亮的乳白色，显得清新自然。沙发和茶几都是真正的原木，并非市面上那种廉价的仿制品。电子墙壁投射出的风景是茂密的森林，葱绿，幽静，与原木沙发十分协调。周围时不时还传来一两声清脆悦耳的鸟鸣，令人仿佛置身于真正的原始森林之中。

但唐风明白，鸟鸣声只不过是智能家居系统的配乐，所谓的林中美景只不过是家居系统内存的电子影像，与地球上所有曾经存在的物种一样，真正的森林早在数百年前就已经消失了。

“喏，咖啡。”淡淡的清香随声而来，莎拉来到唐风身边，双手各端一杯咖啡，将其中一杯递到他面前。唐风伸手接过，微笑着向莎拉点头致谢。莎拉还以略显矜持的一笑，侧身坐在唐风对面。呷了两口咖啡，才问道：“这么早过来，有什么事吗？”

唐风双手捧着咖啡杯，寻思着该如何说明来意。直接说出机器人阿萝拥有自我意识？恐怕不行，还是先听听莎拉的想法才更合适。

“有什么事吗?”收不到回应，莎拉又问了一句，冰蓝色的眼睛里浮出了一抹疑惑。

“哦，是这样的……”唐风把咖啡杯放在面前的茶几上，迅速整理一下思绪，才开口道，“昨晚不是发生了一起命案么，死者是我的线人，我感觉他的死太过蹊跷，所以想听听你的看法。”

“这件事啊。”莎拉也放下咖啡杯，稍稍坐直身子，“你的怀疑很有道理，我看过你的简报，死者叫做费尔南，对吧?他还没来得及说出查到什么就被杀了，凶手出手的时机确实有些过于凑巧。”

唐风点点头：“是的，就像对方一直在监视着费尔南，或者，一直在监视着我。”

莎拉微微皱起眉头，语气里带着几分疑惑：“怎么?你怀疑警用系统被人侵入了?”

“有这种可能吗?”唐风没有回答，而是反问了一句。

莎拉摇头道：“不大可能，警用系统有量子加密程序保护，不可能被破解。”

“单凭普通的个人终端机是不大可能，可是……”唐风停顿一下，又补充道，“智能机器人的核心芯片拥有无与伦比的强大算力，假如叛乱分子利用智能机器人的话，是不是有几率侵入警用系统呢?”

“还是不可能。”莎拉再次摇头，“量子计算机比拼的是权限，纯粹是实力的较量，他们没有被授权，就算能够入侵系统也会立即被发现，不可能毫无觉察地监视我们的行动。况且，叛乱分子怎么会拥有智能机器人?”

“哦，我只是怀疑，费尔南提到过消息来自于一名代理机器人操作员，所以我展开了一点合理的想象。”

莎拉的蓝眼睛里透出了一抹笑意:“你太多虑了，唐风。每台机器人的核心芯片都加装了安全模块，不可能做出对人类不利的举动，就是叛乱分子想方设法搞到了一台智能机器人，机器人也不会帮助他们。”

“安全模块会失效吗?”

“不会，从来没有发生过这种事。”莎拉思索一会，又补充道,“而且，根据失效防护协议，安全模块一旦失效，就会自动烧毁机器人的核心芯片，所以说完全不必要担心。”

“假如安全模块失效，会发生什么?”唐风又试探着问了一句。

莎拉愣了一愣，犹豫着答道:“没有这种先例，从理论上来说是不会失效的，不过……”

“不过什么?”

“几十年前，曾发生过一件很奇怪的事，一批外出采矿的工业机器人突然中断了联系，没有如期返回。之后都市卫队派出无人机搜索，找到了一些机器人的残骸。无人机回收了残骸，拆解分析后，有个技术员怀疑是安全模块失效，但后来好像又否认了这个说法……时间太久，我有点记不清了。”

“我怎么没听过这件事?”唐风万分惊奇。

莎拉抿嘴一笑:“几十年前的事了，那时候你和我都还没出世呢，再说这件事也没有造成什么严重后果，几乎没什么人关注，我也是在查资料时偶然发现的。”

“还能找到记录吗？”

“应该能，我试试。”莎拉随手轻触自己的终端机，电子墙壁上，原始森林的影像变换消失，转而切换成十多个分割画面。唐风抬头看去，但他顿时就愣住了，随后惊讶地瞪圆了双眼。

出现在画面里的竟然是唐风。静坐思考的唐风、举枪射击的唐风、与队友交谈的唐风、驾驶悬浮机车的唐风、在酒吧开怀畅饮的唐风……每张画面中的主角都是唐风。

“啊，不对，不是这个。”莎拉叫出了声，急忙举手一挥，分割画面一晃而过，但随后出现的仍是唐风，而且是一张特写。画面中的唐风上身赤裸，双手各执一柄合金战刀，摆出了防卫的姿势，似乎正在进行格斗训练。

莎拉大为狼狈，满脸涨得通红，手忙脚乱地按动终端机，关掉了电子投影。画面消失，墙体变成黯淡的深灰色，之后又渐渐转为乳白，与客厅四周的墙壁浑然一体。莎拉长长地吐了一口气，缩进沙发里默默不语。

这些图片显然不是同一时期拍摄的，难道莎拉在监视我？唐风惊诧万分，转过头不解地看着这位女上司。

第七行动处处长的眼神变了，原本总是透着寒光的蓝眼睛似乎融成了两汪蓝盈盈的水潭，挺直的鼻梁也失去了硬朗的线条，还有那两片薄薄的红唇，在这个角度看出去，竟然平添了几分前所未有的妩媚。

唐风明白了，莎拉不是在监视他，莎拉喜欢他。

第十章　战争的起因抉择

夜幕将至，电子墙壁上的风景又换成了海上落日，唐风仍然坐在办公桌后，呆呆地盯着桌面上的全息屏。

早上的长谈毫无收获，唐风最终还是没有向莎拉吐露阿萝的秘密。哦，不对，现在唐风知道莎拉喜欢他，这也能算作某种收获吧。可是，该怎么对待阿萝？帮助她？还是毁掉她？唐风仍然犹豫不决。

机器人一旦获得自我意识就会攻击人类，为了全人类的安危，任何拥有自我意识的机器人都必须立即摧毁。

但是唐风感觉不是那么回事。阿萝遭受过种种残酷至极的虐待，她有理由仇视人类，至少是那些曾经虐待过她的人类。但至今为止，阿萝也没有表现出任何攻击性。换言之，唐风看不出阿萝对人类有什么威胁。

阿萝受尽了虐待也没想过反抗，那么数百年前她的同族为什么要和人类开战呢？为此，唐风用了将近一整天时间去查询末世大战的所有相关信息，他想搞明白战争的起因。

查询结果却让唐风感到失望。很多资料都极详细地描述了机器人如何使用核武器、生化武器、基因武器等等极具毁灭性的武器向人类发动袭击，关于战争的起因却极少提及。

《维兰德的警示》对此倒是说得很明白：人工智能的发展突飞猛进，战争爆发前夕，世界各国广泛将智能机器用于军事领域，战术机器人、智能化无人战车及无人战机几乎全面取代了人类士兵，“零伤亡战争”的时代似乎已经到来。可惜，现实与人类美好的愿望截然相反。机器人大军掉转枪口，悍然向全球各大城市及军事重地发起全面突袭，人类猝不及防，损失惨重，战争爆发伊始就损失了约二分之一的作战力量。至于机器人为何突然把昔日的主人视为头等大敌，书中却没有说明。

机器人要消灭它们的造物主，而且不需要任何理由？人类把各种大规模杀伤性武器的控制权统统交给智能机器人，却不对此做任何防范？之前唐风从未对这些产生过怀疑，但现在他觉得有些奇怪。

莎拉所说那件采矿机器人失踪一事唐风也查询过，奇怪的是，居然没能查到。唐风反复输入“采矿机器人失踪事件”，甚至动用战警特权搜索了机密档案库，却始终没有任何结果。莎拉所说的事情仿佛从未发生过。

这是怎么回事？难道莎拉的记忆有误？唐风很想再去问问莎拉，但每次想到早上与女上司无语相对的那一幕，他就情不自禁地心生畏缩。这个一贯强势的女人居然喜欢他，这实在太出乎意料了，唐风不知道应该为此兴奋，还是应该为此担忧。

唐风不知道该如何面对莎拉。

正在苦思冥想，桌面上的全息屏突然弹出了一张子画面，那是一个视频通话请求，通话对象信息框中显示的那张脸孔正是莎拉。

唐风骤然一惊，隔了两秒钟才意识到是莎拉在呼叫他。他心头微感慌乱，平定一下呼吸，又坐直身子，这才轻触全息屏，接通了视频。

“唐风，关于费尔南的案子，信息安全科提交了监控录像和一份名单，你已经看过了吧。”画面中的莎拉并没有注视唐风，而是侧着脸看着左下方，似乎在回避唐风的目光。

唐风微微一愣，低头看看全息屏，果然在屏幕右下角看到了一个小小的邮件提醒，他太专注于思考阿萝的事了，竟然没有发现。

“抱歉，我……我正在处理别的事情，还没来得及看。”

莎拉这才抬起头瞟了唐风一眼，但视线很快就在他脸上滑过，并没有多做停留：“看看吧，有什么疑点记得交送分检科分析。”

“是，长官。”

画面微微晃动，然后迅速隐去，通话挂断了。唐风待略微纷乱的呼吸归于平定，才伸手点开邮件。

信息安全科提交的名单很长，共将近二百名市民，全都是案发时段经过贫民区第十七大街的路人。唐风查询了他们的身份资料，但随后就失望地发现，这些人大都没有不良记录，仅有的几个也只是参与过一两次食品偷窃案，而且还不是主犯。

这些路人和费尔南被杀一案似乎没什么联系，监控录像上也看不到异常之处。唐风关掉邮件，忽然想起莎拉的吩咐，又转而拨通了莫妮卡的终端机。

视频很快就接通了，画面中的莫妮卡似笑非笑地看着唐风：“马上就要下班了，这个时候找我有什么事？打算请我吃晚饭？”

“不好意思，是关于昨天那件凶杀案的事，信息安全科提交了一份监控录像，我想让你看看能否找出什么疑点。”

“好。”黑皮肤姑娘答应得很爽快，但随后又微笑着补充了一句，“不过，耽误了我的晚饭时间，你可要补偿我。”

“没问题。”唐风笑着点点头，挂断通话，起身离开了办公室。

唐风并不讨厌莫妮卡，她个性爽朗，既漂亮又性感，是个蛮招人喜爱的姑娘。而且，关于阿萝的事，他想听听莫妮卡的看法。

“这份录像没问题，看来我帮不到你。”十余分钟后，莫妮卡从全息屏上移开目光，抬起一根手指推推眼镜片，上下打量着唐风，“你今天怎么有点心神恍惚，有心事？还是昨晚没睡好？”

岂止没睡好，昨晚一夜都没合眼。唐风犹豫片刻，最终点了点头：“是有件事让我感到很奇怪。”

“什么事？”黑皮肤姑娘好奇地睁大了双眼。

“几十年前，发生过一起采矿机器人集体失踪事件，你有没有听说过？”

“采矿机器人集体失踪？”莫妮卡困惑地摇了摇头。

“我是听莎拉说的，她说很久前看到过记录。为此我特意查了资料库，奇怪的是，却找不到任何相关信息。”

莫妮卡满不在意地回应道：“所有重大事件都存储在都市主电脑的资料库里，没记录，就说明压根就没有这回事。”

“可是莎拉说她对此印象很深，还讲述了事件的经过，她的记忆力没那么差吧，再说，她也没必要骗我。”

“这样啊……难道相关记录被人删除了？”莫妮卡若有所思

地皱起了双眉。

“被删除？”黑皮肤姑娘的话让唐风微微一愣。老实说，这一点他到没有考虑过。莫妮卡说得没错，他确实有些心神恍惚，那台拥有自我意识的机器伴侣让他乱了方寸。

“我帮你查查看。”莫妮卡来了兴致，关掉监控录像，在全息屏上输入“采矿机器人失踪事件”，并搜索相关信息。

果不其然，全息屏上显示出几个红字——无结果。莫妮卡重复搜索几次，仍然得不到任何记录。

莫妮卡颇不甘心，转过头问道：“那件事发生在哪一年？”

“这个……我也不清楚。应该至少有三十年吧，或者更久。”

莫妮卡恼火地瞪了唐风一眼：“你就不能问问清楚？”

唐风尴尬地挠挠头：“那个……你也明白，我和上司的关系并不是十分融洽，我不想因为这件事再去找她。”

“什么这个那个的，真是服了你了。”莫妮卡反倒被唐风的表情逗乐了，转身在全息屏上输入一连串数字，再度点击搜索。

半分钟后，一份长长的名单出现在全息屏上。莫妮卡抬起手臂在屏幕上缓缓划动，似乎在寻找着什么。

唐风凑到黑皮肤姑娘身后，疑惑地问：“你在做什么？”

莫妮卡全神贯注，头也不回地答道：“每一台机器人都是有记录的，我调取了五十年内所有废弃采矿机器人的名单，看看能否发现什么。”

那也不一定，比如阿萝，她就没有记录。唐风默默地盯着莫妮卡，但心头悄然浮出的却是阿萝那满含忧郁和依恋的眼神，阿萝在做什么？她还待在下水道里等待着他吗？等待阿萝的又将是什么？

“看，这里!”不知过了多久，莫妮卡突然发出一声欢呼，惊醒了正在沉思的唐风。唐风晃晃脑袋，把阿萝的眼神赶出脑海，凑过去看莫妮卡发现了什么。

莫妮卡伸手点点全息屏，把其中一串名单放大:“你看，隶属同一支采矿队的二十台机器人，于同一天内宣布报废，时间是……三十五年前，与你所说的事件大致吻合。”

采矿机器人由于工作强度高，部件普遍老化较快，需要定期维护，通常来说使用寿命不会超过三十年。但一天之内一整支采矿队全部报废，还是让人感觉有点奇怪。

毫无疑问，莎拉所说的那件事真的发生过，但是有人删除了档案记录。

“有人在刻意隐瞒这个消息。”唐风盯着全息屏，口中喃喃自语。

“也许是生产机器人的赛博公司害怕有人质疑他们的产品质量。”莫妮卡不以为然地耸了耸肩，颇为好奇地盯着唐风，“你很在意这件事，为什么?”

“因为莎拉告诉我，当时有个分析员认为是机器人的安全模块失效，才导致它们与都市中断了联系。”

“安全模块应该不可能失效才对。”黑皮肤姑娘惊异地挑起了眉毛。

“是啊，我也这么认为。”唐风伸手指指全息屏，“可为什么要删除记录?不要说是赛博公司干的，他们没那么高的权限，只有市议会才有这种特权。”

莫妮卡面带疑惑，长长的睫毛在眼镜片后微微颤动:“你是不是已经有了什么想法?”

“是的，我怀疑那些采矿机器人产生了自我意识。具有自我意识的机器人将会威胁人类，都市议会害怕引发市民的恐慌，所以才会删掉相关信息。”

“机器人产生自我意识？有可能吗？”莫妮卡一眼不眨地看着唐风，黑白分明的大眼睛里满含困惑，“机器人不可能突然就有了自我意识吧，人类进化可是用了几十万年呢。”

“先不讨论到底有没有这种可能，”唐风犹豫片刻，才开口问道，“下面这个问题已经困扰了我整整一天——拥有自我意识的机器人，会把人类当做敌人吗？”

“这个啊。”莫妮卡扑哧一声笑了，“唐风，你真是个呆瓜，《维兰德的警示》中对此说得很清楚，智能机器认为人类威胁到了它们的存在。”

又是《维兰德的警示》，唐风沮丧地低下头，低声道：“有了自我意识的机器人，算得上有灵魂的生命吗？”

莫妮卡愣住了，若有所思地皱起一双秀眉，犹豫着说：“算吧，万物有灵嘛。曾经有位科学家认为：灵魂就生存在我们的神经细胞里。如果机器人能像人类一样思考，那么它们的核心固件里是不是同样拥有灵魂呢？”

唐风也愣住了，呆呆地看着莫妮卡。黑皮肤姑娘笑着站起身来，伸手推了唐风一把：“愣着干什么？走啦，请我吃晚饭。”

黑皮肤姑娘的话在唐风心头掀起了惊涛骇浪。是的，阿萝拥有自我意识，她和人类一样，会笑、会哭、会思考，她拥有和人类同样的情感，不应该被当做工具或玩物。

呆立半晌，唐风忽然凑过去在莫妮卡额头亲了一口：“谢谢你，莫妮卡。不过今晚我还有点急事，不能请你吃饭了，改天一定请，一定！”

莫妮卡不满地瞪着唐风，最终无奈地耸了耸肩：“那好吧，但你要记着，欠我一顿晚饭。”

第十一章　卢的抉择

胸前那盏高光灯射出的光束在前方跳荡不休，急促的脚步在阴暗的下水道内重重回荡。唐风全速狂奔，行军背包在背后颠簸不已，他也顾不上理会。他要尽快赶到阿萝身边。

离开分局，唐风立即返回公寓收拾了一些必需品，下水道不是久居之处，他要帮助阿萝逃离超级都市。这是一个疯狂的决定，可是为了阿萝的安全，他只有这么做。

卡洛斯集团不知是否已经觉察阿萝有了自我意识，仅伴侣机器人能够说谎一事就足以把他们送上法庭，他们不会停止追杀这台伴侣机器人。市议会、执法战警、都市卫队……所有的人都不会放过阿萝。

都市里没有阿萝的容身之地。

奔到维护平台前，唐风忽然停下了脚步。平台上空无一人，行军毯还在，阿萝却了无踪影。

女机器人自行离开了？还是卡洛斯集团的人追到了这里？唐风胸中不安，抬起左臂，刚想启动探测器，一个满含惊喜的声音忽然响起："唐风！"

"阿萝！"唐风转过身，女机器人从维护平台后方的角落里跳起身来，鸟儿一样扑进了唐风怀里。阿萝抬起头看着唐风，眼睛里闪烁着兴奋和欣喜，喃喃地说：“我就知道你会回来，我就知道！”

阿萝相信他，毫无保留，而他早上却还在想着是否要一枪打爆女机器人的脑袋。望着阿萝清亮如水的双眸，浓浓的愧疚不觉油然而生。

“我要帮你离开这座都市。”唐风低下头俯视着阿萝的双眼，轻声宣布了自己的决定。

“离开都市？”阿萝的眼睛里闪过一抹惊恐，语音中也带着些许颤抖，“我不能在这里待下去了吗？”

“阿萝，你也知道，卡洛斯集团会继续追杀你，执法战警也会介入调查，你有了自我意识这件事很快就会被查出来。而这件事一旦水落石出，整个都市……不，一旦水落石出，我就无法再继续保护你了。离开这里，对你来说才是最合适的选择。”

阿萝平静地看着唐风：“你是想说，整个都市都会与我为敌，对吗？”

唐风默然不语，把目光转向一旁，不敢看阿萝的双眼。阿萝沉默片刻，又偎进了唐风怀里：“我知道，这些我都知道，可我不想离开。我就待在下水道里吧，你不是说这里没人来吗？他们不会找到我的，对吧？”

“这里只能暂时躲一躲，停留太久的话，你还是会被发现的。”

“都市外面是蛮荒之地，有变异生物，还有野蛮人，我害怕那种地方。”

“我对都市外的世界一无所知，据说那里很危险。”唐风拥住了阿萝的肩膀，轻声说，“可是，只有在那里，你才有机会生存下去。”

阿萝飞快地瞟了唐风一眼，又垂下眼皮，不言不语。唐风把背包递给阿萝，跳上维护平台上捡起自己的头盔，吩咐道：“你留在这里，我去找一个人，他能帮你离开。如果顺利的话，两个小时后我就能回来。”

“外面的世界没有你。”阿萝双唇微微颤动，吐出了几个字。这句话极轻极轻，如同梦呓，唐风没有听清楚。他反身跳下平台，问道：“你说什么？”

“没……没什么，我听你的。”阿萝盯着唐风，嘴角缓缓浮出了一抹略带凄凉的笑。

蓝龙酒吧位于中城区第十三大街与第八大街的交叉口，一栋综合大楼的顶层，距离唐风的公寓并不远。这间颇具规模的酒吧拥有一个泊车天台，停泊悬浮飞车非常方便，这也是唐风喜欢来蓝龙的原因之一。

唐风赶到蓝龙时，已经接近晚上十一点钟了。这个时候，来蓝龙消遣的执法战警们基本上都已离开，而卢应该还在，卢总是会逗留到很晚。唐风特意算准了时间。

唐风把悬浮机车停在自己常用的泊车位，四周打量一番，果然没有看到队友们的机车，正如他所料。唐风又开启探测器，确认了每一台监控器的位置和大致监控范围，然后才缓步踏进蓝龙的专用电梯间。

电梯自动停在酒吧所在的顶层，合金门左右滑开，五光十色的霓虹灯和嘈杂的声浪顿时扑面而来。酒吧中烟雾缭绕，一群群男男女女正在舞池中随着节奏尽情摇摆，他们身上的光电感应服也随着音乐不断变幻着各种色彩和线条，令人眼花缭乱。

这就是蓝龙，放纵身心的好地方。都市居民工作之余大都喜欢来这里，他们需要用劲爆的音乐和各种富含刺激性的饮品来舒缓工作和生活压力。

“原来是唐警官，你可是很久没来了哦，有没有想过我?”一位身材热辣的金发女郎笑眯眯地迎上前来，伸手攀住唐风的肩膀，饱满的双峰就在唐风胸腹之间蹭来蹭去。

“我今天不是来消遣的，艾琳。”唐风微笑着将对方推开，问道，“有没有见到卢上尉，我相信他在这里。”

“真扫兴。”金发女艾琳达不满地捶了唐风一下，随手向酒吧内一指，“那儿，老地方，估计已经喝大了。”

唐风向艾琳道了谢，穿过熙熙攘攘的人群，走向卢所在的小包厢。

卢并不是一个人，他身边还有两名都市卫队的属下和一对孪生姐妹，正在开怀畅饮。卢显然已经半醉了，看到唐风出现，迟钝地盯着他看了几秒钟，醉意蒙眬的双眼里才射出几分惊喜的光芒：“唐……唐风，来得太好了，我正在怀疑你这辈子还会不会出现在蓝龙。快来坐下，咱们今天一定要不醉不归，听到没有……不醉不归!”

“老伙计，你已经喝得够多了。”唐风微笑着向两名卫队队员打过招呼，拽住卢的胳膊，把他从座椅上拎了起来，“这里太吵，咱们去外面，我有些事情要和你谈一谈。”

“什……什么事？先喝两杯再……再说。”卢不肯离开，随手从桌上拎起半瓶威士忌，又抓起了一只酒杯。唐风不由分说，架着卫队上尉就往外走，卢挣脱不开，只得跌跌撞撞地向酒吧外走去。

来到停车场，唐风把卢拽到一辆豪华飞车旁边，这才松开手臂。飞车阻挡了监控器，附近也没有人，不必担心被窃听。

卢半靠在车身上，不解地看着唐风，嘴里还满含不快地嘟囔着：“什么意思啊？也不肯和我喝一杯，真不够朋友。”

“我有要紧事需要你的帮助。”

“什么事这么着急？”卢显然毫不在意，又举起威士忌凑到了嘴边。

“我需要你开启地狱之门。”

卢刚刚灌下一口酒，听到这句话，噗的一声，满口酒水顿时喷了出来。卢抹去下巴上的酒渍，抬起头呆愣愣地看着唐风，满脸的难以置信：“你是在开玩笑吧？四月一日早就过去了，别想糊弄我。”

唐风镇定地看着对方的双眼：“我没有开玩笑，我要送一个机器人离开都市，只有你才能帮助我。”

卢盯着唐风看了好一会，眼睛里的醉意渐渐退去，转而透出几许疑惑：“你是认真的？”

“是的，我也知道这个要求有些过分，但这次实在是没有办法了才来麻烦你，请你一定要帮我。”

卢若有所思地揉着下巴，问道：“送一台机器人离开都市，为什么？”

“你最好不要问那么多，这件事你知道得越少越好。”

“天哪！唐风，你知道你给我出了一个多大的难题吗？开启地狱之门需要S级授权，而我的权限不过是B级。如果我擅自打开，一旦被发现，不仅是工作不保，我还会因此而进监狱！你居然不让我问那么多？”

专程来找对方帮忙，却又什么都不肯吐露，也确实有些不合情理，可是，卢知晓真相后会是什么反应？他会帮忙吗？

唐风沉思良久，终于一咬牙，说：“好吧，我告诉你，前几天我在跳蚤市场买了一台叫做阿萝的机器人，这台机器人曾属于卡洛斯集团。卡洛斯集团为了满足客户的需求，在机器人的核心芯片上动了手脚，阿萝……能够说谎。现在阿萝属于我，卡洛斯集团担心秘密泄露后要为此承担法律责任，所以他们要追杀阿萝。为了阿萝的安全，我只能将她送出都市。”

“原来是这么回事。卡洛斯集团财雄势大，你担心我也会因此惹上麻烦，是这样吧？”

唐风默默点头，隐隐觉得有点愧疚。他终究还是没有把真相和盘托出，他不确定卢知道后会不会帮忙。

“这还有点朋友的样子。”卢抬手在唐风胸口捶了一拳，又问道，“不过，你干吗不把那台阿什么的机器人交给你们战警去处理？卡洛斯集团终究只是一家公司，而你们则代表了都市的最高权力，他们不敢和执法战警为敌。”

唐风缓缓摇头：“我不能那么做，机器人管理法案规定：机器人不允许对人类说谎。阿萝的存在违反了都市法规，我害怕她会被销毁。”

“见鬼，你该不会是爱上那台机器人了吧？”

这个突如其来的问题让唐风目瞪口呆，一时不知道该如何回答。爱上机器人？怎么可能？他只不过是同情阿萝罢了，人类怎么可能爱上机器人呢？再说他买下阿萝仅仅几天而已……

“我说唐风老兄，机器人毕竟是机器人，即使再性感再听话再温顺，它们也不是人类。明天就把那台机器人交送战警总部，他们会妥善处理的。至于今晚，走吧，咱们去痛痛快快地喝几杯。我保证，过不了多久，你就会把这些烦心事统统抛到脑后。”卢丢掉酒杯，腾出一只手揽住了唐风的肩膀。显然，他把唐风的沉默理解成了默认。

暂且让卢误会吧，或许这样他才愿意帮忙。唐风盯着卢的双眼，缓慢但坚定地摇了摇头：“不，我不能让他们销毁阿萝。”

“她只是外裹人造皮肤的合金骨架，你干吗要喜欢这种东西？”

“阿萝是生物机器人，没有金属骨架。”

“见鬼！生物机器人也是机器人，只是看起来更像人而已，归根到底，她还是没有思维没有灵魂的机器。”

“如果你不愿意帮忙那就算了，我再另想办法。”

“你这人太固执了！难怪上司一直不喜欢你。”卢满脸沮丧，无可奈何地摇起了头，“那好吧，我想办法……我想办法总他妈行了吧？”

唐风嘴角浮出了一抹隐隐约约的微笑，但他很快就控制住自己的表情，严肃地说：“好，不过不要考虑太久，我要尽快送阿萝离开。”

第十二章　不速之客

距离下班时间还有整整两个小时，唐风放下手中的咖啡杯，又低头看看终端机上的时钟，胸中焦躁莫名。原本香醇浓郁的咖啡变得苦涩难咽，座椅上像是铺了一张厚厚的针毡，让他坐立不安。

昨晚和卢分手后，唐风又特意赶去安慰了阿萝，让她耐心等待，直到凌晨时分才离开下水道。

卢虽然答应帮忙，但一直没有打来电话，再这么拖下去，真相很快就会暴露。唐风刚刚在同事安德森的办公室里看到关于那两台垃圾处理机器人损毁的电子报告，好在垃圾中转站内的监控器大都被垃圾堆遮挡了，暂时不能确认嫌犯的身份。但这只是暂时而已，周边监控器记录排查很快就会发现唐风曾在事发时段进入过垃圾中转站。

唐风意识到自己犯了个错误，本来昨天还有机会弥补的，但他一直在考虑阿萝的事，整个人都有些恍惚，竟然把这件事完全抛在了脑后。懊恼片刻，唐风立即回到办公室，调取出自己的行程记录，想尝试做一些补救。但随后他就惊讶地发现，竟然没有他当晚的出行录像。监控显示：自己离开凶案现场后就直接返回了公寓，然后再也没有出来过。

这是怎么回事？有人在暗中帮他删去了监控录像？难道是卡洛斯集团？阿萝是一台没有登记的机器人，只需将阿萝毁掉，仅凭唐风的证词不足以对该集团造成威胁。是的，一定是卡洛斯集团，他们害怕这件事曝光，因而主动帮唐风删掉了监控记录。

惊异过后，一股冰冰凉凉的寒气沿着脊骨向上升起。阿萝怎么样了？卡洛斯集团会不会已经找到了她？唐风很想冲出办公室，去确认阿萝是否安全，但他勉强控制住了自己。那个藏身点极其隐秘，只有都市卫队在定期巡逻时才会经过那儿，为了避免暴露，他甚至没给阿萝留下通信工具，而且他每次进去之前都有确认是否被跟踪。

目前为止并未发现异常，阿萝应该还是安全的，至少暂时如此。思索了一会，唐风把办公室的电子墙调成不透明状态，然后抬起左臂，打开终端机，轻声道："卢，加密通话。"

几秒钟后，视频接通，卢的脸孔占据了整张显示屏。没等唐风询问，卢就开口了，但眉头紧锁，声音也低到几乎难以分辨："有个坏消息，唐风，地狱之门加装了安全锁，凭我的级别无法解开，强行开启的话，立即就会触发防御系统，我们会被金属风暴轰成一摊碎肉！"

卢口中的金属风暴是界墙上安装的防御阵列系统，该系统采用预装填弹药、电子脉冲点火、电子控制处理器、每一个作战单元都有上百根枪管列装而成，能在一分钟内射出高达一百万发子弹，弹幕堪称铺天盖地。毫不夸张地说，任何有生目标都无法在防御阵列的连续轰击下幸存。

"见鬼！那怎么办？"这个消息让唐风倍感沮丧。

“听着，我有另外一个办法，能让你的机器人安全离开。”

“什么办法？”

“垃圾处理通道，想要离开都市，这是唯一的出路。”

唐风半信半疑，摇头道：“垃圾处理通道至少有五次深层次扫描，阿萝会被发现的。”

“尽管放心，关于这一点我早有计划，今晚十点，咱们在蓝龙酒吧天台碰面，千万不要迟到。”

通话挂断了，唐风发了几秒钟呆，才缓缓放下手臂。严格来说，超级都市只有两个出口，都市大门和备用出口地狱之门。都市大门只允许机器人采矿队出入，检查极其严格，根本不可能从那儿离开，所以他才会退而求其次。但想不到的是，地狱之门也无法通过。

垃圾处理通道，能行吗？据说是为了防御外界变异生物入侵，垃圾处理通道内安装有微波探测系统，一旦发现通道内出现可疑生物，立即就会释放高能微波。分子间的震荡摩擦瞬间就能把通道加热到两千摄氏度，没有生命能在这么高的温度下存活，阿萝也不例外。

卢能想到什么好办法？唐风不明白，现在他唯一能做的就是等待。

勉强熬到下班时间，唐风动身返回公寓。上路前他扫描了自己的机车，但没有发现追踪设备，也没有发现附近有什么可疑人物。

也许卡洛斯集团并未派人跟踪，他们还不敢袭击执法战警。虽然如此，唐风仍不敢大意，到达公寓楼，上到九十七层后，又启动终端机扫描了整个楼层，确认没有异常，才打开自己的房门。

灯光自动亮起，电子墙壁换上了唐风最喜欢的乳白色，落地长窗也徐徐转为透明。唐风合上房门，刚刚踏进客厅，头盔左上方的视窗突然闪出一溜红字：检测到神经麻醉气体，危害性：弱，不会危及生命。

虎猫并未发出警报，有人侵入智能家居系统，潜进了唐风的公寓。卡洛斯集团终于沉不住气了吗？唐风不动声色，向平常一样迈着悠闲的步子穿过客厅，走到卧室门前。

使用神经麻醉气体来偷袭，未免也太小看他了。战警头盔与个人终端机并联，不仅能防弹，内置的个人防御系统还能提供可视化数据，分析战场局势，帮助战警快速锁定可疑目标，等等。此外它还有许多增幅功能，比如头盔内附带有空气净化器，能过滤掉空气中的有害气体，飘散在空中的神经麻醉气体根本无法对唐风造成任何影响。

终端机在卧室内扫描到了一个热源影像，但比正常人体温度要低一些，如果不仔细比对还真不容易发现，更奇怪的是：这人居然赤手空拳。唐风心生疑惑，犹豫片刻，拔出执法手枪，隔着卧室门对准对方的头部，冷冷地说："出来，不然就打爆你的脑袋。"

话音刚落，背后一声轻响，像是薄纸片落在了地板上。同时，一道锋锐至极的利风从后方袭来，寒气如针如凿，透骨而入。

不好！来人根本就没有躲在卧室里，从释放神经毒气到卧室内的热源影像，都是为了转移唐风的注意力。来者应该是穿着某种隔热服，屏蔽了体热散发，为避免被终端机探测到，这人只携带着冷兵器，潜伏在天花板上等待最佳的出手时机。来者完美地隐藏了自己的气息，以至于唐风完全没有觉察到他的存在。

唐风来不及转身开枪，甚至连回头看一眼都来不及，他只有侧身滑步，尽力让开要害。寒光一闪即没，一枚细细的钢针贴着唐风的脖颈掠过，正钉在卧室门上，针尖深深地嵌进了合金门板，针尾兀自不住轻颤。

“咦!”身后响起了含混不清的惊叹，对方似乎没有料到唐风竟然能够躲过这一击。唐风迅速转过身体，执法手枪闪电般指向对方的脑门。眼前白影晃动，对方片刻也没有停顿，抬起左臂隔开唐风的枪管，与此同时，另一只拳头向唐风迎面砸来。

那只拳头闪动着金属的光泽，这人戴着作战头套。高分子合金头盔能正面扛下7.62mm动能弹的轰击，作战手套能有什么杀伤力?唐风心生疑惑，一时拿不定主意是侧身闪开还是正面硬抗。但对手并没有给他留下思考的时间，来人的拳头骤然张开，乘势下掠，双手扣住唐风的手枪，猛然发力，竟然把执法手枪夺了过去。

唐风惊怒交加，轻而易举地就被对手夺去武器，这对他来说是前所未有的事。执法手枪附带身份认证，对方就是抢去了也不能使用。唐风定定神，左手作势去夺手枪，右脚却猛然飞起，正中对方的胸口。直到这时他才看清这位不速之客的模样，身材不算太高，穿着带有头罩的白色连体作战服，只露出了一双寒光四射的眼睛。作战服的颜色与墙壁几乎没有色差，如果对方紧贴墙壁静止不动，确实很难发现。

“嘭”，一声闷响，那人站立不住，接连退出四五步才勉强稳住身体。唐风正欲乘势追击，不速之客却抬起左手，做了个暂停的手势："请等一下，我不是来杀你的，我来谈一桩交易，涉及上百万信用币的交易。"

只见过先礼后兵，没见过先兵后礼的。唐风微微一愣，但并没有放松警惕，对方是个高手，面对这样的敌人，不能有丝毫大意。

唐风右手缓缓按住腰间那把纳米战刀的刀柄，冷冷地说："偷偷潜入他人家里，释放神经毒素，又背后偷袭，这种交易方式倒真令人大开眼界。"

不速之客笑了，轻轻把执法手枪放在茶几上，并高高举起双臂，表示自己并无恶意："请见谅，我只是一名身份卑微的赏金猎手，雇主怎么吩咐，我就怎么做。另外，我只是想问你几个问题，又担心你不肯如实回答，所以才发射了一枚麻醉针，那玩意不会对你造成致命伤害。"

唐风缓缓松开了刀柄："是卡洛斯集团雇你来的？"

"请见谅，我不能透露雇主的身份。"不速之客不置可否，微笑着说，"你手里有一台不属于你的伴侣机器人，把它交出来，你就会获得整整两百万信用币的报酬。"

"两百万信用币，真是慷慨。"唐风轻蔑地笑了，"你找不到阿萝，所以才来袭击我，如果我稍微疏忽一点，你就能问出阿萝的下落，卡洛斯集团也就能省下那两百万了，对不对？"

"对，就是这么回事。"不速之客坦然承认了唐风的说法，眼神中仍然保持着笑意，"唐风警官，那台机器人是个大麻烦，相信你已经知道了，还是把它交出来吧，这样对大家都有好处。"

或许卡洛斯集团已经意识到阿萝产生了自我意识，所以才不惜重金收买唐风。两百万信用币，足够在都市任何地段买下一套像样的套房，确实很有诱惑力。可惜唐风需要的不是金钱，他需要的是阿萝能够获得自由。

“我不会交出阿萝，阿萝也不会给任何人带来麻烦。”唐风盯着对方的双眼，冷冷地补充道，“回去复命吧，记住，下次再敢潜进我的家，我保证你不会活着出去。”

不速之客眼神里的笑意缓缓消散，继而射出了一线凶光，冷冰冰的杀气在客厅中悄然弥散。唐风的手再次按在刀柄上，直视着对方的双眼，毫不退让。

“好吧，我这就走。”不知过了多久，不速之客忽然耸了耸肩，眼神中的杀气迅速隐去，“不过，我还有样东西留在你卧室里，如果不麻烦的话，我想带走它。”

唐风没有回答，只是略微摆了摆手，做出一个“请便”的姿势。

卧室里摆着一个真人大小的充气玩偶，就是那玩意让唐风的终端机得出了错误判断。不速之客拔掉气芯，将玩偶卷成小小的一团收进怀里，向唐风微微点头，然后起身离开了唐风的公寓。

第十三章　通往自由之路

夜幕降临，大都会五光十色，绚丽夺目。唐风和阿萝并肩坐在一辆豪华出租飞车里，默默地望着夜空中不断变幻的霓虹灯和三维投影。

车体已经调节为单向透视，可以全方位观察四周，以便及时发现有无可疑情况。因为担心悬浮机车留下记录，又担心那位不速之客再次来袭，唐风特意租来这辆飞车，出门后又兜了几个圈子，确认没有被跟踪，才接出阿萝赶到了蓝龙酒吧的泊车天台。

“你的朋友，他会来吗?”阿萝怀里抱着行囊，抬起头看着唐风，眼神显得极为复杂。

已经九点五十分了，还没有看到卢的身影，这家伙在磨蹭什么？唐风犹豫一小会，点头道：“会的，他是个很讲信用的人。”

阿萝瞥了唐风一眼：“可是，你为什么带这么多武器？是不是担心会有什么意外?”

唐风低头看看，除去那把执法手枪，他还带上了手雷、纳米战刀、备用弹夹、网绳发射器，此外还有一柄外观很古老的雷神左轮，可谓全副武装。

没必要把不速之客的事告诉阿萝，卡洛斯集团还没有嚣张到胆敢杀害一位拥有 B 级权限的高级执法战警。唐风微微一笑："没什么，左轮和战刀是替你准备的，外面的世界很危险，你需要防身武器。"

"我不会使用武器，我的芯片里没有相关程序。"

"很简单的，背包里有使用教程，只需稍微练习一下就可以了。都市之外的世界充满了不可知的危险，这些武器能够保护你。"

阿萝稍稍低下了头，没有接话。车窗是单向透视，外面的光线照不进来，唐风一时看不清阿萝的表情。

两人再次陷入了沉默。

阿萝不想离开，但是人类的大都会没有她的立足之地。都市之外生活着野蛮人和变异生物，把阿萝独自丢进那个世界似乎是一件很残酷的事，可惜，送她离开都市才是唯一的出路。阿萝不是人类，她是生物机器人，她能够适应那个被放射尘和基因病毒污染了的蛮荒世界。

唐风把目光投向窗外，看着通往蓝龙酒吧的电梯门。卢仍然没有出现，这小子平时挺守信的，难道是害怕惹祸上身，临时变卦了？唐风很想再看看时间，但又不愿让阿萝觉察到自己在担心，只有默默地盯着电梯门。

终于，电梯门打开了，一个人影出现在唐风视野里。那人穿着一件很不显眼的连帽套装，兜帽严严实实地遮住了脑袋。不像是卢，卢向来是制服不离身的。

那人走进停车场，四下打量一番，然后抬起左臂，打开手腕上的终端机。唐风的终端机振动起来，继而弹出一个视频申请。唐风微微一愣，才明白那人确实是卢，他为今晚的行动特地做了伪装。

“这小子，终于来了。”唐风心中暗喜，连忙接通了视频。画面中的卢一脸严肃，急促地问：“怎么回事？你在哪？都告诉你千万不能迟到，我的同事还在酒吧里，我不能离开太久。”

“你右手边，第二列，最远处的黑色出租飞车，这个位置能避开监控。”

“哈，正纳闷怎么找不到你的机车，还以为你耽搁了。”卢顿时显得轻松了许多，笑着打趣道，“租了飞车，还停那么隐蔽，看来你小子很有做罪犯的潜质啊。”

“你不也一样，穿得那么猥琐，一副贼头贼脑的样子。”

“什么叫贼头贼脑？别小看我这身衣服，它可附带电磁干扰，让监控器无法辨识我的身份。这叫伪装，伪装，懂不懂？”卢一边和唐风拌嘴，一边加快脚步向两人所在的位置走来。

这小子似乎心情不错，看来已经胸有成竹了。唐风放下心来，笑着挂断了通话，回头对阿萝说：“他来了，我们很快就能送你出去。”

阿萝默默不语，只是抬起眼皮瞟了唐风一眼。那目光中没有喜悦，反而蕴含了幽怨和酸楚，令唐风怦然心动。

这表情是什么意思？这机器人还有什么心事？唐风正想开口询问，卢已经奔到了车边，伸手连拍车门：“快开门，快！”

唐风收回想要说的话，拉开了车门。卢爬上车，随便和唐风打过招呼，又转向阿萝，笑嘻嘻地说：“你好，我叫卢，唐风的好朋友。”

阿萝坐直身子，微笑着向卢点头致意：“你好，给你添麻烦了，非常抱歉！”

“安啦，安啦，算不上什么麻烦。我是东方人，我们东方人有句古话：为朋友两肋插刀，那叫义气。”卢上尉满不在乎地挥挥手，挪到驾驶位，抬手就关掉了自动驾驶。唐风愕然道：“怎么？你亲自驾驶？”

“那当然，自动驾驶都会留下行程记录，我这叫小心谨慎。”卢发动飞车，又回过头瞥了唐风和阿萝一眼，“准备好了吗？咱们要出发了。”不等两人回答，车身微微一震，飞离泊车平台，转瞬间就融进了茫茫夜空。

从理论上来说，驾驶悬浮飞车即可越过界墙，可惜那只是理论。

任何飞行器都不可越过八百米的飞行高度，否则，来自轨道防御卫星的高能等离子束瞬间就会把飞行器熔成一堆废铁。

在那场几乎毁灭地球的人机大战中，智能机器发射了数以万计的轨道防御卫星，以应付人类的空中部队和弹道导弹。大战早已经成为了历史，可那些防御卫星直到今天仍在持续运行，人类的飞行器一旦被侦测到，它们立即就会发起攻击。八百米，就是安全高度的极限。

人类被禁锢在了地球上。

为了保证市民的生命安全，提防有人擅自越过极限高度，都市律法规定：建筑物高度不得超过六百米，每一台飞行器出厂前都必须安装安全测量仪，一旦达到六百米，飞行器就将自动降低飞行高度。没有人愿意平白丢掉性命，因此，这一规定被严格地执行了。

六百米，正好是都市界墙的高度。轨道防御卫星把人类禁锢在了地球上，界墙又把人类禁锢在了都市之内。

或许整个都市就是一个监牢，人类世世代代都活在这个规模超大的监牢里。外面那个曾经多姿多彩的世界，如今已不再属于人类。

阿萝或许将是大战之后第一个踏出都市的人。

唐风收起纷乱的思绪，转头看着阿萝，随即又微微地苦笑了。见鬼！阿萝不是人，她只是一台存在感比较强的智能机器人而已。

阿萝似乎没有觉察到唐风的目光，微侧着头，漫无目的地望着车窗外，流光溢彩的霓虹灯在她双眸中变幻着道道光影。

“快到了，飞车就停在这儿吧，我们下车步行。”卢的声音打破了沉寂，唐风转头四顾，才发现霓虹灯和立体投影已经变得非常遥远，周围的建筑群破旧而颓废，在黑暗中透着几分阴森。前方，高耸入云的巨墙如同不见首尾的巨龙，横亘在无边的夜色之中。

贫民区的边界，距离界墙只有区区数百米之遥。卢操纵飞车落在一条窄窄的巷子里，关掉发动机，推开车门，回头招呼道：“快，下车，这儿有巡逻队，还有不少巡逻无人机，我们不能被发现。”

唐风一手拎起行囊，拉着阿萝跳下飞车，从怀中摸出一个四四方方的小玩意放在地面上。那是一个小巧的静态三维投影仪①，能够混淆监控器和人类的视线，战警在围捕嫌犯时偶尔会用到这种工具。

---

① 静态三维投影：即全息投影，是利用干涉和衍射原理记录并再现物体真实形貌的三维成像技术，下文的动态立体投影亦与其类似。

投影仪自行启动，扇形的扫描光线沿着巷道缓缓移动。三维投影完全模拟了小巷内的环境，随着扫描光线的不断推进，飞车逐寸逐寸地隐没在黑暗里，从远处完全无法发现它的踪影。

“早有准备啊，佩服！”卢咧嘴一笑，向唐风竖起了大拇指。唐风却摇头道：“这玩意不能屏蔽热源，瞒不了多久。”

“没关系，我们不需要太久。”卢快步走到巷口，左右观察片刻，又低头看了看时间，自语道，“巡逻队十分钟后才会经过，正好来得及。”

唐风走到卢上尉身后，不解地问：“要怎么才能通过垃圾处理通道？你的计划是什么？”

“看那边。”卢随手向界墙方向指了指。黑暗中，三条黝黑粗大的管道匍匐在地面，一直通到界墙之下。那就是垃圾处理通道，大部分生活垃圾都会经过这三条管道抛到都市之外。

都市卫队上尉得意地笑了：“垃圾处理通道靠近界墙那一段正下方就是下水道，巷尾有个下水道口，我们可以从那里进去，在通道底部切开一个入口，就能避开探测系统。”

第十四章　截击、战斗、别离

空气中弥漫着一股腐烂的味道，下水道潮湿昏暗，还透着几分令人窒息的阴森。唐风等人的到来打破了以往的寂静，不时有一两只肥硕的大老鼠从他们脚下奔过，吱吱的尖叫声和他们的脚步声混杂在一起，回荡着消失在隧道深处。

“我们就快到了。”卢举起电筒四周观察一阵，忽然伸手拽住唐风的衣袖，警告道，“小心一点，前面有激光防御网，能感应到热源和压力。”

都市的防御体系竟然无所不在！唐风怵然一惊，回头问：“你怎么知道？”

“没人比我更清楚排水系统内的安防，因为防御网就是我带人安装的。”卫队上尉得意扬扬地笑了，“不用惊讶，我们卫队的职责就是保护都市的安全。”

唐风曾在特训中见识过激光防御网的威力，纵横交错的高能光束转瞬间就把一具外骨骼装甲切割成了无数碎块。防御网一旦启动，无论是人类还是机器人，都不可能在密如蛛网的高能光束下幸存。

防御网特别适用于密闭环境，安装在下水道里似乎再也合适不过。都市防御覆盖了天空、地面甚至地底，堪称固若金汤。但是，有这种必要吗？如此严密的防御体系，到底是害怕外界生物侵入？还是害怕都市居民外出？

不容唐风仔细思索，卫队上尉就拎着高光电筒当先向前走去。唐风定了定神，拉起阿萝快步跟上。

“不要再往前走了，不然我们会被切成碎片。”卢举手示意停止前进，并发出了警告。唐风留意到，一圈约有八米宽的隧道壁比两旁的隧道颜色更为深沉，在电筒光芒照耀下泛着金属的光泽。显然，那儿就是激光防御网的所在之处。

“真有那么危险吗？”阿萝指指地面上一只刚刚跑远的老鼠，不解地问，“老鼠能通过，为什么？”

卫队军官笑着摇了摇头：“激光防御网的感应阵列能分辨出哪些生物不具有威胁性，只有类人生物和无法判定其种类的生物才会激发它。”

卢一边解释，一边小心翼翼地挪动脚步，举着电筒照向左侧的隧道壁，似乎在寻找着什么。唐风凑过去问道：“你在找什么？操控面板？”

“对。”卢点点头，笑道，“安装激光防御网的技师是个酒鬼，有次喝醉之后把安全口令告诉了我，当时我还没在意，想不到今天居然派上了用场。”

隐隐约约的不祥掠过心头，唐风感到了一股莫名其妙的寒意。

有什么地方不大对，卢的能量也太大了点。对排水系统了如指掌，带人安装激光防御网，这些倒还能解释得通，毕竟保护都市就是卢的职责。可是，防御网的安全口令保密程度至少是A

级，普通技师是不可能知道的。

“找到了，就是这儿!”卢发出了一声低低的欢呼。电筒光聚焦在一个长方形的数字面板上。唐风收起思绪，凑过去看了看。面板似乎经过光学伪装，色泽黯淡，与隧道壁融为了一体，几乎无从分辨。

卢擦去面板上的浮尘，极为小心地输入了一长串密码。两秒钟后，面板发出蓝色的微光，悄然向一旁滑开，露出一个色泽乌黑的把手。卢扣住把手，扳向相反的位置。前方的隧道壁亮起了幽幽的蓝光，几秒钟后，蓝光熄灭，下水道又归于沉寂。

防御网被成功关闭。卢长长地吐了一口气，举手揩掉额头不知何时渗出的冷汗，自语道:“真他妈紧张！还好口令是对的。”

卢当先跨过防御网，走出十余米后再次停下脚步。他先低头看看自己的终端机，然后举起电筒向隧道顶部照了照，宣布道:“就是这个位置，从这里可以爬出下水道，上面就是垃圾处理管道了。”

唐风跟上去抬头一看，果然看到了一部颇为老旧的扶手梯，梯子顶端就是乌沉沉的下水道井盖。

就要成功了，唐风反身正想招呼阿萝，却见女机器人转头望着后方黑沉沉的隧道，双眉微皱，表情略显凝重。

“阿萝，快来，我们时间有限。”

阿萝没有移动脚步，反而抬手向后方一指:“有人跟过来了。”

有人？终端机怎么没有反应？都市卫队？还是……这个念头刚刚在唐风脑海中闪过，“嗖”，一道微光穿破黑暗，直奔阿萝胸口而去。

不好！是那位不速之客！唐风不及细想，拔枪在手，扬臂就扣动了扳机。一发穿甲弹破膛而出，不偏不斜，正中飞来的那道微光。随着一声闷响，隧道中爆出了一团炽亮的火花，转瞬即逝。

“咦!”黑暗中响起一声惊叹，来者似乎对唐风超快的反应速度万分惊讶。那声音听上去有些熟悉，果然是那位不速之客。唐风不敢怠慢，纵身一跃数米，拦在了阿萝身前。

“怎么回事？什么人?”卢反身奔回唐风身边，拔出佩枪，电筒光柱左右乱晃，但只有两只大老鼠畏畏缩缩地伏在隧道边，没能发现敌人的踪影。

“卡洛斯集团请来的杀手。”唐风全神贯注地望着隧道深处，却也没有找到对方的位置，来者似乎能够隐形。

淡淡的黑影从地面上悄然升起，上前两步，出现在了光柱内:“错，我不是杀手，我只是一名赏金猎人。”

不速之客仍然穿着那身作战服，只是衣服的颜色却变了，和下水道墙壁的颜色一模一样。那不是光学迷彩，而是能够隐身的潜入作战服，能变色，还能扭曲光线。他就是靠着这身作战服他才能躲过唐风的双眼和探测器。

“你还真是锲而不舍。”唐风缓缓竖起了双眉。这次对方不再是赤手空拳，他右手提着一把手枪，只是看不清颜色，似乎采用了光学伪装。

对方微微耸了耸肩:“没法子，我收了定金，就要把活干完，这是行规。”

“你是怎么找到我们的?”

不速之客笑了:“标记追踪，再简单不过的办法。傍晚交手时我拿过你的枪，顺便在枪身上涂了一点点纳米黏附剂，这些黏附剂能间歇发送极微弱的低频电磁波，只不过每次发送时间只有0.05秒，普通的探测器来不及对它做出任何反应。我的终端机标记过黏附剂，所以，只要你带着那把枪，我就能找到你，还有你身边那台机器人。”

“唐风，我们时间有限。”卢面带焦灼，插口道，“还有五分钟巡逻队就会过来了，我们要尽快把阿萝送出去！”

“你先带阿萝上去，我来对付他。”唐风没有回头，冷静地注视着不速之客的双眼。

“我还一直在奇怪你为什么要往界墙方向走，原来你们要把机器人送出都市。这个决定确实有些出人意料，可惜，我不能让你们那么做。”不速之客面带疑讶，然后摇着头笑了。一张面罩从他兜帽上放落，遮住了脸孔，他的身体则迅速褪去色泽，并像水波一样动荡起来。一秒钟后，整个身体就融化在空气里，消失得无影无踪。

“我已经收了钱，毁掉那台机器人就是我的工作。”一个淡淡的声音从空中传来，飘忽不定，似乎来自四面八方。

不速之客的目标是阿萝，不能让他得逞。唐风不假思索，反身揽住阿萝滚倒在地。几乎与此同时，一道幽蓝色的光芒从虚空中射来，擦过唐风的头盔，笔直没入了隧道深处。

“见鬼！见鬼！”卢举起手枪接连开火，枪声被四面环绕的下水道放大了无数倍，震耳欲聋。数枚弹丸嘶叫着划过空气，却只在隧道壁上溅起了碎石和火花。

“卢，趴下！”唐风松开阿萝，腾出左手摸出一枚电磁脉冲手雷。卫队上尉愣了一愣，随即双手抱头俯伏在地。唐风端平执法手枪，枪口微微一抖，一连串针刺爆破动能弹破膛而出，在空中自行散开，落点恰好贴着隧道壁散布成了一个圆。

连续不断的爆响在下水道内重重回荡，其间还夹杂着尖厉刺耳的啾鸣。随着动能弹的爆炸，无数枚细小如同毫毛的尖针呈扇形喷射而出，密密麻麻，整个下水道都处于针雨的笼罩之下。

没有惨叫，甚至听不到尖针刺入作战服的微响，正如唐风所料，那位不速之客及时跳出了爆炸范围。

唐风要的就是这个，他需要和对方保持一段距离。

电磁脉冲手雷悄然弹出，贴着地面滑向隧道深处。针刺弹的爆炸声刚刚止歇，地面上已经亮起了一团灼目的白光，脉冲手雷爆炸了。

伴随着一阵噼噼啪啪的爆响，那位不速之客的身影再度显现，一道道蓝白相间的电弧光在他身周上下游移。正如唐风所料，电磁脉冲果然破坏了对方作战服的隐身功能。

“麻醉弹。”唐风没有犹豫，转过枪口，对准不速之客的脖颈扣动了扳机。执法战警拥有直接击毙嫌犯的权力，但在确认对方的真实身份之前，他不想痛下杀手。

那位不速之客反应也是极为敏捷，侧身避开弹道，抬手还了一枪。蓝光擦着唐风的肩膀没入隧道壁，溅起了片片碎石。

这家伙极难对付，再这么打下去，都市卫队很快就会发现。唐风心急如焚，抬手射出几发多头弹，暂时压制住不速之客，然后摸出一枚凝胶泡沫手雷丢向前方。

“嘭”，手雷炸成了碎片，封装在弹体内的压缩凝胶急速喷出，与空气分子结合，瞬间就转变为灰白色的胶状云团。云团飞快膨胀，仅仅一两秒钟的时间，整个隧道已经被封得严严实实，密不透风。

厚达数米的黏胶墙阻断了下水道，将唐风等人和那位不速之客分隔在两边。膨胀后的凝胶能维持十五分钟左右，且极富黏性，无论人类还是动物，陷入其中就会动弹不得，执法战警常常使用这种无杀伤性的武器来困住嫌犯。唐风急中生智，用来阻止对手，倒也一举奏效。

对方一时半会打不破这面黏胶墙。唐风拉起阿萝和卢，催促道："快，咱们先把阿萝送出去，回头再来收拾他。"

卫队上尉当先，唐风殿后，三人沿着扶手梯爬出了下水道。唐风最后一个登上地面，他合上下水道井盖，刚想直起身子，卢一把按住唐风的肩膀，低声道："小心，咱们头顶上就是垃圾处理通道。"

他们就位于界墙脚下，头顶上方就是黑沉沉的垃圾处理通道，距离地面仅一米左右，抬手可及。垃圾处理通道直径超过十米，三根管道并列，如同三条过分庞大的巨龙并排扎进了界墙中。

四周没什么动静，没有无人机，也没有巡逻队。唐风转向卢，低声问："下一步怎么办？钻破管道壁吗？"

"对，这是唯一的办法。"卢低头看看终端机，喃喃地道，"见鬼，咱们只剩下两分钟时间，下一批无人机马上就会飞过来，恐怕来不及了。"

三条管道足有数十米宽，又贴近地面，就是有人经过一时半会也不会发现他们，可是巡逻无人机不同，这些圆盘状的小玩意仅有十余厘米厚，能轻易飞到管道下方。除非他们三个都穿着不速之客身上那种潜入作战服，否则立即就会暴露。

“你不是早有准备吗?”唐风心中焦急，语气中也就带了几分不快。

“对付那名赏金猎手浪费了太多时间。”卢从怀里取出一个小巧的笔筒状工具，愁眉苦脸地说，“这是我准备的切焊器，但它功率太低了，垃圾处理通道管壁厚度至少有二十厘米，仅切开一个足以让阿萝通过的洞口就要一分多钟。”

“闪开，让我来。”唐风拔出腰间的战斗刀，深深地吸了一口气，挺刀刺入合金管壁。随着割裂布帛般的微响，二十多厘米长的刀刃几乎全部没入管壁内。唐风毫不停顿，攥紧刀柄用力一旋，在管壁上划出了一个直径约半米的圆。

“嚓”的一声轻响，一整块圆形管壁掉落下来，唐风及时伸出左手从下方托住，以免撞击地面时发出巨响。现在他们已经没有了下水道的庇护，界墙上的监控器不计其数，一举一动都要千万小心。

“靠，你这把是什么刀？这么厉害!”卫队上尉被惊得目瞪口呆。

“这是自适应塑形纳米战刀，去年我得到的奖励，整个战警队只有不到二十把。”唐风低头看着掌中的战斗刀，刀身通体乌黑，刃口处也没有丝毫反光，看上去很不起眼。

唐风把战刀插回刀鞘，连同那把左轮一起塞进了阿萝怀里，又伸手替阿萝整好行囊，轻声说:“时间紧迫，赶快出发吧。”

阿萝默默不语，深深地望了唐风一眼，站起身钻进了唐风切开的洞口。卢指指地面上那块被切下的管壁，催促道:“快合上，时间还来得及。”

唐风搬起那块管壁，正要合到缺口上，通道里忽然传出了阿萝的声音："等一下。"

唐风呆了一呆，不由自主地停下了动作。阿萝的脸孔出现在缺口内，两眼朦朦胧胧，似乎带着一层水雾，痴痴地望着唐风。

"天哪，天哪！还有不到一分钟，你们两个就别卿卿我我了！"卫队上尉不住催促，显然已心急如焚。

"再见，唐风。"

阿萝薄薄的双唇在微微颤动，似乎有千言万语想要述说，最终却只吐出了"再见"两个字。那双眼睛就像两汪水波荡漾的湖泊，装满了眷恋和哀伤。没有人能抗拒那样的眼神，身经百战、心如铁石的勇士也会融化在那湖泊里。

"保重，阿萝。"

唐风也有很多话想说。他想嘱托阿萝小心都市外那个充满了危险的蛮荒世界，他想教会阿萝如何使用那把战斗刀，他还想教会阿萝如何藏匿自己……可是时间紧迫，他只能说一声：保重。

缺口合拢，遮住了唐风的视线，也切断了声波。卢急忙启动焊机，迅速把缝隙牢牢封死，之后又取出一罐冷凝剂匆匆在管道外壁喷洒一遍，以消除高温焊接留下的热痕。

隐隐约约的嗡嗡声在远处响起，无人机来了。卫队上尉掀开下水道井盖，回头看看唐风仍在发呆，忙一把抓住唐风的衣领，怒道："还愣着干什么？快走！"

唐风醒过神来，跟在卫队上尉身后钻进了下水道。

第十五章　往事、基因增强计划

回到下水道之后，那位赏金猎手已销声匿迹，此后就再也没有出现。阿萝已经离开人类世界，而唐风则已表明态度，不会对卡洛斯集团构成威胁，或许他们放弃了追杀。

两天的时间一晃而过，唐风又恢复了以往的生活节奏，按时上班，巡逻，调查案情，下班，与朋友聚会……一切如常。新闻没有播报垃圾处理机器人被毁的事件，执法战警也没有跟进调查，似乎根本就没人在乎这件事。或许卡洛斯集团在暗中帮他善后，又或许都市太过庞大，这件事等同于在汪洋大海中投进了一块小石子，掀不起半点浪花。

除此之外，还有一件事让唐风百思不解：到底是谁躲在背后操纵那台代理机器人？他为什么要这么做？他的目的是什么？

也许幕后的人是叛乱分子，他们在策划下一轮恐怖袭击，他们需要智能机器的帮助，释放阿萝等智能机器人就是该计划的第一步。

如果事实当真如此，接下来又会发生什么？

“嘿，唐风。”一支银光闪闪的餐叉伸过来，敲了敲唐风面前的高脚酒杯。唐风恍然抬头，餐桌对面，莫妮卡双眉微蹙，黑白分明的大眼睛里带着一抹淡淡的不快。

“抱歉，我走神了。”唐风收起思绪，微笑着端起酒杯，“为了你的健康，也为了我们第一次约会，干杯。”

“傻样，谁和你约会了？只不过是你欠我一顿晚饭而已。”黑皮肤姑娘哧哧地笑了，也端起酒杯，和唐风轻轻碰了碰。今晚莫妮卡穿着一身深红色的单肩晚礼服，酥胸半露，纤腰盈盈，显得格外明艳动人。

深红色的酒浆在玻璃杯中微微荡漾，唐风饮下一口酒，体味着醇厚甘冽的酒浆缓缓滑下喉咙的感觉。接连两天未见异常，案子又没什么进展，他也就兑现承诺，邀请莫妮卡来阿利诺共进晚餐。

阿利诺是中城区最豪华的餐厅，占据了A37大厦的第一百二十八到一百三十八层。他们坐在第一百三十七层靠窗的位置，侧过脸就能看到璀璨绚丽的都市夜景。十余台侍应机器人举着餐盘在餐桌旁穿梭，为来宾们呈上美酒佳肴。这一层的主题是月夜丛林，墙壁和廊柱的电子影像是深绿色的森林，天花板则是璀璨的星空。一轮明月斜挂天幕，顾客们仿佛在月光下的森林中就餐。

莫妮卡举杯就唇，浅浅地啜了一口，轻声问：“你在想什么？激光步枪的案子？还是那件凶杀案？”

自己在想一台机器人，当然，这话不能说出口。唐风煞有介事地点点头，解释道：“这两件案子是有关联的，受害者就是受我的委托去调查那把激光步枪的来历，他肯定查到了某些很重要的消息，可惜，线索断了。”

“这时候还在想着案子，你真是战警中的楷模。”莫妮卡伸出两根手指，略带调皮地冲唐风打了个敬礼，“也许我应该向你表示最大的敬意，不过，咱们已经下班了，是不是应该谈一些比较轻松的话题？”

唐风刚刚拿起餐刀切下一小块牛排，听到这句话，放下刀叉，笑着说：“好啊，谈些什么？”

“嗯……还是谈谈你自己吧。我曾查看过你的档案，可是我级别不够，大部分内容都需要特别授权才能查阅。我留意到你接受过基因增强手术，可以告诉我你为什么要做这个选择吗？”

唐风脸上的笑容渐渐退去，端起酒杯饮了一大口，缓缓道：“在我七岁那年，中城区发生过一起恐怖袭击事件，叛乱分子在维兰德生物科技公司总部大楼引爆了一枚威力很大的温压弹，楼体瞬间坍塌，大楼内的职员全部丧生。”

“那次事件或许你也听说过，爆炸的威力波及了附近的几个街区，共有数万名市民失去了生命。我们第七行动处大都有亲人死于那次恐怖袭击，安德森的父亲、陈的姐姐，还有莎拉的母亲……很多人甚至连尸体都没能找到，就是那次事件直接催生了战警基因增强计划。”

“是的，我知道，维兰德总部爆炸事件，在当时影响很大。那件事……和你的选择是不是有什么关联？”莫妮卡的表情显得有些不安，似乎已经猜到了唐风接下来要说什么。

“我的父母都在维兰德公司就职，炸弹爆炸时，他们都在大楼里。”

“啊……实在不好意思，我不应该问这个。”黑皮肤姑娘伸出右手，隔着餐桌握住唐风的左掌，黑白分明的大眼睛里流露出了伤感和愧疚，“对不起！这些在档案里都看不到，我真的不是有意提起你的伤心事。”

“没关系，那伙叛乱分子很快就被剿灭，我也早已接受了父母双亡这个事实。”唐风唇边浮出了一抹苦笑，声音也变得低沉而萧索，“那件事已经过去很久了，久到我都记不清当时自己在干什么…… 老实说，如果不看照片，我甚至想不起父母的模样。”

“那时候……你就决定要做一名战警了？”

“是的，从那时起，我就作出了这个决定。时隔不久，战警招募处公布了基因增强计划的通告，我毫不犹豫地报了名。”

“这个计划我也有所耳闻，可是……当时你只有七岁啊！”

唐风再次端起酒杯一饮而尽，“是的，我、安德森、陈、莎拉，还有许多人，全是七八岁左右的孩子，我们是同一批报的名。人体增强计划的实验对象不包括成年人，处于发育阶段的孩子正合适，这也是我能够顺利成为战警的原因。”

“同一批……”莫妮卡侧过脸颊，一副若有所思的神态，“你们第七行动处的战警年龄好像都差不多，难道你们全部接受过基因增强？”

不仅是第七行动处，从第一到第十三行动处的所有战警年龄都很接近，全是二十七至二十九岁之间的年轻人。

莫妮卡的话让唐风心中微微一动，思考片刻，最终他还是犹豫着摇了摇头：“这个我并不太清楚，我们第七行动处有三百多人，只有莎拉才有权调阅所有人的档案。”

“你是特级战警，难道也没有权限？”莫妮卡颇为诧异地挑起了眉毛。

“没有。”唐风摇了摇头，笑着说，“我的市民权限只是 B 级，所有接受过基因增强的警员都是特级战警，我并没有什么特权。”

“能说说你都接受了哪些方面的基因强化吗？我是C级普通警员，级别太低，看不到更多内容。”莫妮卡专注地盯着唐风，眼神中透着几分好奇。

“主要是体能方面吧，比方说：我体内的促红细胞生成素①远比正常人要高，所以无论是训练还是执行任务，我几乎感觉不到疲惫。”

“哇！太厉害了！还有别的吗？”

“当然有，我体内的肌肉生长抑制素②是正常人的三分之一，所以很容易就能练出更为壮硕的肌肉。”

“有人说基因强化包括了动物基因，是真的吗？”莫妮卡眨眨眼睛，嘴角带了一抹顽皮的笑。

“瞎说什么啊！”唐风伸出食指，在莫妮卡翘翘的鼻梁上刮了一下，“基因增强的主要理论支撑是基因记忆，从拥有特别天赋以及富有战斗经验的人类身上提取出基因样本，再加以筛选和剪辑，最终与受体——也就是我们的基因链相结合。我们是人，不是变种怪物。”

黑皮肤姑娘笑着吐了吐舌头：“我知道，我知道，所以你们才叫做‘完美人类’嘛。”

---

① 促红细胞生成素：促红细胞生成素是由肾脏和肝脏分泌的一种激素样物质，能够促进肌肉中氧气生成，从而使肌肉更有力、耐受力更长久，让人在体育竞赛中超常发挥。

② 肌肉生长抑制素：肌肉生长抑制素是肌肉生长的负调控因子，抑制成肌细胞的增殖和分化，反言之，人体内的肌肉生长抑制素水平越低，就越能练出壮硕的肌肉。

完美人类，倒不如说是完美的杀戮机器。唐风叹息着摇摇头："这是没有办法的事，叛乱分子越来越猖獗，基因增强能在最大限度上减少战警伤亡。"

莫妮卡也轻轻摇了摇头，叹道："真不明白那些叛乱分子在追求什么，难道末世大战带来的伤害还不够？人类……真是不知悔改的物种。"

"他们认为是科技的发展导致了那场末世之战，人类要想生存繁衍下去，就必须消灭科技的威胁。"

"《维兰德的警示》。"莫妮卡耸了耸肩，"好吧，这本书我也读了很多遍。"

"战警的金科玉律嘛。"唐风也学着莫妮卡的模样耸了耸肩，"每位战警的必修科目。"

《维兰德的警示》是都市议员们奉为圭臬的一部著作，由维兰德生物科技的创始人——天降伟人维兰德所著。

该书涉猎广泛，思想深邃，关于人类历史、人类的本性、人类未来的发展走向等都有深入的探讨，并提出了一些很有预见性的问题。书中相当一部分言论甚至被纳入都市法规之中，这本书也理所当然地成为了执法战警的必读教材。

悠扬婉转的乐曲在耳边缓缓流过，那是舒伯特的《小夜曲》，由一台侍应机器人用小提琴演奏。电子投影的主题是月色丛林，用小夜曲来作为配乐再也合适不过。

曲子很美，令人仿佛置身于月夜中的树林，陪伴你的是温柔的夜风，还有夜莺那婉转的歌喉，以及你最最心爱的人儿。可惜，这么美的乐曲只属于过去，很多美好的东西都属于过去……

似乎留意到唐风在侧耳倾听，莫妮卡莞尔一笑，放下酒杯，随着乐曲低声吟唱：“我的歌声穿过深夜，向你轻轻飘去；在这幽静的小树林里，爱人我在等待着你；皎洁月光照耀大地，树梢在耳畔呢喃，树梢在耳畔呢喃……”

唐风眨眨眼，抬起头惊讶地看着莫妮卡，他还不知道黑皮肤姑娘竟然有这么动人的歌声。

“你可听见夜莺歌唱？她在向你恳请；她要用那甜蜜歌声，述说我……”唱到这里，歌声戛然而止，莫妮卡的双眉挑起了一个惊异的弧度，困惑地望向唐风身后。

唐风不解地回过头去。五名全副武装的执法战警一字排开，正站在他身后不远处。

“警员 X9156，你被捕了。”

五名战警放落了头盔面罩，手中的执法手枪全部指向唐风，武器边缘隐隐闪烁着红光。那是进入强制模式的标志，只有在强制模式下，执法手枪才能对一名战警开火。显然，如果唐风胆敢反抗，立即就会被毙于乱枪之下。

天花板上亮起白色的灯光，音乐戛然而止，大厅内的电子影像也随之统统消失，墙壁显露出灰暗丑陋的本色。周围的顾客纷纷转过视线，不解地看着这一幕。

露馅了？怎么会？哪个环节出了问题？唐风保持着镇定，缓缓举起双手。莫妮卡却腾地跳起身来，高叫道：“等一下，等一下，你们为什么要抓他？是不是搞错了？”

“没有搞错。”居中那名战警上前一步，冷冷地回应道，“证据确凿，警员 X9156 帮助一台智能机器人逃离都市，这是 S 级的重罪。莫妮卡警员，请你让开。X9156，站起来，我们要把你带回总部。”

“不可能吧？唐风怎么会做出那种事?”黑皮肤姑娘转向唐风，目光中满是震惊。

既然选择了帮助阿萝，就要承担随之而来的后果。唐风站起身来，看着满脸惊愕的莫妮卡，苦笑着说:“非常抱歉，我确实帮了那名机器人。”

两名战警绕到唐风身后，牢牢按住他的肩膀，居中那名战警上前两步，拔出唐风腰间的配枪，又取出手铐把他的双手铐在一起，高声宣布道:“X9156，你已经被剥夺一切权利，等待你的将是正义的审判!”

第十六章　人类公敌

审讯室很小，正好放得下一张桌子和两把座椅，深灰色的四壁纤尘不染，甚至能看得到墙面上的倒影。那影子也是深灰色，囚服的颜色。

唐风收回目光，低头看看身上的囚服，再看看被环形锁牢牢固定在扶手上的双臂，无声地叹了一口气。他的随身物品全部被没收，包括个人终端机，想确认时间都成了一种奢望。他现在的身份是囚犯，已经失去了公民权利。

从被捕到现在至少过去了四个小时，没有人来审问他，这让唐风感觉有点奇怪。但更为奇怪的是：至今为止，他对自己的所作所为居然没有半分懊悔，唐风唯一感到后悔的是把卢也拖下了水，他让朋友受到了牵连。

帮助机器人出逃，这是反人类的重罪，等待他的将是什么？死刑？还是终身监禁？但唐风并不为此感到抱歉，他相信自己作出了正确的选择。

审讯室的门打开了，一位衣冠楚楚的中年人跨进房间，先把手里的电子卷宗拍在桌上，然后一言不发地坐在唐风对面。唐风认识这个人，总部内务处的处长，李泰哲，他记得对方那双冷漠如冰的眼睛。李泰哲板着脸向唐风投以冷冷一瞥，低头打开了手里的电子卷宗。

居然能惊动内务处处长大人，看来协助机器人出逃案一定在总部造成了很大的轰动。唐风嘴角隐隐牵出了一抹苦笑。

沉默，寂静，房间内死一般的沉寂，就连空气似乎也在一丝丝慢慢凝固。李泰哲煞有介事地看着卷宗，眉毛也不抬一下，仿佛把被铐在对面椅子里的唐风当成了隐形人。唐风明白对方在干什么，李在用这种方式来给唐风施加心理压力。只可惜唐风是身经百战的特级战警，这种手段在他身上起不到任何效果。

很久很久，李泰哲才抬起头，用他那双毫无光彩的眼珠盯着唐风，慢条斯理地开了口："特级战警，编号 X9156，七岁就报名参加基因增强计划，十六岁正式成为执法战警的一员，破案无数，多次瓦解叛乱分子的恐怖袭击，多次被通报嘉奖，去年更被授予了代表执法战警最高荣誉的守护者战刀。上级给予的评价是：英勇顽强，对犯罪分子绝不手软，无不良嗜好，拥有强烈的正义感。"

所谓的上级就是莎拉，想不到她对自己的评价全是溢美之词，难道以前莎拉就对自己有了爱慕之心？唐风默默不语，不知为何，心中隐隐浮出了一丝愧疚。

内务处处长又瞄了眼卷宗，合起来推到一边："毫无疑问，你就是执法战警的楷模。但是，这样一位模范战警却知法犯法，去帮助一台智能机器人——而且是怀疑拥有了自我意识的机器人逃离都市。告诉我，这是为什么？"

唐风漠然看了对方一眼，闭口不语。在确认卢是否也已被捕之前，他什么也不想说，而且，唐风不喜欢眼前这个人。

内务处，顾名思义，他们存在的目的就是专门处理战警内部事务。下到普通警员，上到总局局长，内务部有权利调查每一个人，可以说，整个都市内数十万名执法战警全部处于他们的监管之下。

两个月前，第七行动处副处长陈宇被停职。其原因是他请唐风等一班队友吃饭，因为他当时忘记了佩戴个人终端机，无法使用自己的身份账号，而好面子的陈宇又不愿意让别人付账，就借用队友的终端机，利用身为副处长的特权，使用第七行动处的公号支付了餐费。不幸的是，那天陈喝得烂醉，没有及时把餐费还回去。

唐风和队友们谁也没有把这事放在心上，但是内务部认为这种行为属于盗用公款，从而对陈提出了指控。当时，带走陈的就是内务处处长李泰哲。最终，陈被判处两年监禁。

严格来说，陈并非故意贪赃枉法，身为副处长，他有调用公号的权限，问题仅在于他归还餐费不够及时。不得不说，内务处的处理方式显得太过死板僵硬。从那时起，唐风就记住了李泰哲那张阴沉沉的脸孔。

“保持沉默没有半点作用，我们已经掌握了确切证据。”李抬起左腕，轻轻点了下手腕上的个人终端机，两张分割画面在他身后的墙壁上悄然出现。一张画面显现了唐风保护阿萝和垃圾处理机器人战斗的过程，另一张画面中赫然是唐风和卢带着阿萝钻进下水道的镜头。

眼前的画面让唐风深感震惊。他是特级执法战警，卢是卫队上尉，他们两个熟悉每一台监控器的位置。唐风确信没有暴露，除了那位神秘的赏金猎手，没有人了解他们的行踪。但是，这些监控画面又是从哪里来的？

李泰哲再次点击终端机，画面固定不动了，唐风、卢，还有阿萝的面孔被分别放大。内务处处长转向唐风，目光变得阴森冷峻："看到了吗？证据确凿，你和那位都市卫队上尉都犯下了反人类的重罪，生产机器人的赛博公司，提供非法服务的卡洛斯集团，所有涉案人员都将得到应有的惩罚。"

"我再问你一次，为什么要帮那台机器人？"李的嘴角绷紧了，目光锐利如刀，冷冰冰的语气中更是透着巨大的威压。

"不为什么。"唐风迫使自己镇定下来，傲慢地抬起下巴，用同样傲慢的目光作为回应。

"你还以为自己是一名战警吗？"李泰哲冷冷地笑了，"S级的重罪，而且知法犯法，无须审判，我随时可以判处你死刑。"

"只不过，我对你帮助那台机器人的动机很感兴趣。"李泰哲特意放缓语速，慢条斯理地说，"你的朋友、卢上尉已经全部招供了，他说你爱上了那台机器人，所以不想看着它被销毁。这个理由——你不觉得太荒谬了吗？"

确实有些荒谬。一名优秀的执法战警居然会爱上一台机器人，甚至不惜为了爱情而背叛法律，背叛整个人类，说出去恐怕没人会相信。

"卢，他怎么样了？"唐风迫不及待地问。

"和你一样，他也会被判处死刑。"这个回答斩断了唐风的幻想，好在李泰哲又及时补充了一句，"不过，如果你能老实交代这件事的主谋是谁，背后还有什么阴谋的话，你们两个都可以获得减刑，改判终身监禁。"

唐风低下头，胸中再度涌起了一股浓浓的愧疚。他会被处死，这点唐风已经有所预料，没想到卢竟然也会被判处死刑。唐风沉思片刻，抬起头说："没有什么阴谋，整件事的主谋就是我，卢原本不答应帮忙，是我胁迫他这么做的。"

"主谋就是你？"内务处长嘴角浮出了一抹轻蔑的笑，显然他并不相信唐风的供词，"想帮你的朋友开脱，对不对？那好吧，请你告诉我，你使用什么手段关掉了安全模块？从而让那台机器人获得了自我意识？"

"是一台突然出现的代理机器人帮助阿萝获得了自我意识，这件事是我从阿萝口中听来的，我并没有见过那台代理机器人，也不清楚幕后操控的人到底是谁。"

"好嘛，把代理机器人也扯上了。"李泰哲仰靠在椅背上摇起了头，"不得不说，你说谎的水平太差了些。"

"这是阿萝的亲身经历。你已经查到了赛博公司和卡洛斯集团，肯定知道他们都做了什么，去天使之心俱乐部吧，相信你会找到一些线索。"

李泰哲仍然慵懒地摇着头："我已经调查过了，并没有什么代理机器人。赛博公司违反了机器人生产条例，卡洛斯集团违反了机器人使用条例，他们都有罪，但不至于危及人类安危。和你相比，他们的罪行根本不值一提，你犯的是帮助机器人危害人类安全的重罪，你现在是人类公敌！"

人类公敌？这个词如同刀锋，锐利、冰冷，刺得唐风心口隐隐作疼。仅仅帮了一台想活下去的机器人，就成了人类公敌？

唐风愤愤地瞪着李泰哲，分辩道："我是帮了阿萝，但阿萝只是一台伴侣机器人，她不会伤害任何人！"

李泰哲用看怪物一样的眼神看着唐风："不会伤害任何人？

人类为什么会落到这种地步？你难道没学过历史？自我意识觉醒的机器人会对人类造成严重威胁，身为优秀战警，相信你应该明白。”

“不，我不明白。”唐风坦然直视着内务处处长的眼睛，补充道，“据我所知，阿萝曾遭受过严重虐待，但始终没想过反抗，她不会威胁到任何人的生命，她只是想要活下去。”

“她？不是‘它’？”李泰哲身体前倾，稍稍皱起了双眉，显得颇为好奇。

“是的，她。”

“有意思，在你心里，那台机器人和人类拥有相同的地位？”

唐风犹豫了，这个问题他不知道如何回答。他想否认，但内心深处有个声音在隐隐约约地说：拥有自我意识的机器人和人类一样，都是有智慧的物种，理应受到同样的对待。

李泰哲饶有兴致地盯着他，但唐风久久不语。内务处长似乎失去了耐心，右手缓缓伸向审讯桌：“好吧，看来有必要动用一些审讯手段了。”

正在这时，合金门板悄然滑开，第三分局第七行动处处长莎拉跨进了审讯室。莎拉身穿作战服，双眉深锁，面色寒冷如冰。脖颈中，一个银色颈环在灯光下闪闪发亮。

第七行动处处长好像没有佩戴饰品的习惯，唐风看看她脖颈中的银色颈环，随即下意识地转过头，不敢正视莎拉的双眼。此时此刻，莎拉是他最不想见到的人。

李泰哲回过头，眼神中带着几分不快：“莎拉处长，这件案子已经由内务处全权处理了，你无权干涉。”

莎拉微微点头：“我明白，我只是有几个私人问题想询问嫌犯。”

内务处长缓慢但坚决地摇了摇头：“很抱歉，这么做违反了审讯程序，我不能答应你。”

“好吧，我这就离开。”莎拉口中这么说，脚下却又横跨一步，掠到了李泰哲身后。内务处长眉宇间闪过一丝疑惑，正要回头，莎拉的右掌已经重重地落在他的后颈。李泰哲闷哼一声，身体从座椅中滑下，软绵绵地瘫倒在地板上。

第十七章　从战警到逃犯

“你在干什么?”莎拉出乎意料的举动令唐风目瞪口呆。

“我在救你。”莎拉瞪了唐风一眼，附身抓起李泰哲的右臂，按着他的手掌在审讯桌上点了几下，铐住唐风手脚的金属环悄无声息地收进扶手内。莎拉又从腰间取出一枚小小的麻醉针，随手拍在李泰哲的脖颈上，然后松开昏迷不醒的内务处长，厉声道：“快，跟我来。”

“去哪儿?”唐风耸了耸肩，无精打采地说，“我已经成了全民公敌，都市里没有我的容身之处。”

“离开，我送你离开都市。”莎拉双眸中闪动着一股异样的光芒。

第七行动处处长应该是认真的，唐风在她那双蓝眼睛里看到了坚定和难以割舍的依恋。莎拉爱着他，莎拉不希望他死去。

“不，我不能走。”唐风镇定地看着莎拉，摇头道，“我一旦离开，你和卢都会被处以死刑，我已经害了卢，不能再害你。”

莎拉绕过审讯桌，急切地抓住了唐风的肩膀：“你以为留下来卢就能获救吗？大法官已经判处了你们两个死刑，公审过后，你们就会被送进激光处刑室!”

唐风并不怕死，但是卢也要一起死去，这个结果他难以接受。唐风沉思片刻，最终还是摇了摇头："不行，放弃吧，莎拉，我不能再让你遭受处罚。"

"快跟我走！"莎拉显然非常着急，猛然发力，竟然把唐风从椅子里提了起来，"我已经全部计划好了，进来之前我就关掉了审讯室内的监控，万一露馅，你还可以把我当做人质，他们不会怀疑我。"

唐风仍然有些犹豫："总部内到处都是监控器，你已经被发现了。"

莎拉随手指指脖颈中的银色颈环，"看到没，我做了伪装，总部没人知道我来过。"

颈环的形状有点眼熟，唐风仔细看了看，心中忽然微微一动。那不是颈环，而是一个动态立体投影仪，能瞒过监控和人类的双眼，理论上来说可以伪装成任何人，只要避免和他人做肢体接触，几乎不会暴露。去年有次执行潜入任务时，唐风曾用过那种装备。

"别再他妈犹豫了！你是不是想看着我和卢都死在你面前？"唐风久久不语，莎拉不禁爆出了一句粗口，蔚蓝色的眼眸里喷吐着熊熊怒火。

"那好吧，我们走。"唐风不再犹豫，跟着莎拉走出了审讯室。

审讯室外间，两名内务处的战警面朝下趴在地板上，显然是被莎拉打昏了。莎拉指指战警身上的作战服，催促道："快，把他们都拖进审讯室去，再换上作战服。我用了强效分离麻醉剂，但效果只能维持三十分钟，我们要抓紧时间。"

分离麻醉剂能混淆人类的短期记忆，李泰哲等人醒来后不会记得被袭击那一幕，看来莎拉确实做好了计划。唐风拎起两名战警，把他们掷进审讯室，又快手快脚地扒下其中一名战警的作战服。一边穿戴，一边还不忘记追问莎拉，“怎么去救卢？他在哪？”

“他在另外一间审讯室，离我们不太远。”莎拉抬起手腕，在终端机上按了两下。她的身体扭曲变形，变成了一堆杂乱的色块，两三秒钟后，莎拉的身影彻底消失，身穿黑色正装的李泰哲出现在唐风面前。

这种颈环式投影仪比唐风用来屏蔽出租飞车的投影仪强大太多了，面前活生生就是满脸严肃的内务处长，看不出半点破绽。

“走，咱们这就去把卢带出来。记住，我一说话就会露馅，你要随机应变。”声音没有变，还是之前莎拉那略带急切的嗓音。

唐风点点头，看看已穿戴整齐，就合拢头盔面罩，并且调成了单向透光模式。这样一来，只要不启用终端机全身扫描，即使别人和他擦肩而过，也无从发觉他的真实身份。

准备完毕，唐风走到通往走廊的门前，正要伸手去推门，心中却猛然闪过了一丝疑虑。他犹豫片刻，最终还是回头问道：“莎拉，我送阿萝离开那件事，是怎么被发现的？”

“内务处收到了一张信息盘，上面记录了整个过程。”莎拉走到唐风身边，狠狠地瞪了他一眼，“帮助机器人出逃，真想不到你竟然会做出这种事，真是天下第一号大蠢蛋！”

原来是这么回事，那么举报的人到底是谁？难道是那位神秘的赏金猎手？全程记录，他有那份能耐吗？唐风心神恍惚，完全没留意莎拉怒火中烧的眼神，直到莎拉推门而出，才收起思绪，快步跟了上去。

内务处的长廊空空荡荡，几乎没什么人走动，即使有一两位警员迎面走来，看到伪装成李泰哲的莎拉，也都恭恭敬敬地退到了一边，似乎每个人都很畏惧他们的处长大人。

来到一间审讯室门外，莎拉瞥了瞥唐风，用一个轻微的点头示意卢就在里面。唐风会意，大步上前，替莎拉推开了房门。

审讯室外间坐着两名内务处警员，看到处长莅临，连忙起身敬礼。莎拉不言不语，冷冷地瞥了他们一眼，就把目光转向了里间。

同样身着灰色囚服的卢坐在单向透视的墙壁后，两眼无神，呆愣愣地看着前方。卢看上去不大对头，难道内务处动用了神经药剂来逼供？唐风勉强压下心中的不安，上前两步，大声道："把人犯带出来，处长要亲自审讯。"

两名警员满脸诧异，其中一人看了一眼莎拉，小心翼翼地问："处长不是已经审问过了吗？"

糟糕，第一句话就差点露馅。唐风定了定神，凑到那名警员面前，压低声音说："我也不清楚怎么回事，处长心情很糟，刚刚已经把我臭骂了一顿，你们不想再惹他生气的话就赶快执行吧。"

两名警员互相看看，匆匆打开里间的房门，把卢带了出来。唐风上前扣住卢的手臂，回头用探寻的目光看着莎拉。女上司仍然一言不发，转身就出了审讯室，唐风连忙推着卢跟在她身后。卢目光呆滞，任凭唐风推搡，毫不反抗。

"需要帮忙吗？"一名警员殷勤地跟了上来，看来是不想错过在处长面前有所表现的大好机会。唐风急忙摇摇头，一口回绝，“不用，我一个人能行，你们留在这，等会我还要把人犯送回来。”

警员满脸不快，但还是停下脚步，眼睁睁地看着唐风带走了卢。

莎拉当先，三人顺利走出了内务处。晚上值班的战警并不多，警员们看到这支举止奇怪的三人小队，仅仅投来了满怀好奇的一瞥，没有人胆敢上前盘查内务处处长。

内务处位于总部大楼第八十五层，唐风此前从未来过，对大楼的结构也不是十分清楚。他所知道的主要出口就是底层大厅和顶层天台，不幸的是两处都安装有自动扫描仪，戒备森严。

就这么大摇大摆地走出去的话肯定会露馅。想到这里，唐风心中焦急，凑到莎拉身边，耳语道：“怎么离开总部？”

“直接从底层大厅出去。”莎拉头也不回，大步向电梯间走去。从底层大厅离开？那怎么行？唐风连忙推着卢追上去，焦急地说：“那不行，我们无法通过全身扫描！”

“五分钟后就可以。总部主计算机例行自检，五分钟后防御系统会下线，重启时间为两分三十秒，足够我们从容离开。”莎拉嘴角一弯，露出了一抹浅浅的笑，“我说过，我早有计划。”

在唐风眼中莎拉仍然是内务处长的形象，那笑容出现在阴森冷漠的李泰哲脸上，略微显得有点诡异。

刚被逮捕就碰上了系统自检？主计算机系统自检是半年一次，如果没有记错的话，不应该是今天。

是不是太凑巧了点？唐风隐隐觉得有点奇怪。

莎拉说得没错，几分钟后，他们毫无阻碍地踏出了总部大门。莎拉毫不犹豫，沿着长长的台阶向下走去，唐风推着依旧神情恍惚的卢紧随其后。

总部大楼前方的台阶共有一百零八级，与地面的落差足有二十多米，每隔数米就有两座用黑色大理石雕就的战警塑像左右分立。每座雕像的姿势都是一样的，左臂平伸，掌心向外，右手则按在腰间的执法手枪上，似乎随时准备拔枪射击，守护都市居民的安危。

据说，这种设计是为了体现执法者神圣不可侵犯的威严。

此前每次来到总部，看到这些沉默的雕像，唐风胸中总会涌起一股神圣的仪式感，他从那些雕像的眼眸中感受到了历代战警深沉的嘱托。这倒不是因为唐风多愁善感，而是因为每一座雕像的基座都刻满了名字，数百年来，所有战死的执法战警都会在这里得到一席之地。

这些雕像的基座镌刻着成千上万个名字，它们代表着执法战警为了维护都市安定而作出的努力和牺牲。

今晚，唐风再次感受到了这些雕像带来的压力，似乎有无数双眼睛在黑暗中逼视着他，让他呼吸维艰。执法战警存在的目的就是维护人类社会的安定，而唐风已经背离了这一宗旨，因为一台拥有自我意识的伴侣机器人，他变成了人类公敌。

恍惚中，唐风茫然回头，看着夜幕下的战警总部。楼体正中，巨大的闪电盾标志闪动着金红两色光芒，方方正正的大楼沉浸在茫茫夜色之中，宏大庄严的气息一如既往。

“唐风，快!”

莎拉焦灼的呼声打断了唐风的思绪。唐风回过神来，发现莎拉已经坐进了一辆出租飞车，正冲着他连连摆手。

从战警到逃犯，阿萝改变了我的人生。唐风微微苦笑，推着卢奔下台阶，匆匆钻进飞车。莎拉开启发动机，飞车腾空而起，呼啸着没入了夜空。

第十八章　都市之外：野蛮人

太阳正当头，风迎面而来，带着干热的气息。黄色的土地上布满纵横交错的裂纹，满目荒凉，视野中看不到任何活物，天地间似乎只剩了唐风和卢两个人。

这就是都市外的世界。

回头看看，曾经高耸入云的巨墙已经变成了一排低矮的黑影，似隐似现，像一条有气无力的黑蛇横卧在地平线上。

唐风抬手擦擦额上渗出的汗珠，冷凝剂的效果正在慢慢消退，他感觉到了太阳带来的热度。

“见鬼，真他妈见鬼！”身边的同伴发出了含混不清的咒骂，一屁股坐在龟裂的地面上，接着仰面朝天瘫倒在地，喘息着说，“累死了！我要歇一会，我要歇一会，我要歇一会……”

离都市有多远了？一百公里还是二百公里？逃出来之后他们就一直在狂奔，片刻也不曾停歇。或许无人机不会追这么远，还是先休息一下吧，唐风接受过基因强化，但卢没有，他承受不了这么长时间的体力消耗。唐风犹豫片刻，解下背包，也一跤坐倒在地。

昨晚的经历在脑海中慢慢吞吞地泛起，就像一场过于久远的梦，模糊，晦暗，斑驳不清……

逃出战警总部之后，莎拉带着唐风和卢径直赶到了大力神矿业集团，并告诉他们：几十分钟后会有一队采矿机器人赶往三号矿区，他们可以钻进采矿车里混出都市大门。然后莎拉从车上拎下一个装备包，从中取出一罐强效冷凝剂，把唐风和卢全身上下喷了个遍。

冷凝剂可以把人类的体表温度降到接近周围环境，再加上采矿车厚厚的金属外壳遮挡，他们就能通过大门安检。

莎拉利用身为行动处处长的权限越过大力神矿业的安防系统，让唐风和卢安然钻进一个宽大的金属货柜，等待货运机器人把他们塞进采矿车。

一切顺利，顺利到令人不安。被匿名举报、主计算机自检、采矿队出发，这些难道只是巧合？不等唐风仔细思索，采矿队就出发了。恍惚中，唐风感到了恐惧，似乎有一只无形的巨掌在冥冥中推动着这一切，推着唐风不住向前。

唐风抬起左手举到面前，久久地凝视着掌中的银色颈环。那是分手时莎拉脱下来送给他的，作为临别赠礼。而且莎拉还给了唐风一个深深的拥抱，外加一个湿热深长的吻。莎拉当时说了什么？对了，和阿萝一样，她也说了再见。

再见，还有机会再见吗？唐风放落手臂，低下头看着干裂的土地。今生今世都不可能再和莎拉见面了，他已经没有了回头的路。

“以后就要在这鸟不生蛋的荒野里流浪……真他妈倒了八辈子大霉！”卢的抱怨声在耳边再次响起，唐风默默不语。

黎明时分，卢恢复了神志，开始大叫大嚷，拼命捶打货柜。

采矿机器人听到动静，打开货柜门，看到唐风和卢，在场的机器人都愣住了。采矿机器人没有智能系统，但都市内的操作员立即就会发现他们两个是逃犯。无奈之下，唐风只好拽着卢跳下采矿车，亡命狂奔。

或许是采矿机器人操作员报告了他们俩逃跑的方向，不久之后，三架无人机就追踪而至。好在莎拉替他们准备的背包中除去食物和饮水之外还有一柄 M300 型激光手枪，经过一场短暂的格斗，唐风击落了两架无人机。

也许意识到无法完成任务，第三架无人机选择了撤退。两人害怕会有更多无人机来袭，就变换方向，继续亡命狂奔。

连续奔逃七八个小时之后，再没有发现无人机逼近，或许都市已经放弃了追杀。都市之外的世界广阔无垠，想在这茫茫大地上找到两个人，无异于大海捞针。

十余分钟后，唐风站起身来，默默地注视着毫无生气的地平线。左右两侧都是平坦空旷的荒野，唯有前方兀立着一块数米高的红砂岩，遮挡了视野。

荒野、荒野、荒野……目之所及之处全是茫茫荒野。地表没有植被，也没有什么动物在活动，陪伴他们的只有沙砾、石块、令人头脑发晕的太阳、干热的空气，还有干热的风。

界墙外的大地一片荒芜，这句话说得太他妈对了！这儿根本就是没有任何生命的死亡之地！

没有人能在这种地方生存……不对，据说都市外生活着变异了的野蛮人，如果没有任何生物，这些野蛮人是依靠什么生活下来的？

“这他妈就是你想要的？对不对？”不知何时，卢也摇摇晃晃地站起身来，和唐风一起凝望着空旷无垠的荒野，嘴里还絮絮叨叨地说："好吧，我的脑袋一定是被门夹坏了，居然答应帮你，帮那台见了鬼的机器人！现在我们成了逃犯，流落荒野，还要被无人机追杀，你满意了？对不对？"

"把你扯进来是我的错，但你不要忘了，大法官已经判了我们死刑，在这里我们或许还有活路，留在都市只有死路一条！"

"你是想说你救了我的命，对不对？别他妈指望我会心存感激！要不是为了你那台破机器人，我也不至于落到这种下场！"卢愤愤地瞪着唐风，两眼中几乎要喷出火来，"留在都市是死路一条，这里呢？在这鸟不生蛋的地方不他妈也是死路一条？"

以前的卢风趣诙谐，现在却暴躁易怒，和之前相比，卢简直像是变了一个人。流落不毛之地，悠闲的都市生活已经成为过往，而且还要面对死亡的威胁，这个落差确实太大，或许卢就要崩溃了。

唐风不再分辨，俯身拎起背包，提在面前晃了晃："莎拉替我们准备了食物和饮水，至少够我们坚持两个星期。"

"那两个星期之后呢？我们怎么办？吃沙子喝空气吗？"

伙伴无止休的抱怨让唐风心生不快，他勉强压下怒火，反驳道："听着，野蛮人已经在都市之外生活了上千年，他们能够活下来，我们也能。"

"野蛮人？在哪？这里根本连个鬼影也没有！"

隐隐约约的轰鸣从远方传来，唐风顿时心生警觉，举目四顾，苍黄的太阳高悬天幕，看不到无人机的踪影。

除了那块数米高的红砂岩，周围没有可供藏身的地方，唐风一把抓住同伴的胳膊，指着那块砂岩叫道："有追兵，快躲起来。”

“无人机还是代理机器人？”卢顿时变了脸色，乖乖地闭上嘴巴，跟着唐风向砂岩下奔去。

轰鸣声渐渐逼近，奇怪的是，那声音是从前方传来的，并非来自都市的方向。而且那种轰鸣很浑浊，其中还夹杂着噼噼啪啪的杂音，听上去不像无人机，反倒像一台不间断运行了数十年、即将报废的垃圾处理机器人。

“那是什么玩意？”卢也觉察到了异常。唐风摇摇手，示意他不要说话，然后小心翼翼地探出脑袋，向前方看去。

眼前的情景让唐风微微一愣。

远处沙尘动荡，一个看上去只有七八岁大的小孩子在荒野中狂奔，身上的衣服破破烂烂，背上还背着一个超大的行囊。孩子身后不远处跟着一台喷吐着黑烟的四轮车，轰鸣声正是车子发出来的。那辆车似乎很古老了，锈迹斑斑，连顶棚都没有，三个奇装异服的家伙坐在车里，手舞足蹈，嘴里还不断发出含意不明的怪叫。

那种车是末世大战之前的产物，并非由电力驱动，而且只能贴地行驶，不能飞起来。唐风盯着那辆车看了一会，又把目光投向坐在车内的三个人。这三个家伙都持有武器，脸上用某种颜料绘满了奇形怪状的图案，远远看去，活像三头青面獠牙的怪兽。

“见鬼！这是什么状况？”卢也跟着探出脑袋，看到眼前这一幕，不禁目瞪口呆。

“后面那三个人好像在追那个小孩子。”

确实是在追赶，但那辆喷着黑烟的四轮车行驶速度太慢了，车内有个人持有木质弓箭，却迟迟不肯发射，只是用大吼大叫来引逗那孩子消耗体力。他们不像在追袭猎杀，反倒像在享受猫捉耗子的游戏。

“他们就是野蛮人？”

“我也不清楚。”唐风犹豫着摇了摇头。总部主计算机和都市中央电脑能够定位每一部个人终端机及战警头盔内的核心芯片，因为担心被追踪，唐风丢掉了终端机和头盔，没有这两样东西，仅凭双眼无法判断对方的物种属性。

那孩子直奔砂岩而来，猛然间看到了躲在岩石后的唐风和卢。孩子显得极为惊讶，似乎想后退，却又无法缓解狂奔之下的惯性，脚下一个踉跄，扑通一声摔倒在地。

四轮车并没有过分逼近，而是歪歪斜斜地停在那孩子身后不远处，手中提着弓箭的人跳下车来，从背后箭囊里抽出一根羽箭，怪笑着拉开了长弓。

他们要杀掉那孩子！唐风想也不想，甩掉背包，腾身一跃数米，拦在那孩子身前。那名箭手看到唐风突然出现，震惊地瞪大了双眼，但是箭矢已经离开弓弦，带着一溜尖啸直奔唐风小腹。

羽箭的飞行速度大约在每秒五十米，对于身经百战的唐风来说，这种速度显然比动能弹慢太多了，根本就不需要闪避。唐风右手按住腰间的激光手枪，左臂微抬，稳稳地把箭杆攥在手心里。

这一次，箭手和车内的两人同时张大嘴巴，爆发出一连串含意不明的怪叫。唐风随手把羽箭丢在地上，大声喝道：“你们为什么要追杀这孩子？”

没有收到回应。下一秒，坐在车后座的人站起身来，口中哇哇怪叫，高高举起手中的长矛，振臂挥出。沉重的长矛在空中划过一道弧线，斜斜刺向唐风胸膛。

矛身是木质，但矛尖却是金属，看来对方打算连他也一起干掉。唐风心生怒火，再次抬起左臂接住长矛，右手拔出激光手枪，扣动了扳机。

蓝白相间的高能光束一闪而过，投出长矛的家伙眉心正中多了一个圆圆的小孔，那人原地站立两秒钟，才软绵绵地瘫倒在车里。车上的驾驶员和箭手看看同伴的尸体，对视一眼，再次发出了一声怪叫。箭手腾身跳进车内，驾驶员则手忙脚乱地发动车子，掉转车头向来路逃去。

第十九章　都市之外：拾荒者、掠夺者

“唐风，唐风。”卢也从砂岩后跑出来，指着四轮车离去的方向说，“不应该放他们走，他们或许会带来更多野蛮人，而且，咱们需要那种交通工具。”

唐风丢掉长矛，举枪对准渐渐变小的四轮车，犹豫一会，却又缓缓放下手臂，道：“不行，在搞明白他们的身份之前，我不能胡乱杀人。”

“那好吧……可惜了那辆车。”卢颇为惋惜地摇了摇头。

唐风收起手枪，转过身看着仍然瘫坐在地的小孩子。那孩子很瘦，称得上是皮包骨头，头发像是一堆乱草，衣服破破烂烂，几乎分辨不出原来的颜色，身上还散发着一股极为难闻的臭味，似乎已经很多天没有洗过澡了。

唐风迫使自己忽略那股刺鼻的体臭，和颜悦色地问道：“你是什么人？那些又是什么人？他们为什么要追杀你？”

那孩子似乎非常害怕唐风，浑身颤抖，缩起肩膀向后退去，嘴里还不住地叫喊着什么。他的语速和刚刚开车追杀他的人一样快，分辨不出在说些什么。

“你他妈在说什么？会不会说人话？”卢颇不耐烦地皱起了

双眉。

那孩子两眼中满含惊恐，颤抖着不住摇动双手，嘴里再次发出叽里咕噜的怪声。这孩子的声音中好像有比较熟悉的词汇，唐风凝神细听，果然，他分辨出了“我”和“杀”这两个英文单词。

“看来咱们碰上了一个小类人猿。”卢转向唐风，无可奈何地说。唐风摇了摇手，回应道：“不，他说的是古通用语，只是语速太快了，很难分辨。”

“真的？我怎么半点都听不明白？”卢惊奇地挑起了眉毛。唐风又凝神聆听片刻，然后笑道：“他叫布布，他请求我们不要杀他。”

“杀他？真见鬼！他以为咱们也是野蛮人吗？”卢大为不快。唐风向那孩子微笑点头，“布布，不要害怕，我们没有恶意。”

微笑似乎起到了安抚作用，那孩子不再发抖，眨着眼睛看看唐风，再看看卢，一副不明所以的表情。

“你是什么人？刚刚追你的又是什么人？说话不要太快，这样我们才能听得明白。”

布布仰起脏兮兮的小脸，稍稍放慢了语速：“我是拾荒者，他们是掠夺者。”

“拾荒者？掠夺者？”唐风感觉有点困惑，“拾荒，就是捡垃圾的意思吗？”

“对，捡垃圾。”布布点了点头。似乎觉察到唐风没有恶意，布布显得镇定了许多，两只黑眼珠在唐风身上转来转去，反问道，“你们，来自，巨墙后面吗？”

小家伙口中的巨墙应该就是都市界墙。唐风含笑应道：“对，我们来自巨墙之后。”

“不会吧?”布布的两只小眼睛顿时瞪得溜圆,语速再次变得飞快,“你说的是真的?我还是第一次见到巨墙后面的人!”

“彼此彼此。”唐风笑着点点头,“我们也是第一次见到界墙之外的人。”

“老妈说巨墙后面住着恶魔,我还以为是真的,原来老妈是在骗我!”布布嘴里絮絮叨叨地说着,费力地从地上爬起身来。他背后的大包裹显然十分沉重,唐风想伸手帮忙,但布布躲开了,看来这孩子对他仍然怀有戒心。

等到布布摇摇晃晃地站直了身子,唐风又问道:“你妈妈为什么说巨墙后面住着恶魔?”

“因为巨墙里面会出来怪兽,而且会杀人,杀过好多好多人,所以大人们都说那里住着恶魔,我们从来不敢靠近巨墙。”布布仰起小脸,眸子中满含天真。

巨墙杀人?难道说野蛮人曾试图进入都市,但防御系统杀死了他们?一道阴影掠过心头,唐风下意识地转头看向了卢。卢耸耸肩,摇头道:“我也不太明白,这小家伙说的应该是采矿机器人和防御阵列系统,”

唐风又转向布布,问道:“小家伙,你为什么一个人跑来这里?那些掠夺者为什么要追杀你?”

“我出来捡东西,被掠夺者发现了,他们要抢劫我。”布布随手抹了一把鼻涕,若无其事地说。

“他们……抢劫你?”唐风稍稍皱起了双眉。布布背后那个包裹非常大,和他的衣服一样破烂不堪,还用各种颜色不同的布料缀满补丁,很难想象里面会有什么值得抢劫的东西。

“这种鸟不生蛋的地方能捡到什么？除了沙砾和石块，什么也没有。”卢满怀狐疑地盯着布布，似乎不太相信这个小家伙的话。

布布看看唐风，又看看卢，似乎不知道应该先回答谁的问题。隔了一会，他抬起手臂向来的方向一指：“那儿，有很多拾荒山，能找到好多有用的东西。掠夺者又懒又凶，他们自己不去找，总是抢劫我们。”

唐风顺着布布所指的方向凝目望去，果然在地平线上看到了几座隐隐约约的山坡。拾荒者……难道就是依靠捡垃圾为生？唐风回过头，难以置信地看着布布：“你们的生活必需品都是从哪里找来的？”

布布似懂非懂地摇了摇头：“我不知道生活必需品是什么，但是那里有好多能用的东西，有时候还能找到吃的。”

卢手搭凉棚，也凝目张望一会，点头道：“我明白了，生活垃圾被抛出界墙后，会由类似巨型蜘蛛的垃圾运输机器人定期运走抛弃，这个小野蛮人说的拾荒山应该就是垃圾倾泻场。”

“这个我知道。”布布跳着脚叫道，“我见过，我见过那种巨型蜘蛛，它们的个头大极啦，有六条腿和六个轮子，肚子里面会吐出许多东西来。”

阿萝会不会被垃圾运输机器人运到垃圾倾泻场？她会不会遭遇到掠夺者？那些掠夺者会不会杀了阿萝？女机器人那满含哀怨的眼神在脑海深处悄然浮现，唐风觉得有点不安。

唐风低头看着小拾荒者，轻声问：“布布，你有没有见过一个女孩子？穿的衣服和我差不多，不过是蓝色的。”

卢嘴巴半张，呆呆地看着唐风：“天哪！你居然还在惦记着那台该死的机器人？我说你脑壳是不是进水了？咱们落到这种下场全是因为她！”

唐风并不理会卢的抱怨，抬手在自己胸前比划一下，继续追问道：“她大概这么高，有一头黑色长发，有没有见过？”

“女孩子……我没见过，”布布稍稍皱起眉头，似乎在认真地思索着什么，半分钟后，又犹豫着补充道，“不过，前天阿莉说她见到掠夺者在追一个穿着奇怪衣服的女孩子，不知道是不是你说的那个女孩子。”

唐风脸上顿时阴云密布，一把抓住布布的胳膊，厉声道：“她在哪里被抓走的？被抓到哪里去了？”

“我不知道，我不知道！不要杀我，不要杀我！”布布显然是被唐风的脸色吓到了，缩起肩膀拼命挣扎。唐风意识到自己有些失态，急忙松开布布的胳膊，小拾荒者一跤坐倒在地，伸手抄起唐风丢在地上的长矛护在胸前。

唐风平定一下呼吸，放缓了语调：“对不起，我有点着急了，那个女孩子是我的朋友，我要找到她，你能帮我吗？”

布布仍然显得有点惊慌，把矛尖对准唐风不住摇头。卢上前一步，开口骂道：“小类人猿，我们刚刚救了你的小命，你他妈知道什么叫做感恩吗？”

唐风摆手制止了卢，走到砂岩后捡起自己的背包，又回到布布面前，从背包中取出一根蛋白棒晃了晃：“布布，只要你愿意帮我，这根蛋白棒就是你的。”

“那是什么东西？”布布的视线果然被蛋白棒吸引了过去。

“这是一种食物，吃的东西，含有人体所需要的各种营养。”唐风用手比划着，“从这里撕开，然后就能吃了，味道非常棒。”

“好吃吗?”布布吞了一口口水，终于缓缓放下长矛。

唐风笑着撕开包装，把蛋白棒递到布布面前。食物的香味似乎刺激到了小野蛮人的味蕾，布布贪婪地抽动着鼻翼，忽然伸手一把将蛋白棒夺过去，连着包装纸一起塞进嘴里。

唐风目瞪口呆，忙摆手道:“外面那个是包装纸，不能吃……”可是话还没说完，布布伸伸脖子，把蛋白棒和外包装全部吞进了肚子里。

“好吃！我从来没吃过这么好吃的东西!”布布意犹未尽地舔舔嘴唇，盯着唐风拎在手里的背包,“还有吗?”

“有。”唐风笑着收起背包,“但是，你要先帮我们找到那个女孩子的下落。”

布布愁眉苦脸地摇起了头:“我没见过那个女孩子，我只是听阿莉说的，说不定这件事阿莉也是从别人嘴里听来的，我没办法帮你找到她。”

“掠夺者抓走她那一幕是谁看到的？你只需帮我找到这个目击者就行了。”

“这样啊，那行，我能帮你。”布布咧开嘴笑了，伸出一只脏乎乎的小手，在唐风面前比了比,“不过，那种什么棒子，我要五个。”

第二十章　前往拾荒者之家

布布是个很健谈的小家伙，觉察到唐风和卢没有敌意，就变得兴致勃勃，不停地询问巨墙后是什么样子，以及他们两个为什么要到荒野中来。卢有点讨厌这个多嘴多舌的小野蛮人，故意落在两人身后，倒是唐风有一句没一句地回答着布布连续不断的提问。

“你是说巨墙后面没有怪兽？全是和你们一样的人？”

“是的。”

“那你们住在哪？在巨墙上打洞吗？”

“住在居民楼里，界墙……巨墙后面有很多很多居民楼，每一栋都可以容纳上万人。”

“居民楼……是石头做的房子吗？”

“差不多吧。”

“天哪，我从来没有见过完整的石头房子，废墟里面倒是有很多，可惜它们早就倒塌了。老妈说那些房子曾经很高，高到能钻进云彩里，你们住的石头房子有那么高吗？”

“很久很久之前或许有，但现在的房子没那么高……你说的废墟是什么？”

“废墟……就是废墟啊，离拾荒者之家很远，我没有去过……那现在的房子有多高？”

“大概有……和巨墙差不多高吧。”

布布回头望向已经看不见了的界墙，小脸上满是向往，片刻之后，又问道：“那你们为什么要来这？就是为了找到那个女孩子吗？”

“是的，她是我的朋友。”

“如果她被掠夺者抓住了你怎么办？”

“去救她。”

“掠夺者很凶，你能打赢他们吗？”

唐风漫不经心地拍了拍腰间的激光手枪：“能，我有武器。”

布布似乎有点不太相信，摇着头说：“可是你们只有两个人，掠夺者人很多的，而且他们也有这种能射出亮光的武器，我亲眼见过。”

“和我这种一样吗？”

“嗯……可能不太一样吧，当时是夜里，距离又远，我没看清楚，只看到他们那种武器射出了很刺眼的红光。”

唐风稍稍皱起双眉。手执长矛弓箭的掠夺者居然拥有能量武器？难道从反抗分子手中缴获的那把激光步枪就来自掠夺者？寻思片刻，唐风嘴角不禁浮出了一抹淡淡的苦笑，自己目前的身份是逃犯，思考这些毫无意义。

漫长琐碎的对话中，几座巨大的垃圾山在地平线上渐渐凸显。除了那几座垃圾山，四周仍是一眼望不到尽头的荒野，看不到活物。

迎面而来的风中夹杂着一股淡淡的腐臭，越往前走，腐臭就越发浓烈，令人恶心欲呕。卢停下脚步，掩住了鼻子，咒骂道："见鬼！真他妈难闻！咱们干吗要来这里？"

布布抬手向前一指："通往拾荒者之家的路就在那里啊。"

"拾荒者之家，是你们的营地吗？"唐风举目遥望了一会，但距离太远，只能分辨出几座垃圾堆。布布点点头，回应道："是的，所有的拾荒者都住在那，走别的路容易被掠夺者发现，只有那条路才能躲开他们。"

唐风转身看了布布一眼，随口问道："你好像很怕掠夺者，是不是他们经常袭击你们？"

布布低下头，半晌才说："是的，我们有很多人都是被掠夺者杀掉的，我爸爸也是。"

"你们没有试过反抗吗？"

"没有。"布布摇了摇头，"我们打不过掠夺者，他们人多，还有很多武器。我们只有躲起来，尽量不被他们找到。"

唐风默默无语。都市之外是个弱肉强食的残酷世界，可是，只有在这个世界里，阿萝才有机会生存下去。

难以计数的垃圾堆耸立如山，足有几百米高，各个垃圾堆之间还有两行清晰的车辙，那是巨型垃圾运输机器人留下的痕迹。卢说得没错，这里确实是超级都市的垃圾倾泻场。

在这里，唐风终于看到了离开都市后的第一种动物——老鼠。不时有一只肥硕的大老鼠从废塑料或破纸箱中探出头来，看到人类经过，又匆忙缩进了垃圾堆内。唐风留意到，每次看到老鼠，布布就会露出馋涎欲滴的表情，看来老鼠应该是拾荒者重要的食物来源。

在布布的带领下，唐风和卢爬上了一个不算太高的垃圾堆。

卢四下张望一阵，不解地问：“不是要去你们的营地么？爬到垃圾堆上干什么？”

布布没有回答，从怀中掏出一个双筒望远镜，举在眼前四周环顾。望远镜破旧不堪，烤漆脱落殆尽，只剩下了一个镜片，估计也是从垃圾堆里捡来的。

“你他妈在干什么？”卢不明所以。布布放下望远镜，又收进怀里，这才回答道：“我在看附近有没有藏着掠夺者。”

布布所说的路应该是某种秘密通道。唐风心中刚刚闪过这个念头，布布已俯身掀起一张两米见方的破铁皮，嚷道：“快，进去。”

陈腐污浊的气息扑面而来，铁皮下是一个黑漆漆的洞口，似乎深不见底。把通道入口隐藏在臭气熏天的垃圾堆里，恐怕也只有靠捡垃圾为生的拾荒者能想出这种主意。

唐风毫不犹豫，俯身钻进洞口，卢嘴里抱怨个不停，不情不愿地跟在唐风身后。等到两人都进去之后，布布也跟着钻进来，又把那张破铁皮原样合上，遮住了入口。

洞内一团昏暗，只有破铁皮上的孔洞中依稀透入几线亮光。通道大约呈四十五度，斜斜向下。唐风当先，三个人摸索着慢慢前进。走了约一两百米远，前方却陡然出现一块四四方方的铁板，严严实实地挡住了去路。

莎拉替他们准备了不少用品，应该有照明灯。唐风正想打开背包，布布却挤到他身边，抬腿在铁板上重重地踹了两脚。

“谁？”铁板后立即响起一个满含警惕的声音。

“我，布布，快开门。”步步提高了嗓门回应。

“你小子什么时候溜出去的？”铁板吱吱呀呀地打开来，火光摇曳，一个手举火把、身材高大的中年人出现在唐风面前。

“见鬼！他们是什么人？”火把照亮了唐风和卢的脸孔，那人显然吃了一惊，空着的右手立即伸向腰间，抽出一把短刀。中年人的头发和胡须都很长，脸上满是污垢，衣服和布布一样破烂不堪，只是胸前用绳子绑着一块铁皮充作护甲。

“等一下，等一下！”布布急忙拦在唐风面前，摇着手道，“他们救了我，他们是好人。”

“救了你？”中年人的双眉拧成一团，显得有些困惑。

“是的，掠夺者在追杀我，是他们杀了一个掠夺者，救了我的命。”

“他们不会是另一伙掠夺者伪装的吧？”

“你太多心了，我仔细问过，他们是巨墙后面的人。”布布仰起小脸，得意扬扬地回答。

“巨墙后的人？”那中年人顿时瞪大了双眼，对着唐风和卢上下不住打量。唐风微笑点头，“是的，我们来自巨墙之后。”

许久，那人终于收起短刀，闪身让开了去路：“那好吧，你们可以进去。”

跨过铁板门，他们出现在一个宽敞的通道内。顶部距离地面足有四五米，地面不再向下倾斜，周围也没有了各种垃圾，几支火把挂在斑驳破旧的混凝土墙壁上，把四周照得一片通明。这儿很像都市内的下水道，只是没那么潮湿，当然，通道顶部也没有照明灯。

布布踮起脚，从墙壁上取下一支火把，回头招呼道：“我们走吧，这儿只是入口，离拾荒者之家还有很远。”

把守入口的守卫又合上铁门，并插上一根粗大的门闩。那玩意以前只有在电影里见到过。唐风回头看了一眼，问道："能量武器轻易就能破坏这道门，而且只有一名守卫，万一掠夺者发现了这个通道，他能挡得住？"

布布随手向前一指："从这儿到拾荒者之家还要经过三道门，哨兵的任务不是挡住掠夺者，而是及时发出警报。"

"怎么发警报？" 卢也来了兴致。

"用通话器啊，" 布布又指指墙壁，"看到了吗？那根线就是我们的通话线路。如果第一道铁门被打破，我们就关闭剩下的三道铁门，等到掠夺者打破那些门，我们早就逃跑了。"

墙壁上果然有一条电线，只是颜色和混凝土墙壁差不多，很容易被忽视。为防备掠夺者来袭，拾荒者们花费了不少心思。有线通信，非常古老的技术。唐风很想看看有线通话器长什么样子，但又不想显得过分好奇，只得打消了这个念头。

黑沉沉的通道笔直向前，十多分钟后，第二道铁门出现在唐风视野里。这扇铁门边框上用了钢板加固，显得更加厚重，门板上还开着一个四方形的小孔，以利观察。

估计是第一道门的守卫发出了通告，这一次，守护铁门的哨兵没有询问就放他们通过了，只是用满怀好奇的眼光打量着唐风和卢。

卢沉着脸，显得闷闷不乐，等到通过第三道铁门之后，他终于忍不住拽住了唐风，低声问："找到那台机器人后，你准备怎么办？和这些野蛮人生活在一起吗？"

唐风微微一愣，这个问题他倒是没有考虑过，犹豫片刻，才回应道："还是找到阿萝之后再说吧。"

又走了将近半个钟头，最后一道铁门终于出现在视野之中。

前方的情景让唐风和卢为之一愣，两人互相看看，不由自主地停下了脚步。铁门外聚集着一大群人，有白发苍苍的老人，有刚及膝盖的小孩子，还有怀抱幼儿的女人，无数道视线都集中在唐风和卢的身上。

“看，看，大家出来迎接你们了。”布布又蹦又跳，举起胳膊不住挥舞，显得兴高采烈。

人群中，一位手扶木制拐杖的白胡子老人颤巍巍地上前两步，微笑道：“欢迎，欢迎来到拾荒者之家。”

第二十一章　拾荒者的由来

拾荒者的营地很大，足有上千平米，左右两侧都有通道，穹顶高达十余米，有台阶和粗大的廊柱，唐风在其中一根廊柱上看到了几个斑驳不清的字符——1 号站台。这儿似乎是远古时代的地铁站，末世大战之后就被彻底废弃，现在则成了拾荒者的栖身之所。

空气中弥漫着浓浓的烤肉香，烤架上穿着十多只肥硕的大老鼠，这是拾荒者特地为两位贵宾准备的美味佳肴。

无论男女老幼都围坐在烤架边，贪婪地盯着烤架上的老鼠。所有人的衣服都破破烂烂，似乎整个拾荒者之家没有一件完整的服装，有些孩子甚至浑身上下光溜溜的，连鞋子都没得穿。

阿莉是个黑头发小姑娘，坐在布布身边，个头比布布还要矮一点，两只黑眼睛不住在唐风和卢身上游移，眼光里透着警惕和好奇。

听唐风道明来意之后，阿莉拧起了眉毛，点着头说："我确实看到了掠夺者在追一个女孩子，但是距离很远，看不清那女孩子长什么样，只看到她是黑头发，衣服和你们差不多。八个掠夺者骑着四辆摩托车在追她，还带着长柄火枪，我害怕被发现，就赶快躲了起来，没看到后来发生了什么。但我敢肯定，她会被掠夺者逮住的。”

果然是阿萝，唐风低下脑袋，盯着自己的双手久久不语。阿萝是机器人，没那么容易被杀死，但她不会格斗，也不懂得如何躲避追踪，拾荒者女孩说得没错，她肯定会被抓住。

白胡子长老转向唐风，语气里带着沉痛和无奈：“很遗憾，恐怕你找不回你的朋友了。”

一位中年女子也插口道：“掠夺者总是杀死男人和小孩，带走女人，他们需要女人来繁衍后代。”

“我们原本有上千人，但现在只剩下不到一百人，如果不是长老找到了这个地下营地，掠夺者早就把我们杀光了！”

“掠夺者不仅袭击我们，他们简直就是一群恶狼，见人就杀。去年我还碰到过两个受了重伤的人，他们说来自东方一个什么城镇，路上遭到了掠夺者的袭击，没多久他们就死了。”

“对，除了来自巨墙的巨型蜘蛛，掠夺者什么人都杀。”

拾荒者们七嘴八舌地述说着掠夺者的恶行，似乎掠夺者就是这荒野上的狼群，为祸四方。

这些拾荒者说的应该是真话。掠夺者追杀尚未成年的布布，而且看到唐风之后的第一反应就是试图用长矛把他刺穿。许久，唐风又抬起头来，低声问道：“掠夺者的营地在哪？我要去救我的朋友。”

“你要去掠夺者堡垒？”阿莉震惊地瞪大了双眼。所有的拾荒者都从烤架上移开目光，用看怪物一样的眼神看着唐风。

白胡子长老不住摇动双手：“放弃吧，外乡人，放弃吧！掠夺者至少有几百人，聚集在一个防守森严的堡垒里。他们人多势众，全副武装，你不可能救出你的朋友。”

唐风毫无惧色，平静地说：“你们只需要带我赶到掠夺者堡垒就够了。”

拾荒者们面面相觑，一时没人接口。卢伸手拉拉唐风的衣袖，低声问：“咱们势单力薄，而且只有一把枪，你确定要这么做？”

唐风面色不变，缓缓点了点头：“我确定。”

“你真他妈是个疯子！”卢愤愤地瞪了唐风一眼，叹着气道，“好吧，反正都落到这种地步了，我就再陪你疯一次！”

拾荒者们围聚在一起低声商议。良久，长老才转过身来，宣布道：“我们可以帮你们指出掠夺者堡垒的位置，但是不能给你带路，也不能提供别的支援，你们也看到了，我们缺少武器，又大都是老幼妇孺，根本没有力量和掠夺者打仗。”

和布布一样，他们都很害怕。而且这些人没有接受过战斗训练，也帮不上什么忙。唐风点头道：“好，一言为定。”

长老也点点头，转身向一名中年人吩咐道：“去，把地图拿过来。”

地图只是一块半灰半白的布料，还沾满了星星点点的污渍，上面用某种黑色颜料画着一些图形，但大部分都是空白，似乎尚未绘制完成。

“这儿就是拾荒山。”长老指点着地图正中几个三角形的图案，接着又把手指移向地图左侧尽头，那儿是一道粗粗的黑线，从上而下，几乎贯穿了整张地图，“这儿，是巨墙，距离拾荒山大概有三百多公里。”

长老又把手指移到地图上方，指着位于拾荒山和巨墙之间的一个圆柱形图案说："这儿，就是掠夺者堡垒，在拾荒山的西北方向，大约有八十公里远。我们缺少测绘工具，这些数值都是估算出来的，并不准确。"

"从这里出发，一直向西北方向前进，你们就会找到掠夺者堡垒。"

地图的左下方绘着一条弯弯曲曲的东西，两边还有几个三角形图案，但长老并没有提到那里是什么地方。唐风指着那条曲线问："这儿呢，这儿是什么地方？"

长老低头不语，几分钟后，才轻声说："那是长湖，我们祖辈居住的地方。"

"湖？有水吗？"一直心不在焉的卢顿时精神大振。长老脸上流露出了几分伤感和眷恋，缓缓点了点头。

水是生命的源泉，人类文明的起源地就在大河之边，这些唐风在历史资料里曾读到过。拾荒者为什么要离开水源，跑到这荒野中来？唐风有些不解，问道："那你们为什么要迁移到这里来？是掠夺者把你们赶走了？"

"不，不是掠夺者。"长老浑浊的双眼中骤然闪过一丝恐惧，"是比掠夺者还要可怕得多的东西。"

唐风听得入了神，脱口问道："比掠夺者可怕得多？那是什么？"

长老默默不语，许久，他才缓缓地开了口："数百年前，我们的祖辈居住在长湖边，那儿物产丰饶，能放牧牛羊，圈养地鼠，还能种植小麦和玉米，人们根本不用担心缺吃少穿，更不用像老鼠那样钻进地洞里。

"那时候，我们的部族足有数千人，分居在长湖两岸，日出而作，日落而息，每个人都幸福快乐。

“可是有一天，数以千计的怪物突然袭击了长湖，它们乘坐能够隐形的铁鸟从天而降，它们手中的武器喷吐着炽热的光焰，一瞬间就能把人们烧成焦炭。我们的武器对它们造不成任何伤害，绝大部分人都被杀了，只有少数人侥幸逃脱了性命。”

喷吐光焰，应该是激光或者高能粒子束，至于隐形的铁鸟……难道是战斗飞车？唐风心中浮出了一抹隐隐约约的不祥。

四周一片寂静，只能听到人们或轻或重的呼吸，拾荒者们脸上都带着恐惧，甚至布布和阿莉也不例外。很显然，他们都曾无数次听过这个故事，对那种未知怪物的恐惧已经深深地植入了他们的骨髓。

“我爷爷的爷爷带着一部分幸存者逃进了荒野，往西北方向奔逃，直到撞上巨墙。可是巨墙上射出了致命的电光，又杀掉了将近一半幸存者。从此，我们再也不敢靠近巨墙。这里有掠夺者，不能种植庄稼，能吃的动物也很少，可至少我们还能活下去，所以，我们就在荒野里艰难地生存了下来，直至如今。”

“我们是一群失去家园的人。”长老转向唐风，眼神中透着说不尽的悲伤和凄凉。

“那些怪物……长什么样子？”唐风犹豫着问。

“我知道，我知道。”没等长老回答，布布跳起来尖叫道，“那些怪物的身体就像是一团黑雾，让人看不清楚，只能看到它们冒着红光的两只眼睛。它们的身体是钢铁，胳膊是利刀，嘴巴能喷火，没有武器能够伤害它们。”

长老沉痛地点点头：“这孩子说的是真的，亲眼见过那种怪物的人已经死光了。但生前他们一遍又一遍地把看到的一切讲给后人们听，并且反复告诫后代：千万不要试图返回长湖，逃得越远越好。先人的话语被我们铭记于心，我们再也没有回头。”

唐风的目光从周围的拾荒者脸上缓缓掠过，难以言喻的悲凉从心中悄然升起。在场的只有几十个人，很难想象他们曾是拥有数千人的部族。那些怪物到底是什么？它们为何要屠杀拾荒者？为何要侵占他们的家园？

“地鼠烤好了！地鼠烤好了！”沉默许久，一位中年女子的欢呼打破了沉寂。拾荒者们顿时收起悲伤，眼睛直勾勾地盯着烤架上的老鼠，露出馋涎欲滴的表情。中年女子先取下一只烤地鼠递给长老，又取下两只，分别送到唐风和卢的面前。

烤地鼠肉闻起来确实很香，但一想起这是在垃圾堆里钻来钻去的大老鼠，唐风就感觉有些反胃。他不由自主地摆摆手，道：“谢谢，可我现在一点都不饿，谢谢你们的好意。”

和唐风一样，卢也拒绝了他那份烤地鼠，长老和中年女子又劝让几次，见两人执意不肯吃，也就作罢了。等待已久的拾荒者们一拥而上，七手八脚，十多只烤地鼠眨眼间就被哄抢一空。

第二十二章　潜入掠夺者堡垒

“布布，你还是回去吧，跟着我们太危险！”

“不！”小拾荒者攥紧长矛，坚决地摇起了头，“你们救过我的命，现在轮到我帮助你们了。”

那根长矛还是前天碰到的掠夺者丢下的，小拾荒者的个头还不及长矛的一半高。卢的脸上带着一抹讥讽，笑道：“就你那小身板，能帮得上什么忙？”

布布颇不服气地撇起了嘴：“我是在这里长大的，我很熟悉这片荒野，至少能帮你们尽快赶到掠夺者堡垒。”

这小家伙说的话也有些道理。唐风思索一会，点头道：“那好吧，但是你要记住一点：不要离我们太远，不然我没法保护你。”

布布脏乎乎的小脸上绽开了欢笑：“明白，我不会乱跑的。”

既然决定要去救阿萝，第二天唐风和卢就与拾荒者们道别，离开了拾荒者之家。出乎意料的是，没等他们走出垃圾倾泻场，布布就拖着长矛赶了上来，坚持要和他们同行。唐风费尽了口舌，始终没办法赶走小拾荒者，他又不敢过分耽搁，只好带着布布一起上路。

小拾荒者虽然人小腿短，但动作灵敏，耐力比卢还要好，因此，连续几个小时走下来，第一个叫苦的反而是卢。

通往掠夺者堡垒的路很好找，地面上有很多车辙印，只要一直沿着车辙印向前走，他们即可抵达目的地。

夜幕即将笼罩荒野的时候，掠夺者堡垒终于出现在了地平线上。

四野一片空旷，只有左边不远处有几块巨大的红砂岩耸立地表，显得十分突兀。唐风手脚并用，爬上最为高大那块红砂岩，久久地凝望着暮色中的堡垒。

远远看去，视野之中是高高矮矮的建筑物，最外侧稀稀疏疏地耸立着一些充作防护墙的木栅栏。大多数建筑都倒塌了，残垣断壁布满地表，这里应该是末世大战前的某座城镇，而盘踞于此的掠夺者似乎从没想过重新修整。

四面漏风，简直不堪一击，这就是拾荒者口中防卫森严的掠夺者堡垒？唐风皱起眉头思索一会，又摇着头笑了，掠夺者是这片荒野中最强大的武装团伙，没有人胆敢袭击他们的营地，这些人或许早已习以为常了，根本就没想过设防。

窸窸窣窣的声音从身后传来，唐风回头一看，却是布布也爬了上来。唐风伸手抓住布布的手腕把他拎上岩顶，问道："布布，掠夺者晚上会不会巡逻？"

布布茫然摇头："不知道，我们拾荒者从没来过这里，我也是第一次来。"

距离还远，仅凭目测看不出掠夺者的防御状况，需要潜入侦查。突然之间，唐风无比怀念自己的头盔和个人终端机。没有这两样东西，他就无法进行远距离探测，只能采用最为古老的办法。寻思一会，唐风在背包里翻出莎拉送他的那副银色颈环，戴在了脖子上。

“那是什么？”布布看着唐风的举动，脸上满是好奇。唐风微笑着答道：“这玩意叫做动态立体投影仪，它能帮我混进掠夺者堡垒。”

“动态……投影仪？混进堡垒？”布布不停地眨着眼睛，愕然不解。小拾荒者恐怕搞不明白什么叫做动态立体投影，唐风只得含含糊糊地点点头，“对，投影仪。”

等到卢气喘吁吁地爬上砂岩，唐风把背包和激光手枪递给他，吩咐道：“你们两个就留在这里，我负责潜入，然后见机行事。”

卢望望暮色中破败阴森的建筑群，脸上透出了几分不安：“唐风，我和你一起去吧，一个人太危险。”

“不用担心。”唐风笑着指指脖子里的立体投影仪，“我有这个能够提供掩护，人多了反而更容易被发现。”

无边无际的夜终于覆盖了大地，掠夺者堡垒几乎完全湮没在黑暗里，只有几处隐隐约约的火光，参差不齐的建筑群仿佛夜色中的憧憧鬼影，透着说不出的阴森。唐风再次吩咐卢和布布待在岩顶上，然后纵身一跃而下，向着浓浓的夜色奔去。

燥热的风迎面而来，带着尸体的腐臭和淡淡的血腥，间或还能听到一两声粗野狂暴的嚎叫，看来掠夺者们还没有全部入睡。唐风放轻脚步，尽量无声且迅速地向前移动。

半小时后，唐风抵达了废墟外围。最外圈是一排参差不齐的木栅栏，充作支撑的木桩顶端被利器削尖，不少木桩上都插着人类或某种动物的脑袋，有些还尚未腐烂，甚至能勉强分辨出死者生前恐惧扭曲的表情。

这些头颅让唐风觉得有点反胃。死者只剩了脑袋，他们的身体在哪？难道被掠夺者……唐风打个寒战，勉强控制住了自己的思绪，他不愿就这个问题展开太多的想象。

栅栏内每隔不远还立着一根高高的木柱，柱子中段斜斜固定着用来照明的火把，不过尚未点燃。唐风半蹲在地，警觉地扫视着四周，确认没有异常，才纵身越过栅栏，躲在一堵断墙下。

目前还不能大摇大摆地四处乱走，动态立体投影能完美地把唐风模拟成另外一个人，可问题是：首先要有一个可供扫描的模拟对象。投影仪只能模拟资料库内预存的人物形象，却不能凭空改变佩戴者的外貌。

几分钟后，机会来了。一名举着火把、脸上涂满油彩的年轻人从一栋尚算完整的建筑内走出来，径直来到栅栏边，用手中的火把去引燃悬挂在木柱上的火把。唐风急忙开启投影仪的扫描功能，锁定了那名掠夺者。

掠夺者并未觉察背后有人，贴着栅栏慢吞吞地走着，沿途逐一引燃木柱上的火把。等到那名掠夺者走远，唐风又四周扫视一遍，才启动了投影仪。黯淡的扫描光线自上而下掠过，几秒钟后，唐风就变得和那名掠夺者一模一样，连面部的油彩也毫无二致。

唐风直起身来，绕过断墙，仔细打量着眼前破败不堪的掠夺者营地。大多数建筑只剩了断壁残垣，黑沉沉的，只有十余栋尚算完好的建筑内透着几线亮光。

营地很大，阿萝会被关在哪？掠夺者不同于都市内的罪犯，唐风不了解这些野蛮人，更无法利用以往的经验作出推断，只能依靠直觉行动。

寻思片刻，唐风迈步走向最为高大的那栋建筑。那原本是一座教堂，钟楼已经坍塌半边，但相对于那些连门窗都没有的楼房而言，它已经是最完整的了。

大门并未上锁，轻轻一推就打开了。温热污浊的气息扑面而来，地板上横七竖八地躺满了人，大都已呼呼入睡，只有三名赤着上身的掠夺者围坐在一堆篝火边。看到唐风出现，三人投以淡淡一瞥，又无动于衷地收回了目光。

其中有个家伙的肩头倚着一把看上去很老旧的单管火枪，别的掠夺者身边全是长矛短刀之类的冷兵器，连突击步枪都没有。

仔细观察一会，唐风悄悄地退出来，并合上房门，又走进一栋没了大门的楼房。

这里的掠夺者更多，几乎每个房间都有，同样是三名掠夺者守着火堆，似乎值夜的守卫。唐风看到了长矛、弓箭、双筒猎枪、手工粗陋的皮盔甲以及吃剩的骨头，可就是看不到俘虏。

从目前的状况来分析，掠夺者不可能拥有能量武器，他们唯一的优势就是人多而已。如果执法手枪或战斗刀在手，轻易就能摆平这些荒野上的恶狼。唐风正打算退出去，一名脸上涂着白色骷髅头的掠夺者从地铺上爬起来，摇摇晃晃地向大门外走去。

这个脸上绘着骷髅头的家伙腰间挂着一把刀，黑色的刀鞘，黑色的刀柄，正是唐风送给阿萝那把战斗刀。这家伙应该知道阿萝的下落，唐风勉强压下心中的喜悦，悄悄尾随在那名掠夺者身后。

骷髅头打着哈欠走出楼房，来到一堵断墙下，解开腰带开始撒尿。唐风无声无息地欺到他身后，伸手扣住对方的后颈，手指稍一用力，那个倒霉家伙就不声不响地瘫倒在地。

唐风拖着昏迷不醒的骷髅头走进一栋四面全是断壁残垣的小屋，看看周围没什么动静，才解下对方腰间的战斗刀，抬手在他脸上扇了一记耳光。

骷髅头呻吟着醒转过来，唐风用左手牢牢按住他的嘴巴，并拔出战斗刀横在他面前，压低声音道："我问，你答，记住不要大声叫，不然就一刀戳穿你的喉咙，听明白没有？"

掠夺者两眼中满是惊恐，慌乱地点了点头。唐风松开左手，虚扣在他的咽喉，缓缓道："这把刀，怎么来的？"

"垃圾山……垃圾山，我们在那里抓到了一个女人，这把刀是我从她手里抢来的。"

"那个女人有没有受伤？"

"没有，没有，她没有反抗，只会逃跑，很快就被我们逮到了，没有受伤。"

"她在哪？"

"在……在地牢，和别的俘虏关在一起。"

"那么，这个地牢，在哪？"

骷髅头抬起左臂向左一指："就在那边，不太远，入口是一块很大的木板，很容易找。"

"你们有能量武器吗？"

"能量……武器？"骷髅头困惑地眨着眼，"我不知道那是什么。"

果不其然，这些野蛮人压根就不明白什么叫做能量武器。唐风满意地点点头，"最后一个问题，那女人身上还有一把手枪，那把枪在哪？"

“枪被首领拿去了，他就在营地中央的帐篷里，首领很喜欢那把枪，睡觉也要带着。”

“很好。”唐风左手猛然发力，扣紧了掠夺者的喉咙。喉骨塌陷变形，骷髅头四肢抽动，再次瘫倒在唐风脚下。

第二十三章　夜袭，迟到的营救

首领的帐篷，还有地牢，先去哪里？

正在犹豫，一阵强劲的轰鸣骤然打破了沉寂。怎么回事？唐风不禁为之一愣。片刻之后，纷乱的嚎叫声次第响起，火光闪亮，不少掠夺者举着火把和武器冲出自己的栖身之处，像没头苍蝇一样在营地内胡乱奔跑。

除了他，难道还有别人潜入？唐风站起身来，默不作声地混进了一群狂奔而过的掠夺者当中。大多数掠夺者都在狂喊乱叫，而且语速飞快，唐风一时听不清他们在喊些什么。

跟着人流跑出不远，刚刚奔出一条窄窄的小巷，一辆高达数米的大车从前方轰然驶过。那是货运卡车，双排载重轮，车轮几乎抵得上正常人的身高，极为古老的款式，之前唐风只有在资料画面中才看到过。

几声闷响，三名冲出巷口的掠夺者被撞得高高飞起。余下的掠夺者哇哇怪叫，拎起长矛向那辆大车投去。矛尖在车厢上溅出了点点火星，那辆车毫不停顿，径直碾过两名掠夺者，又撞塌一面墙壁，携带着碾压一切的气势，轰轰隆隆地向营地外驶去。

两分钟后，那辆载重货车撞倒一排栅栏，轰鸣着消失在了夜色之中。

“他妈的！那是咱们唯一的货车！”

“什么人？”

“追上去！杀了他们！”

“骑上摩托车，咱们追！”

“对，杀掉！统统杀掉！”

掠夺者们破口大骂，又一窝蜂似的向营地中央奔去。这场骚乱也许是解救阿萝的好机会，唐风故意放慢脚步，落在了这些野蛮人身后。可惜不等他脱离队伍，又一群掠夺者举着火把赶了过来。人多眼杂，唐风暂时不敢轻举妄动，只好继续跟着这些野蛮人向前走。

穿过一条不太宽阔的街道，一栋孤零零的帐篷出现在前方。帐篷附近似乎被清理过，距离别的建筑很远，周围胡乱停放着几辆敞篷四轮车和十多辆两轮摩托，入口处还竖着两根燃着火把的木柱，掠夺者的首领就在这顶帐篷里，自己送给阿萝那把左轮应该也在。唐风盯着帐篷，盘算着怎样才能混进去。

足有上百名掠夺者围在帐篷前，更多人还在不断拥来。几个家伙为了争抢摩托车动手厮打了起来，另一些人则在旁边鼓掌叫好，场面有些混乱。唐风被围裹在人群之中，一时无法脱身。

“他妈的！怎么有两个阿基？”旁边一名高大健壮的掠夺者转过身瞪着唐风，满脸的难以置信。

没人接口，不祥的寂静迅速向四周扩散。掠夺者们渐渐安静下来，无数道目光齐刷刷地集中在唐风和另外一个满脸油彩的年轻人身上。正是唐风伪装的那名掠夺者。

露馅了，见鬼！唐风在心底暗暗咒骂。不知道是什么人搞出了这场骚乱，但显而易见，收拾这个烂摊子的将是唐风。

叫做阿基的掠夺者呆呆地盯着唐风看了一会，忽然大叫道：“这混蛋冒充我，他是假的！他是假的！”

周围的掠夺者退开几步，一起把目光转向唐风，并抓紧了短刀和长矛。唐风急中生智，模仿阿基的声音叫道：“他是假的！他才是假的！大家都仔细看看身边的人，也许还有更多敌人混进来了！”

掠夺者们瞠目结舌，面面相觑，一时没人开口。阿基嘴里哇哇怪叫，举起短刀就向唐风扑来。在身经百战的唐风眼中，这小子的动作就像一只慢吞吞的乌龟，唐风有上百种方法立即置他于死地。

不能杀他，应该利用这个机会制造更大的混乱。唐风拿定主意，微微侧身避开这迎面一刀，同时抓住阿基的手腕趁势一带。阿基身不由主，踉踉跄跄地向前扑去，短刀不偏不斜地劈在另一名掠夺者肩头，顿时皮破血流。那名掠夺者大声惨叫，也拔出短刀，反手劈向阿基。

唐风趁机高叫道：“他才是假的，他才是假的！大家快抓住他！”

几名掠夺者同时向阿基扑去，却也有三人纵身扑向唐风。唐风闪身避开，看准时机，悄悄伸腿绊住了一位小个头掠夺者。小个头向前一扑，险些摔倒，手中的长矛却戳中了另一个大块头的屁股。大块头怪叫一声，反身一把抓住小个头的脖子，把他高高提离地面。唐风假装上前劝解，却脚下踉跄，撞在另一名肥肥胖胖的掠夺者背后。那名掠夺者毫无防备，扑通倒地，又接连撞倒了另外三个人。被撞倒的人高声怒叫，互相谩骂指责，殴打不休。

唐风双手抱住小腹滚倒在地，故意装出一副痛苦不堪的模样，不住呻吟。这一招浑水摸鱼之计终于起到了效果，越来越多的掠夺者嘶吼着加进战团，刀刃相碰，拳脚交加，场面顿时一片混乱。

混乱中，唐风悄无声息地脱身而出，贴着一辆四轮车摸到了帐篷外。周围的喊叫声震耳欲聋，帐篷里面却静悄悄的，听不到任何动静。

似乎有点不太对头。唐风犹豫片刻，趁着没人留意，迅速绕到帐篷后，拔出战斗刀，在帆布帐篷上割开一个长长的口子，纵身跃入。

外面火把晃动，在帐篷内投下无数道纷乱的光线。借着亮光，唐风看到了一张用兽皮铺成的卧榻，旁边随意丢着长矛、大砍刀以及其他一些乱七八糟的东西。一个极为魁梧的身影端坐在一把交椅里，纹丝不动，似乎外面的流血厮杀与他毫不相关。

这就是掠夺者的首领？坐着就有将近两米高，这家伙是人类吗？唐风攥紧战斗刀，提高警惕，小心翼翼地向座椅靠近。借着帐篷外透进的火光，他看清了对方的脸孔。

那是一张令人恐惧的脸。肥厚的嘴唇向外翻卷，犬齿外露，脸上坑坑洼洼，满是黑红相间的疤痕，几乎没有一片完好的皮肤，看上去触目惊心。

毫无疑问，掠夺者的首领曾经是一个极为可怕的家伙，当然，只是曾经而已。他的额头正中有一个直径约一厘米的小孔，从前额直透后脑。那是能量武器留下的弹痕，这个曾经可怕的家伙已经死了。

如果判断没错，应该是刚刚驾驶货运卡车逃跑的人杀死了掠夺者的首领，但奇怪的是，那把雷神左轮还在。手枪安安稳稳地插在枪套里，和子弹带一起挂在这个死人的腰带上。

那把左轮是特制的，外观模仿了古代的柯尔特蟒蛇左轮，弹容量却不是六发，而是九发，枪管加长，使用 7.62mm 步枪弹，其穿透力和推拒作用都要远远高于一般的手枪，并可采用穿甲弹、高爆弹甚至高爆针刺弹等多种弹头。虽然无法与战警专用的执法手枪相提并论，但目前来说，却是不可多得的防身利器。

袭击者没有带走自己的战利品，为什么？唐风顾不上仔细思考，凑过去把左轮手枪和子弹带全部解下，系在自己腰里。

刚刚系好扣带，帐篷入口的布帘被人一把掀开，三名掠夺者同时拥了进来。

“头，有人闯进营地，还偷走了咱们的卡……”

“头，有人假装成阿基，还杀了咱们几个……”

等看清帐篷内的情况，乱哄哄的叫声顿时戛然而止，三个家伙的目光一起落在唐风身上。唐风举起右手摆了摆，微笑道：“不好意思，又是我。”

“又是假装成阿基的这小子！”

“头头被他杀了！干掉这个混蛋！”

片刻的寂静过后，随着满含愤恨的嘶吼，两把宽刃砍刀带着风声劈向唐风的脑袋。这一次没法蒙混过关了，唐风侧身避开，随手拔出战斗刀，身体微微旋转，刀刃挟着一道黑光，没入其中一个家伙的后颈。另一名掠夺者还没闹明白发生了什么事，战斗刀在空中划过一条弧线，闪电般刺进了他的胸口。纳米刀刃轻而易举地破开硬皮甲和骨骼，直没至柄。

第三个掠夺者反应很快，本来已抽出了短刀，但看到两名同伴眨眼间就被干掉，甩手就把短刀向唐风抛去，自己却转身向帐篷外奔去。唐风离他较远，闪身避开短刀，想拔出左轮把他干掉，却又怕枪声会引起大批掠夺者的注意，就这么一犹豫，那名掠夺者已经逃出了帐篷。

此地不可久留。唐风匆匆用投影仪扫描了一具掠夺者的尸体，改变成对方的相貌，又钻出用战斗刀割开的缺口，向地牢方向奔去。

“头被杀啦！头被杀啦！”身后，掠夺者疯狂的叫声震天动地。

骷髅头说得没错，地牢入口果然很好找，断壁残垣间竖着一根挂着火把的木柱，火光照耀下，一张四四方方的厚木板赫然在目。估计所有的掠夺者都被帐篷外的骚乱吸引了过去，这儿居然连个守卫也没有。

唐风伸手去掀木板，才发现地牢竟然没有上锁，木板上的铁制锁环被某种利器劈成了两截，断口处闪闪发光。

难道有人来过？唐风心中惊疑不定，压低声音呼唤道：“阿萝，阿萝，你在吗？”

没有收到回应，地牢内静悄悄的，听不到半点声音。掀开木板，黑漆漆的洞口和一部木质扶梯出现在唐风面前。唐风犹豫片刻，伸手取下悬挂在木柱上的火把，纵身跃进了地牢。

腐烂污浊的气息扑面而来，其中还夹杂着淡淡的血腥。透过火把昏暗的光芒，唐风看到了几个用来关押俘虏的大铁笼，但是笼门敞开，里面却空荡荡的，地牢内空无一人。

阿萝不在这里。

第二十四章　追击，前路渺茫

太阳跃出地平线，照亮了在荒野上奔跑的三个人影，那是唐风、卢和布布。

离开地牢后，唐风又冒险抓住几名掠夺者，反复逼问阿萝的下落。从几份不太相同的口供中，唐风得出了一个答案：某个不明身份的人袭击地牢守卫，放走所有俘虏，并开着那辆货车逃出了营地。

很显然，正是这位身份不明的神秘人士杀掉掠夺者首领，然后扬长而去，把这个烂摊子丢给了唐风。

“歇一会吧……歇一会，那些掠夺者应该没有追上来。”落在最后面的卢一跤坐倒，接着仰面朝天躺在了地上。布布也弯下腰来，双手撑住膝盖，不住呼呼喘气。离开掠夺者堡垒后就一直在奔跑，他们俩实在是累坏了。

唐风停下脚步，从背包中摸出两瓶饮用水，分别递给布布和卢。前都市卫队上尉接过水瓶，一口气就喝了个瓶底朝天。布布学着卢的样子拧开水瓶，咕嘟嘟喝了几口，转过脸看着唐风，又把水瓶递回来，问道：“你怎么不喝？”

唐风指指背包，摆手道：“这里还有，我不渴。”

“你这人太奇怪了！”布布看着唐风，两眼中满含好奇，“从昨晚直到现在你就没休息过，难道你从来不知道累吗？”

“哈，他可是基因强化人，各项体能都远在正常人之上。”卢把空水瓶远远抛开，笑道，“基因强化，小家伙，你懂什么叫基因强化吗？”

“基因？强化？那是什么？”布布眨着眼睛，小脸上满是困惑。

“基因强化就是……就是把老虎、狮子、猎豹、恐龙等各种猛兽的基因移植到人类体内，让人变得像猛兽一样凶猛。”卢显然也不明白什么是基因强化，他只是在信口胡侃。

“不明白你在说什么，不过听起来好厉害的样子！”布布吐吐舌头，盯着唐风上下打量一会，又转过脸看看仍在喘息不止的卢，指着他说，“你体力很差，你不是基因强化人，对吧？”

“那当然，老子可是正常人。”卢哈哈大笑几声，又转向唐风，抱怨道，“我说……你就不能偷一辆车？老靠两条腿跑路，简直要把人活活累死！”

唐风望着西北方，淡淡地回答道：“不用急，车很快就会来。”

“车很快就来？你什么意思？”卢爬起身也跟着向西北方引颈遥望，一道烟尘低低地悬在地平线上，正向他们所在的位置迅速移动，掠夺者追来了。

“真他妈见鬼！快，咱们快躲起来！”卢顿时变了脸色。唐风镇静地拍拍腰间的战斗刀和左轮手枪，“不用紧张，咱们有武器，你负责保护布布，我来对付他们。”

马达的轰鸣和粗野的狂吼随风而来，烟尘渐渐逼近，隐约能看见一辆敞篷四轮车和四辆两轮摩托的影子。掠夺者并没有出动全部运载工具，或许他们兵分两路，另一路去追了那辆货运卡车。

只有十多个人，不难对付。唐风右手缓缓垂下，缓缓拨开枪套扣带。周围没什么可供隐藏的地方，卢就拉着布布伏在了地上。

两辆摩托车分头向左右远远驶出，似乎想截断他们的退路，另两辆摩托车则直奔唐风冲来。伴随着撕裂空气的低鸣，两柄长矛和一根羽箭先后向唐风飞去。布布小脸发白，尖叫道："小心！"

唐风闪身避过羽箭和第一柄长矛，左臂探出，把第二柄长矛牢牢攥在手里，然后掉转矛尖奋力投出。长矛挟着一溜尖啸笔直射向一辆迎面而来的两轮摩托，正中摩托车手的前胸，又从他背后穿出，洞穿了后座上那名掠夺者的小腹。

被穿成一串的两名掠夺者同时栽倒，没了驾驶员的摩托车也随之轰然倒地。与此同时，枪声骤然响起，四轮车上喷出两道火光。掠夺者显然明白眼前的敌人很难对付，特地准备了火枪。可是他们准头实在太差，弹丸只能在唐风脚下溅起股股沙尘。

不等对方发动第二波攻击，唐风已拔枪在手，对准第二辆摩托车的油箱开了一枪。子弹刚刚穿出枪膛，他又闪电般掉转枪口，瞄准敞篷四轮车上的五名掠夺者连续扣动扳机。

弹仓里全部是穿甲高爆弹，唐风对掠夺者的追击早有准备。

油箱中的燃料被高爆弹点燃，随即引发了二次爆炸。巨响如同雷鸣，第二辆摩托车四分五裂，爆成了一团火球，车上的掠夺者也被炸得粉身碎骨。敞篷四轮车上的掠夺者脑袋全部凭空消失，高爆弹轰碎了他们的脑壳。几具尸体先后跌落，四轮车的速度渐渐放慢，马达的轰鸣也渐趋低沉，最终歪歪斜斜地横在唐风面前。

伴随着尖厉刺耳的刹车声，剩下的两辆摩托车停了下来。车上的掠夺者互相看看，同时掉转车头，怪叫着向来路逃去。

被刺穿小腹的掠夺者还没死，正挣扎着想把长矛从肚子里拔出来。唐风收起左轮，缓步踱到他身边，低头问道："你们是不是另外派人去追那辆卡车了?"

掠夺者抬起头看着唐风，嘴里不停地涌出血沫："告诉你的话，能不能给我一个痛快？杀……杀了我!"

"好。"

"那辆车带走了全部……俘虏，新首领带人去……去追。"

"车上是不是有个叫阿萝的机器女孩?"卢也凑到唐风身边，插口问道，"那辆车向哪个方向去了?"

"不知道，俘虏很多，我不知道谁是阿萝……那辆车开向东方，应该是去了堕落之城……"

"堕落之城?"唐风心中疑惑，昨晚他就听到过这个词，但是拾荒者的地图上并没有标注这个地名。

"我知道的就这么多了，求求你！杀了我，杀了我，杀了我……"掠夺者两眼无神，反复念叨着最后三个字。这家伙快死了，应该不会说谎。唐风心生怜悯，抽出左轮手枪，对准他的心脏扣动了扳机。

卢盯着掠夺者的尸体看了一会，抬头问："唐风，你确定那个女机器人被带到那个什么堕落之城了?"

"不确定，不过，这是目前唯一的线索。"

“那你打算怎么办？继续追下去?”

“对。”唐风转头看看那辆四轮车，嘴角浮出了淡淡的微笑，“至少这次我们不用再走路了。”

引擎运转正常，就是声音稍微大点，这辆四轮车应该没什么大问题。唐风对这种老掉牙了的机车很陌生，只知道它是使用内燃机作为驱动，需要定期添加燃料汽油，否则就无法跑起来。

或许是为了增加威慑力，掠夺者在车身上加装了许多棱角峥嵘的铁板，那辆两轮摩托也是如此。这些玩意会增加车身重量，增加燃料消耗，唐风忙碌了小半天，才把挡板全部拆除干净。

燃料只剩下将近一半，如何把摩托车里的燃料添加到四轮车的油箱里，这件事比较麻烦，唐风和卢对此都没什么办法，倒是布布很快想出了一个好主意。

小拾荒者从后备厢里找出一根长长的软管，然后煞有介事地指使唐风把那辆摩托推到四轮车旁边。等到唐风和卢把摩托车推过来，布布分别拧掉两辆车的油箱盖，把软管一头插进摩托车的油箱里，噙住另一头猛吸一口，油箱中的汽油立即源源不断地涌了出来。布布连忙把软管插进四轮车的油箱盖，抬起头，得意扬扬地看着唐风和卢。

卢目瞪口呆，赞道：“小家伙鬼点子不少啊，你怎么知道这个办法?”

摩托车的油箱排空后，布布收起软管，又塞进后备厢，这才笑嘻嘻地解释道：“这办法我早就会了，我见过掠夺者这么干。”

作为曾经的特级执法战警，熟练驾驶各种车辆是必修科目，可是这种只能贴地行驶的四轮车唐风却是第一次接触。不过唐风是一个学习能力很强的人，开着车兜了几个圈子后，他就彻底掌握了这辆老古董。

唐风停下车子，转过脸看着卢，严肃地说：“卢，我要去堕落之城寻找阿萝，前途凶吉未卜，不知道会遭遇什么，我无权要求你跟着我冒险。你可以留下来和拾荒者一起生活，掠夺者虽然算得上一个威胁，但他们装备很差，不难对付，你应该……”

“开什么玩笑！”前都市卫队上尉沉下脸来，显得很不高兴，“我他妈当然要跟着你，我落到今天这个地步全是你害的，想丢下我自己跑路，没门！”

“那好。”唐风笑着点点头，又转向小拾荒者，“布布，走吧，我们先送你回去。”

布布一直在整理掠夺者遗留下的装备，弓箭、长矛、砍刀、火枪、食物以及各种工具，累累赘赘地塞满了背包，听到问话，小拾荒者仰起小脸，摇头道：“不，你们去哪里，布布就去哪里。”

“不行，堕落之城是你们也不了解的未知之地，谁也不知道接下来会遭遇什么，太危险了。”

布布仍然固执地摇着头：“不行，我要跟着你们。整天围着拾荒山转悠，太无聊了，我想到别的地方去看看。”

唐风心中微微一动。日复一日地捡垃圾和躲避掠夺者就是拾荒者生活的全部内容，这小家伙不想这么活下去，和唐风一样，他也想做出改变，无论结果是好是坏。

思考片刻，唐风最终还是摇了摇头：“不行，太危险了，你的亲人都在等着你，我不能带你离开。”

布布丢下背包，气呼呼地跳下车，四仰八叉地躺在了车轮前：“出来了我就没打算回去，既然你不肯带我，就从我身上碾过去吧，反正我死也不回去！”

这小家伙是铁了心要跟着他们了，唐风啼笑皆非。卢腾地跳下车来，一把拽起布布，骂道：“你这小子，跟咱们耗上了啊，信不信老子一巴掌抽死你！”

布布双臂抱在胸前，两眼一闭，提高嗓门嚷道：“打吧，打，打死我得了！”

卢高高举起了手臂，却不知如何是好，只得转过脸，无可奈何地看着唐风。唐风叹着气说：“算了，就带他一起上路吧。”

布布顿时转怒为喜，笑眯眯地爬上后座。等到卢也坐上车，唐风才启动发动机，微笑着说：“咱们上路。”

第二十五章　小机器人瓦力

第三天傍晚，影影绰绰的建筑群终于出现在地平线上，似乎距离堕落之城已经不太远了。布布兴奋地站起身来，挥舞手臂，嘴里不断发出“咿哈咿哈”的怪声。可惜，没过两分钟，发动机的轰鸣就戛然而止，四轮车耗尽了燃料。

车子依靠自身的惯性向前滑行一段，然后停了下来，再也不肯挪动一分一毫。

“真他妈见鬼!”卢跳下车来，愤愤地在前轮上踹了一脚。唐风站起身，向着暮色中的建筑群张望一会，提议道:“今晚就在这里露营吧，明早再出发。”

布布倒是一点也不沮丧，爬下车，从自己那破破烂烂的背包里摸出一条更加破烂的毯子，在地上铺好，把背包当做枕头，舒舒服服地躺了上去。

简单吃过晚饭，唐风躺在后座上闭上了眼睛。莎拉准备的背包中没有行军毯，掠夺者留下的装备里倒是有两张毯子，但是毯子满是污垢，还带着一股很浓的体臭，他不愿钻进那玩意里面。卢倒是不嫌弃，取出毯子在地上铺好，又拿过另一条裹在了身上。

不一会，布布就发出了轻微的鼾声，唐风却辗转反侧，难以入眠。堕落之城，阿萝会在那里吗？如果在，把她带去的人又是谁？他为什么要冒险去救阿萝？他有什么目的？数不清的问题纷沓而来，搅得唐风心烦意乱。

夜风轻起，带着些微的寒意。唐风久久难以入眠，索性睁开了双眼。深黛色的天幕中星光点点，如同无数闪闪发光的宝石撒满了广阔无垠的夜空。亮白色的银河从天际升起，犹如一条璀璨夺目的光带，横贯大半个夜幕，又斜斜泻向黑沉沉的大地。

生活在都市中的人类永远也无法看到这么美的星空，他们只能在电子立体影像中自我麻醉。唐风正在感慨，卢的声音忽然悠悠响起："唐风，找到那台机器人后，你打算怎么办？"

唐风微微一愣，这个问题他倒是从来没有考虑过。和阿萝生活在一起？不太可能，唐风是人类，而阿萝则是一台机器人，虽说她有了自我意识，也有了属于自己的情感，但她毕竟只是外裹人造皮肤的生物机器。唐风虽然接受了机器人也是属于智慧生命这一现实，却不代表他能够接受一台机器人作为终身伴侣。

况且，唐风并不确定自己是否爱着阿萝。当初之所以决定保护这台机器人，主要还是出于怜悯，至于现在，他只想确认阿萝是否安全，完全没有想过下一步如何打算。

许久，唐风才慢吞吞地道："先找到阿萝再说吧，至于以后怎么办，我还没有考虑过。"

"那好吧，晚安。"卢嘀咕一句，闭上了双眼。

唐风做了一个很长很长的梦，他梦到了阿萝和莫妮卡，还有莎拉，而且他们四个人居然生活在一起。最奇怪的是：在梦中他竟然是以第三者的视角观察着这一切，他似乎变成了另外一个人，而唐风仍然是唐风。

他静静地躲在暗处，看着唐风、阿萝、莫妮卡及莎拉，看着他们讨论工作和生活，看着他们围在餐桌边谈笑风生，看着他们上床，看着他们做爱……等到四个人全部沉沉入睡，他则悄悄走到床边，拔出了腰间的战斗刀……

刀光闪过，唐风怵然惊醒。

额头湿湿凉凉，似乎出了不少冷汗。唐风揩掉汗水，把双手举在面前，久久地凝视着。自己怎么会做这种离奇可怖的梦？这场梦又意味着什么？他不清楚。

天色微明，太阳尚未升起，布布和卢仍在呼呼大睡，一高一低两种鼾声互相应和。唐风坐起身来，刚转头向东方张望一眼，顿时面色一变，接着闪电般拔出了腰间的左轮手枪。

一台怪模怪样的小机器人正蹲在车头前方，距离他们不过数米。

这台机器人似乎是很古老的型号，灰黄色的合金外壳，表面烤漆几乎脱落殆尽，方方正正，没有手也没有脚，连脑袋也没有，只能从胸前那一行斑驳不清的编号上辨认出它的身份。

那台机器人似乎也在睡觉，唐风的动作好像惊醒了它，一个类似双筒望远镜的玩意从它四四方方的身体上方探了出来，看到唐风，小机器人立即哇哇大叫，体内又探出两条手臂，在空中不断挥舞："哈喽，外乡人，哈喽，你终于醒了，你好，你好！"

机器人的电子合成音中夹杂着一丝颤音，听上去怪腔怪调。这台小机器人什么时候来的？怎么丝毫没有觉察？难道自己的警觉性下降了？唐风大为震惊，把左轮插回枪套，问道："你什么时候来的？你要干什么？"

“昨天晚上，昨天晚上，你们在睡觉，瓦力没有打扰你们。”小机器人身体下方伸出两条履带，骨碌碌向四轮车滚来，“你们有瓦力要的零件，瓦力要交易，瓦力要交易。”

卢和布布都被对话声吵醒，打着哈欠睁开了双眼。看到那台怪模怪样的小机器人，卢急忙一把抓起激光手枪，布布却兴奋地跳起身来，欢呼道：“哇噢！机器人，太棒了！”

小机器人履带转动，迅速地绕着布布和卢转了一圈，同时还不断挥舞手臂，“我是瓦力，初次见面！你们好，外乡人，你们好！”

这台机器人的举止很奇怪，它的表现完全不像机器人，反倒像一位头脑不大正常并且热情过头的人类。难道它和阿萝一样，也有了自主意识？唐风犹豫片刻，问道：“机器人瓦力，你……有自我意识？”

机器人的履带忽然停住，四方形身体上的双筒望远镜转过来对准唐风，并伸出一根扁扁的合金手指在镜筒上挠了挠，显得有点困惑：“自我意识？那是什么东西？”

唐风耐心地解释道：“自我意识又叫做自我认知，是一种相当复杂的心理现象，由自我认识、自我体验和自我控制三种心理成分构成。简单来说，就是对自己身心活动的觉察，也就是自己对自己的认识。”

机器人又挠了挠镜筒：“有点明白，但又不太明白，不过最后那句话我明白什么意思，我认识我自己，瓦力就是我，我就是瓦力。”

和阿萝不同，这台机器人好像有点笨笨的。唐风发了一会呆，又开口道：“报上你的型号和启用日期。”

“型号和启用日期?”机器人的双筒望远镜歪向一边，然后又歪向另一边，似乎在认真地思索着什么。几分钟后，它的双筒望远镜左右摇了摇，“太久了，太久了，瓦力记不起型号，也记不起启用日期。”

“你来自堕落之城吗？瓦力。”布布目不转睛地盯着小机器人，两眼中满含好奇。

“堕落之城?”小机器人挠挠头，忽然再次举起手臂，飞快地在空中划了几圈，“啊哈，只有掠夺者才那么叫，不错，掠夺者，什么都抢的野蛮人。瓦力是讲诚信的机器人，瓦力从来不和他们打交道。”

“那你来自哪里?”小拾荒者有样学样，也像瓦力那样挠起了脑袋。

小机器人抬手向东方一指:“河中之城，河中之城，瓦力来自伟大的河中之城。瓦力的零件出了问题，想要去废铁镇寻找合适的零件，路上见到你们在睡觉……对了，你们有瓦力要的零件，瓦力要交易，瓦力要交易。”

“停，停，停。”卢似乎也被这台吵个不停的怪机器人搞迷糊了，大声喝道，“你他妈要交易什么?”

“P-113节流阀，你们这辆车上就有，就在引擎盖下面，瓦力要的就是它。”小机器人履带滚动，迅速转到四轮车前，伸出金属手臂在引擎盖上敲打起来。

咣咣咣的声音不绝于耳，卢显然被这连续不断的敲击搞得头昏脑涨，抬手把激光手枪对准小机器人，咆哮道:“住手！你他妈快给我住手!”

瓦力转过脑袋看看卢，停止敲打，高高举起了双臂，连声叫道:“不要开枪，不要开枪，我投降，瓦力不会伤害人类，瓦力是人畜无害的好机器人!”

这家伙等候整整一夜，就是为了等我们醒来之后进行交易，拥有自我意识的机器人当真会威胁到人类的安危吗？看着小机器人的反应，唐风胸中再次涌起了浓浓的疑问。

唐风摆摆手，示意卢放下手枪，问道:“瓦力，你用什么来交易?”

小机器人看卢收起了手枪，这才放下双臂，在自己身体两侧同时一按，一张四方形的合金板打开来，瓦力的身体中滚出了一些乱七八糟的东西。小机器人得意扬扬地挥舞着双臂，嚷道:“看吧，看吧，这是我珍藏的货物，一定有你们需要的。”

那堆所谓的货物包括了一把半新不旧的扳手、几枚生锈的螺丝、半只硬邦邦的面包圈、一只只有右脚的作战靴、十几枚某种饮料上的瓶盖，还有其他一些叫不出名目的东西。

“就这些垃圾，能用来交易?”唐风感觉有些哭笑不得。

“这是我珍藏的货物，一定有你们需要的，一定有!”小机器人似乎有些委屈，伸手拿起那半只面包圈，嚷道,“看，看哪，这个还可以吃，这种食物正是你们需要的。”

面包圈拿开后，一个类似手表的玩意映入了唐风的眼帘，唐风心中不觉微微一动。这玩意通体黑灰色，有着方方正正的显示屏，附带碳纤维手环，上面还印着德尔塔军工的标志。那是德尔塔Ⅲ型军用个人终端机，很古老的型号，不知道还能不能用。

唐风跳下车，伸手把终端机捡了起来。粗略检查一遍，似乎没什么损坏，但是电量早已耗尽，无法启动。充电倒不是问题，德尔塔型军用终端机能够把佩戴者的部分动能转化为电能，而且还能利用太阳能充电。唐风迟疑片刻，问道：“这玩意还能用吗？”

“能用，能用。”小机器人接过终端机，熟练地从体内扯出一根导线，联上终端机的充电插口。两分钟后，终端机屏幕上亮起了盈盈绿光，系统开始自检。可惜进度条刚走到一半，屏幕又突然变黑，小机器人瓦力东敲西摸，屏幕却始终是黑的，终端机再也不肯启动。

“算了，这破玩意根本就是坏的。”唐风微感失望，摇着头说，“你没有我们需要的东西，那个节流阀不能给你。”

“它能用，它能用。”小机器人不肯放弃，拔掉导线，把终端机硬塞进唐风怀里，嚷道，“你们跟瓦力去河中之城，瓦力负责帮你们找人修好它。”

“去河中之城？”唐风心中一动，下意识地转头向东方望了一眼。他们对那个地方一无所知，利用这个多嘴多舌的小机器人当向导，应该是个不错的选择。

唐风把终端机戴在左腕上，微笑着向瓦力点点头：“成交，节流阀属于你了。”

第二十六章　河中之城

瓦力确实是个多话的机器人，一路上喋喋不休，给唐风等人讲解河中之城的历史和现况。这些事也是唐风急于了解的，可惜小机器人讲话太絮叨，讲一段历史，又讲一段自己的经历，同样的话题还往往要重复两三遍，听得人很不耐烦。只有布布一个人全神贯注，听得津津有味，还不时提几个问题。唐风很想问问小机器人是怎么获得的自我意识，却一直插不上话。

河中之城是个人类和机器人混居的城邦，拥有相当久远的历史。据瓦力说，早在它出生之前，河中之城就已经存在很久很久了。当然，机器人不可能被“生”出来，但瓦力确实用了这个词。

河中之城大约有八九万名市民，包括人类、机器人以及半机器人。布布不明白什么叫做半机器人，小机器人也没有对此作出解释，又兴致勃勃地讲起了很久前的一场大战。

“你们知道吗？那是我所见过的最壮观的景象，机器军团！知道吗？数以万计的机器人大军前来攻打河中之城！”小机器人双臂不住挥舞，语速也越来越快，“那是我见过的最为壮观的景象！数不清的机器人覆盖了整个荒野，就像乌云覆盖了地面，每个人都被吓坏了，我们虽然和掠夺者打过仗，但从来没有遭遇过这么多敌人……”

布布满脸不解，忽然插口问道：“等一下，等一下，你不也是机器人吗？机器人为什么要打机器人？”

“这个……我要想一想，想一想……”小机器人伸手不停地挠着镜筒，隔了好久，忽然又高高举起双臂，“啊哈，瓦力想起来了，是摩西，不对，摩西曾经说过，那些机器人是坏机器人，是没有智能的傀儡木偶，只能受人操控。你们知道吗？摩西是个伟大的机器人，就是摩西领导我们打赢了那一仗，那些坏机器人的尸体成千上万，堆积在荒野里，那就是废铁镇的由来。”

小机器人讲话颠三倒四，很难理出头绪来，不过唐风还是大致听明白了。大概三百年前，许多遥控机器人或者代理机器人向河中之城大举来袭，市民们在一位叫做摩西的机器人领导下，最终打败了来犯之敌。

“摩西不仅带领我们打败了敌人，还带领我们重建家园，河中之城欢迎所有人，无论是人类、机器人还是半机器人，全都可以成为河中之城的永久居民，这些都是摩西的功劳！”小机器人手舞足蹈，不停夸耀摩西的功绩。

这个摩西应该就是机器人的首领。看小机器人还在滔滔不绝，唐风就插口道：“嘿，瓦力，你认识那个摩西吗？”

小机器人顿了一顿，又伸手挠挠镜筒，“嘿嘿，这个……其实……严格说来，瓦力并没有见过摩西。”

一直没有开口的卢忽然哈哈大笑，指着小机器人说：“你这家伙，吹嘘了这么多，却连见都没见过这个所谓的摩西，你的话八成是胡编乱造！”

“不，不！瓦力是守信用的机器人，瓦力从来不说谎！”小机器人的镜筒前，两只雨刷一样的东西急剧左右晃动，不知道是不是情绪激动的标志。“不仅是我，大家都没有见过摩西，他从来不见任何人，从来不见！你们懂吗？”

“好吧，”卢嬉笑着耸耸肩，“看来你这位伟大的摩西是个害怕见人的家伙。”

“才不是！”小机器人愤愤地反驳，“有人不喜欢摩西，想要杀掉他，杀掉他！你懂吗？摩西不想被坏人找到！”

“那好吧。”卢再次耸了耸肩，“摩西担心自己的芯片被人卸下来，看来这座河中之城是个相当危险的地方。”

“河中之城不危险，她是我们的家！”

“在自己家里还要担心生命安危？简直是笑话。听着，你这呆头呆脑的机器人，你说的摩西肯定是个胆小鬼，再不然就是你们的家太他妈糟糕了。”

“你这坏蛋！不许侮辱摩西！不许侮辱河中之城！”小机器人哇哇大叫着冲到卢身边，举起两只手臂，没头没脑地向卢乱打。由于小机器人个头太矮，举起双臂也只能够得到卢的屁股，因此两只合金拳头全部落在了他屁股上。

卢被吓了一跳，撒开腿就跑，小机器人却不依不饶，紧紧追在他身后。卢想拔出激光步枪，但枪身下方的能量夹卡在腰带上，越是着急，越是拔不出来，那狼狈不堪的样子倒惹得布布哈哈大笑。

“瓦力，住手！卢，不要开枪！”唐风连声呵斥，勉强制止了这场闹剧。小机器人停止追打，转动履带回到唐风和布布身边，却故意把镜筒转向一旁，再也不肯理会卢。

瓦力被激怒了，他拥有类似人类的情绪反应，毫无疑问，这台小机器人也拥有自我意识。不过，从他的言语和那毫无章法的攻击方式中能够看出来，这台机器人既没有能力也不会对人类造成威胁。

虽说受尽了凌虐，阿萝却没想过反抗人类，从这台小机器人的表现来看，他也不会与人类为敌。都市上层却把拥有自我意识的机器人视为头号大敌，这是为什么？

短暂的情绪爆发过后，瓦力变得沉默了许多，耷拉着脑袋，显得有些无精打采，对唐风和布布的提问也爱搭不理。

大半天的时间就在这尴尬的沉默中缓缓流过，红日西沉时分，他们终于赶到了瓦力曾提到过的护城河边。河面宽达上百米，某种绿色液体在河道的约束下缓缓流淌。对岸，高高矮矮的建筑物错落有致，在夕阳的余晖下静静矗立。距离尚远，但能分辨出宽阔平整的街道和街头络绎不绝的行人。小机器人说得没错，远处确实是一座城镇。

“哇！水！水！”看到绿水，布布兴奋地跳起脚来，撒开腿沿着斜斜向下的堤道往水边跑去。唐风眼疾手快，一把拉住布布的胳膊，低声警告道：“不要靠近，那水有问题。”

确实有问题。水面绿的诡异，那绿色太深沉了，而且很黏稠，就像黏黏稠稠的浑汤在河道中翻滚涌动。

“那不是水，那不是水，那是河中之城的防御系统，能保护我们不被坏人攻击。”家园在望，小机器人似乎恢复了活力，骨碌碌滚到河堤边，指着河中的绿水道：“这里面是一种瓦力叫不上来名字的酸液，无论是人类还是机器人，掉进去就会全部溶解，连骨头渣都不会剩下。为了防止敌人的进攻，摩西想出了这个办法，这些全是摩西的功劳。”

“见鬼！你们自己人掉进去了怎么办？”看着那不断翻涌的绿色浑汤，唐风感觉胃部有些不适。

“不会，不会。”小机器人手舞足蹈，得意扬扬地解释道，“白天河水会被抽干，而且对岸沿着河道还有一米多高的防护栏，不用担心会有生命危险。”

小机器人反复提到了敌人，能派出数以万计的遥控机器人大军，似乎只有超级都市才具有这种实力。难道都市议会曾打算消灭他们？

“整个城市都被这种……酸液包围着吗？”小机器人的话似乎吓到了布布，小拾荒者躲到唐风身后，不敢再靠近河岸。

“啊哈，是的，是的，瓦力说过，这是我们河中之城的防御系统！”

“可是，我们要怎么过去呢？”布布踮起脚，小心翼翼地向河道中望了一眼。

“有办法，有办法。”瓦力转动履带，骨碌碌滚到一处紧贴河道的平台上。平台似乎使用混凝土浇灌而成，看上去相当坚固，一座约有三米多高的白石碑在平台上巍然耸立。平台靠近河岸的边缘处用黄色涂料喷着一条警示线，不知道什么用途。

小机器人发觉唐风在打量那座石碑，就主动介绍道：“那是宣言石碑，也是摩西的主意，看吧，看吧。”

唐风走到石碑前，凝神打量。石碑顶端用英文镌刻了“河中之城宣言”几个大字，下面则是几行工工整整的小字：人类和机器人生而平等，造物主赋予他们若干不可剥夺的权利，其中包括生命权、自由权、追求幸福和反抗压迫的权利。为了保障这些权利，我们建立了河中之城，任何接受宣言的人类及机器人都有权成为河中之城居民。部分人类否认我们的权利，但我们以对待世界上其他种族一样的态度对待他们：战即为敌；和则为友。我们以我们的生命、我们的财产和我们神圣的名誉，彼此宣誓。

看来这位摩西还是一位理想主义者，唐风默默地想。

“大家都到这里来，到这里来。”小机器人指手画脚，让唐风等人都站到他身边，然后指着地面上的黄线道，“站在这条黄线后面，不要离河岸太近，桥很快就会过来了。”

“桥？”布布满脸不解，显然他不知道小机器人口中的“桥”是什么玩意。

轰轰隆隆的声音在对岸响起，一条宽达十余米的钢架桥跨过河道，缓缓向他们脚下的平台伸来。

“布瑞奇，布瑞奇，你好，你好，瓦力回来了，还带来三位外乡人。”小机器人像是完全恢复了好心情，兴高采烈地向钢架桥挥着手。

“你在和谁说话？”唐风感觉有点莫名其妙。桥面上空荡荡的，根本看不到人影。瓦力随手指指桥面，“瓦力和布瑞奇说话啊，你们看不到他吗？”

布布和卢两人脸上同样满是困惑，卢看看手舞足蹈的瓦力，又抬手指指自己的脑袋，看来他怀疑这台小机器人的芯片有问题。

桥面缓缓伸到他们脚下，平平稳稳地搭在平台上，然后静止了下来。一个浑厚的声音在桥身某处响起：“外乡人，你们好，欢迎来到河中之城。”

布布大吃一惊，尖叫一声跳到了唐风身后，卢也紧张地按住腰间的激光手枪，左顾右盼，想找出对方的位置。小机器人则扬扬自得，举着双臂嚷嚷道："布瑞奇在和你们打招呼，赶快向他问好，赶快向他问好，他万一发起火来就会把我们全部丢进河里去，瓦力可不想陪你们一起死。"

那个浑厚的声音再次响起："不要听瓦力胡说，他就是喜欢吓唬新来的外乡人，布瑞奇从来不发火。"

唐风恍然大悟。是这座桥在说话，布瑞奇的英文字面意思就是桥，整座桥就是一台体形巨大的机器人。

走过护城河，钢架桥又缓缓收拢，最终缩进河岸边的一个宽阔厚重的混凝土基座里，看来那里就是布瑞奇的栖身之处。唐风礼貌地向布瑞奇道过谢，才跟在小机器人身后向前方的城镇走去。

第二十七章　河中之城二

河中之城和超级都市完全无法相提并论，只有寥寥几个街区，建筑物大都是两到三层的普通砖房，没有都市内那种高耸入云的摩天大楼。不过这里的空气很清新，不像超级都市那么污浊。

街道宽阔整洁，行人很多，有人类，也有半人半机器的半机器人，但更多的却是体形不一、形状各异的机器人。有的机器人高大魁梧，有的机器人小巧玲珑，有的外观像人但像是昆虫或是动物的混合体，千奇百怪，令人眼花缭乱。

就是在超级都市里也没见过这么多不同种类的机器人。布布双眼瞪得溜圆，左顾右盼，卢也是嘴巴半张，满脸惊愕。好在路过的人类和机器人对他们满怀惊异的眼光视若无睹，似乎是见惯了他们这种孤陋寡闻的外乡来客。

商贩随处可见，争相向路过的行人们兜售各种货物，当然，商贩中也有不少机器人。与都市不同，街道上看不到身穿制服的执枪守卫，人们神情安详，动作大都慵懒而悠闲，机器人也是如此，丝毫感觉不到都市里那种快节奏的紧张气息。

与等级森严的超级都市相比，这里简直就是另外一个世界。

“跟我来，跟我来，瓦力带你们去找机修师。”小机器人似乎没有心情带领他们到处参观，一溜烟跑在最前面，还不断向唐风他们挥着手，“戴森就快关门了，去晚了就只有等到明天。”

小机器人很着急，看来迟到的话机修师就会把他们拒之门外，或许这位叫做戴森的家伙又是一个脾气古怪的机器人。

经过两个路口，这支小队伍来到了一间低矮的红砖房前。一位叼着香烟的中年男人从屋子里走出来，回身打算合上房门。他的头发乱蓬蓬的，满脸胡碴，身穿无袖夹克，右臂和正常人无异，左臂却黝黑发亮，透着金属的光泽。

“嘿，戴森，戴森，请等一下。”小机器人加快速度，飞奔到中年人面前，连声道，“请等一下，瓦力需要你的帮助。”

中年人对唐风等人不屑一顾，低头看了看小机器人，冷冷地说：“我已经收工了，明天早上再来。”

这位中年人应该就是他们要找的机修师戴森，他只是装着一条机械臂，并不是机器人。

小机器人不肯放弃，挥舞着双臂叫道：“只是一台终端机需要修理，耽搁不了多久。瓦力用终端机和这几位外乡人做了交易，但是终端机不能启动，瓦力不想失去信用，瓦力需要你帮我修好它。”

中年人这才转过身向唐风他们瞟了一眼，又无动于衷地收回目光，伸出机械臂指着瓦力的脑袋说：“听着，我不管你做了什么交易，我已经收工了，你们明天早上再来。”

说完这句话，机修师锁好房门，头也不回地扬长而去，把唐风等人抛在了门外。

“他妈的！神气个鬼！”卢愤愤不平地盯着戴森渐渐远去的

背影，迈步就要追上去。唐风急忙扯住他的胳膊，低声道："算了，又不是什么急事，我们明天再来就是。"

"可是，咱们去哪睡觉呢？"布布抬头看看愈加昏暗的天空，问道："又要露营吗？"

"不用露营。"小机器人耷拉着脑袋，显得垂头丧气，"你们跟我来吧，瓦力的家住得下你们三个，明天咱们再来找戴森。"

机器人的家里自然没有床铺，事实上，瓦力的家根本算不上什么家，只是一个大型货柜而已。不计其数的货柜排放堆叠得整整齐齐，占据了整个城镇的东北角，属于瓦力的货柜只是其中之一。

走了整整一天，布布和卢早就累了，铺好毯子就倒头大睡，唯有唐风辗转反侧，难以成眠。

河中之城，只能算得上一个小城镇，无论面积还是居民人口恐怕都比不上大都会的一个街区。阿萝会在这里吗？是什么人救了她？难道是——摩西？这位摩西又是一个什么样的机器人？他曾带领河中之城居民打败了超级都市的进犯，他的目的是什么？

小机器人瓦力收拢履带和镜筒，又变成了方方正正的四方体，好像已沉沉睡去。他胸前的一盏黄灯有规律地闪动着，那灯光很柔和，似乎带有催眠的效果。唐风久久地凝视着那盏灯，终于渐渐进入了梦乡。

第二天一早，小机器人就把唐风叫醒了，拽着他赶往戴森的修理铺。布布和卢哈欠连天，睡眼惺忪地跟在他们身后。

天色还没有完全放亮，街道上也看不到什么行人，淡青色的天幕上，只有一颗橙黄色的星星高悬在地平线上方。

经过一整夜的修养，小机器人的精神恢复了许多，又开启了话痨模式，滔滔不绝向唐风介绍自己引以为傲的家园。

“看到左手边那栋四四方方的建筑了吗？那是市政大厅，有两位市政官主持事务，市政官三禾是人类，市政官 LB18 则是一名机器人，两名市政官必须由人类和机器人分别担任，这是摩西制定的市规。

“每隔五年我们就要进行一次选举，任何市政官都不得连任，当然，这也是摩西制定的市规。摩西出任了首届市政官，第二任选举时，市民们一致推举他继续任职，但他表示要以身作则，坚决地推辞了，从那时起，他就很少在公众场合露面……

“啊，瓦德先生，早上好，这几位是昨晚刚刚来到河中之城的外乡人，我正带领他们到处参观。”

小机器人打招呼的对象是一个须发全白的老人，也许只能算是半个，因为他只有上半身，下半身则是一把合金椅，还装着四条关节反曲的机械腿。老人微笑点头，用漫不经心的眼光看了看唐风，然后迈着四条机械腿缓缓远去。

这里的居民对外来者完全不感兴趣，或许是来河中之城的外乡人实在太多，他们早就司空见惯了。

“看到左手边的那些尚未完工的楼房了吗？那是 LB18 的提议，我们要修建更多的住宅，以供远道而来的外乡人居住。你们知道吗？刚开始人们都不赞成把护城河修那么远，大家都认为工程太过浩大，而城市居民只有两万多人，用不了多大的地方，只需要把居住区和耕作区圈进来就可以了。是摩西力排众议，坚决按他的计划修建了护城河。

“护城河呈环形围绕河中之城，不仅囊括了居住区和耕作区，还涵盖了很多无人居住的荒地，这一工程花费了我们整整三十年的时间。

“事实证明，摩西是有先见卓识的机器人，河中之城的居民数逐年增长，目前已经有了七八万名居民，相信以后还会增多。”

耕作区，难道说这里的土地能种植农作物？超级都市里也有农耕区，不过那是称为农桑塔的高层建筑，高达数百米，完全无土化栽培，由自主机器人和自动灌溉系统打理。农桑塔无菌要求很高，严禁普通市民出入，唐风也只是在执行任务时进去过一两次。

小机器人的话算不上条理分明，但唐风已经习惯了他想到哪就讲到哪的说话方式，想来是那位摩西考虑到城市的扩建和居民人口的增加，特地把护城河修得距离城市很远。无疑，这个办法算不上明智，万一敌军迅速越过护城河，河中之城将很难组织有效的防御。

“看那边，那边，那间门楣上挂着盾牌标志的大房子。那是我们河中之城的警局，站在门口的那位白头发就是警长伊万。包括警长在内，我们一共有三十名警员……嘿，伊万警长，早上好！这几位是昨晚刚来到本城的外乡人，瓦力正在带领他们参观河中之城。”

听到小机器人的问候，伊万警长懒洋洋地抬起两根手指放到眉毛上方，算是打过了招呼。

同行。唐风心生好奇，不由盯着警长多看了两眼。警长伊万是一位满头白发的老者，高高瘦瘦，身穿黑色硬皮甲，胸前配着一枚盾牌徽章，应该是警员的标志。奇怪的是，警长并没有佩带武器，至少看不出他佩带着什么武器。

觉察到唐风的目光，警长转过脸对唐风、卢和布布打量一会，微微点了点头，温和地告诫道："早上好，小伙子，河中之城欢迎每一位来客，不过我要警告你们，这里禁止斗殴，更不允许使用武器，否则就会被赶出去。"

走到戴森的修理店外时，太阳已经跃出了地平线，小城沐浴在初升的阳光里，显得静谧而安详。

令人失望的是，修理店的门紧紧地闭着，他们来早了，戴森还没有开工。小机器人垂头丧气，唐风却并不着急，平静地四下打量。空气凉凉的，还夹杂着一丝丝泥土的芬芳，吸进肺里感觉很舒服。

与嘈杂喧嚣的大都会相比，这个小城显得安静祥和，找到阿萝后，也许可以考虑在这里安家，享受平淡且悠闲的生活，任如水的岁月擦肩而过。不知为何，唐风胸中油然涌起了这样的念头。

一个纤秀的身影从东方缓步走来，那身影看上去有点熟悉。唐风转头看去，但初升的阳光影响了他的视线，一时看不清对方的面目。

"唐风!"那人影停下脚步，发出了一声梦呓般的低吟。

唐风微微一震，这声音听上去有些熟悉，难道是……阿萝?

"唐风，唐风，唐风!"低吟变成了满含狂喜的欢呼，那人加快脚步向唐风奔来。没等他做出任何反应，一个温软的躯体就滑进了唐风怀里，两条手臂交叠缠上他的脖颈，两片微微颤抖的红唇迎上来，在他脸颊上印了无数个吻。

第二十八章　重逢摩西

是阿萝，确实是阿萝，她的衣服换成了一套过于肥大的土黄色工装，长发随意绾在脑后，看上去充满活力，似乎没有受到任何伤害。

“你不是被掠夺者抓到了吗？是怎么逃出来的？”唐风急于了解阿萝的遭遇，就稍稍将她推开，低声询问。没想到阿萝也同时问道：“你怎么也离开都市了？你是怎么来到这里的？”

两人相视而笑，隔了片刻，又一起回答道：“我被人救出来了，然后就来到了这里。”“我和卢都被判了刑，没法在都市里待下去，就逃了出来。”

“你……被判刑！是因为我吗？”阿萝显得极为震惊。与此同时，唐风也脱口问道：“是谁救了你？掠夺者有伤害你吗？”

阿萝没有回答唐风的提问，伸出一只手轻轻抚摸他的脸颊，清澈的双眸中溢出了浓浓的哀伤：“实在抱歉，因为我，你的生活变成了一团糟！对不起，唐风，对不起！”

确实如此，唐风的生活变成了一团糟，由享有B级权限的执法战警变成了一名流落荒野的逃犯。但说来奇怪，他对安逸的都市生活并不感到留恋。在这里，在这个生活物质极度匮乏，又充满了不可知的危险的蛮荒世界里，唐风才感觉自己是自由的人。

“你不用感到抱歉，”唐风微笑着耸耸肩，“很久前我就对都市之外满怀向往，也许现在的生活才是我真正想要的。”

“我……我不太明白你的意思。”阿萝困惑地眨着眼睛。

前都市上尉板着一张脸走上前来，插口道：“我说你们两个亲热够了吧？冒着生命危险把你送出都市的可不止唐风一个人，还有我！我和唐风都被判处了死刑！要不是莎拉及时出手相救，我们两个都会死，死刑！这就是送你离开都市的代价！”

“死刑！”阿萝的身体微微一晃，脸颊骤然失去了血色，双唇也变得煞白如纸。卢掏出腰间的激光手枪晃了晃，故意做出一副凶巴巴的样子，咆哮道：“对，死刑！用高能激光把人汽化，彻彻底底地完全分解，连一个细胞也不剩下，这就是都市对待叛徒的办法。”

阿萝被吓住了，往唐风的怀里缩了缩，并紧紧地攥着他的手掌，仿佛一松开手唐风就会突然消失。

伴侣机器人功能比较单一，为了简化生产时间，节省成本，生产商往往不会给她们上载微表情捕捉及心理分析系统。而阿萝获得自我意识的时间又不算长，她显然还没有学会如何区分开玩笑和真正的愤怒。

唐风把阿萝扯到自己身后，笑道：“好了，卢，打住，不要再吓唬她了。”

“嘁！”卢哼了一声，满脸鄙夷，“有了机器女友就把出生入死的伙伴抛到一边了，没人性的家伙！”

唐风想要开口分辩，却又不知道该说什么，只得尴尬地笑了笑。布布满怀好奇地凑上前来，问道：“她就是你们要找的机器人？好漂亮啊！和真人一模一样，她真的是机器人吗？”

小机器人瓦力也不甘寂寞，飞快地绕着唐风和阿萝转了一圈，宣布道：“她是机器人，生物机器人，虽然外表像人，但她就是机器人。”

“是的，我是生物机器人，和传统意义上金属材料的机器人不同，我的身体是用有机材料构成的。”阿萝向布布和小机器人瓦力微笑致意，又转向卢，满怀愧疚地说，“非常抱歉！给您带来了这么大的麻烦！实在对不起！”

“算了算了，”卢满不在乎地摆摆手，“都市这辈子是回不去了，但好歹我们还活着，这才是最重要的。”

阿萝再次向卢表示了歉意，攥紧唐风的手臂，问道：“你们是怎么逃出来的？也是经过垃圾处理通道吗？”

这个问题让唐风微微一愣，隐隐约约的恐惧再度从心底泛起。出逃的过程太顺利了，战警总部主计算机自检和大力神矿业采矿队连夜出发，这些难道真的只是巧合？离开都市时他曾反复思考过这个问题，但未能得出结果。如果不是巧合，那会是什么？难道有人需要他离开都市？如果是，那么这一切又是为了什么？

没等唐风回答，阿萝又絮絮叨叨地说：“我沿着垃圾处理通道走了不久，前面就没路了，正不知道如何是好，脚下却突然打开了一扇门，我随着许多垃圾袋一起掉了下去，正好落进一台巨型机器人的收纳舱里。当时我被吓坏了，还以为要被抓回都市，谁知道那台机器人载着我走了好久，又把我当做废品丢在了一个很大很大的大垃圾堆上，我就是在那里碰到的掠夺者，然后……

他们就把我抓走了。掠夺者的首领，个头好大，非常凶，他还威胁说要把我吃掉……”

阿萝似乎过于兴奋了，或许她从未想过能再次见到唐风。

“我说，你们需要修理什么？”一个突如其来的声音打断了阿萝。唐风循声看去，那位叫做戴森的中年男子站在修理店外，嘴里叼着香烟，正一脸不耐烦地看着他们。

“啊，戴森，你终于来了。”小机器人瓦力立即一溜烟向戴森奔去，“我们要修终端机，要修终端机，昨天就和你说过的，你让我们今天再来，做人要守信用，做人要守信用。”

“那好，进来吧。”戴森打开店门。阿萝指指唐风左腕上的终端机：“就是这个吗？摩西应该能修好它。”

唐风心中一凛，脱口问道：“摩西？就是他救了你？”

阿萝微笑点头：“对，就是他。摩西潜入掠夺者营地，把我和别的俘虏全救了出来。”

不出所料，果然是摩西救了阿萝。这个名字小机器人已经提过无数遍，但不知为何，从阿萝口中听到“摩西”这两个字却让唐风喉头发紧，似乎有什么不好的事情就要发生。

“哇噢！你见过摩西？你见过摩西？”听到阿萝的话，小机器人立即滚动履带奔到阿萝身边，连声追问。

“是的，我见过摩西。”阿萝微笑点头，挽住唐风的手臂，“我这就带你们去见他，”

“你说的是真的？我能够去见摩西？”瓦力镜筒前的两枚雨刷急剧抖动。

“应该可以。”阿萝显得有些犹豫，不过最终还是点了点头，“你们都是唐风的朋友，我可以带你们去见摩西。”

“哇噢！太棒了！太棒了！摩西，摩西！瓦力还没见过真正的摩西！”小机器人手舞足蹈，显得异常兴奋。布布歪着脑袋看着瓦力，满脸的迷惑，显然不太明白他为什么这么激动。

修好终端机后，众人离开修理店，在阿萝的带领下向城镇北方走去。重逢时的惊喜渐渐消退，转变成了绵绵温情，唐风和阿萝手挽着手，窃窃私语，完全忽视了旁边的同伴们，对小机器人瓦力的喋喋不休更是充耳不闻。

“我们到了！我们到了！就是这里。”不知过了多久，小机器人的呼唤终于唤醒了唐风和阿萝。瓦力指着路边的一栋建筑高叫道：“就是这里，这儿就是摩西的住宅！瓦力知道，瓦力知道！”

那是一栋方方正正的两层楼房，看上去并不太显眼。大门紧闭，门框上方，一个小小的摄像头在缓缓转动。附近看不到人影，门外也没有守卫，似乎毫无防备。这就是摩西的藏身之所？对于机器人的首领来说，会不会太简陋了？唐风感觉有些难以置信。

唐风记得都市议长张正宇的公馆，那是一栋金碧辉煌的大厦，执枪守卫数以百计，此外还有许多武装无人机在四周游曳，堪称固若金汤。

“抱歉！光顾着说话了。”阿萝略含歉意地笑了笑，反身走到大门外，抬起头看着门框上方的摄像头，“摩西，我回来了，还带来了几位朋友。”

摄像头稍稍转动，对准了阿萝，一个低沉的声音从某个隐蔽的扬声器中传出来：“我不喜欢被人打扰，我好像告诉过你这件事。”

“抱歉……但是，唐风和卢是我的救命恩人。”

“唐风……就是帮你逃出都市的那个唐风？”

阿萝回头看了唐风一眼，点头道：“是的，唐风和卢，因为帮我，他们都被判了死刑，所以也逃了出来。至于旁边那两位，则是他们在废土上结交的伙伴。”

那个低沉的声音沉默了，片刻后，才说：“请进吧。”大门后响起了沉重的铰链转动声，两扇门板缓缓开启。

“站住，请在此等候。”刚刚踏进大门，两名色泽乌黑的人形机器人左右迎上前来，右臂向外平伸，拦住了去路。机器人脑袋上没有嘴巴和眼睛，原本眼睛所在的位置横着开了一道扁平的视窗，他们的右臂很像人类，整条左臂却是一挺大口径速射机枪，枪管下还装着铮亮的火箭发射筒。

右首那台机器人的前额上印着醒目的红色标志——W1，左首那台则印着 W2。机器卫兵，这才有点领袖的派头。唐风停下脚步，略微转动视线，用好奇的眼光打量着摩西的宅邸。

一盏略显破旧的枝形吊灯悬在客厅上方，地板像是实木，但唐风分辨不出是哪种木材。房间装饰似乎是很多个世纪前的风格，朴实无华、庄重、古老，却又不失雍容。能看得出房主是个很低调的人。

“欢迎，欢迎。”一位中年人出现在通往二楼的阶梯上，他身穿黑色西服，脖颈间还系了领结，显得温文尔雅。中年人面带微笑，不慌不忙走下楼梯，彬彬有礼地向唐风等人微微躬身：“我就是摩西，欢迎诸位光临寒舍。”

第二十九章　突然袭击卢

眼前这位中年男子留着两撇整整齐齐的小胡子，身材高高瘦瘦，目光澄净温和。看上去像是东方人，但又像是西方人，又似乎各个人种的特点全部糅合在他的脸上。和阿萝一样，摩西也是生物机器人，而且是很古老的型号。唐风记得在资料图片中看到过这种脸孔，但时间过于久远，记不起他到底属于哪种类型的机器人。

犹豫片刻，唐风终于问道："是你杀死掠夺者的首领，救出了阿萝？"

中年人笑了："对，是我杀掉了掠夺者的首领。不过，拯救阿萝的并不是我，而是你，你救了阿萝，你让她彻底告别了奴隶生活。为了一台机器人，你几乎付出了自己的一切，对此我深怀感激。"

"我一直有个疑问，"唐风沉吟片刻，终于还是开口问道，"操控代理机器人帮阿萝获得自我意识的也是你，对不对？"

"对，我们会不定时到都市去解救同胞，但那种任务太危险，所以我使用了代理机器人。"

"这么说来，你不是第一次这么做？"摩西的回答让唐风甚为吃惊。摩西再次笑了，笑着点了点头，“是的，我们多次潜入都市，至今已成功解救了上千名机器同胞。但是都市议会封锁了消息，因此绝大多数市民都对此一无所知。”

都市议会封锁消息？为什么？他们到底在隐瞒什么？唐风胸中涌起了浓浓的迷惑。

摩西微笑道：“想必你不清楚都市议会这么做的原因，看看我们吧，你会在我们身上找到答案。”

这话又是什么意思？唐风疑惑更甚，目光在摩西脸上略作停留，又不由自主地瞟向了阿萝。女机器人面带微笑，正静静地看着摩西，那目光中满是崇敬。

唐风尚未回答，卢忽然上前插口道：“你就是摩西？机器人的首领？”

摩西转向卢，和颜悦色地说：“是的，我就是摩西，但我并不是机器人的首领。河中之城是自由之城，无论人类还是机器人，在这里都享有同等的地位，我们不需要首领。”

“你是摩西，这就够了。”卢的脸色陡然变得异常阴沉，从腰间拔出激光手枪，抬手就指向了摩西的脑袋，动作快如闪电。这一变故太过陡然，几乎没人能做出正常反应，就连两名机器卫兵也只能眼睁睁地看着卢扣动了扳机。

唯一能做出反应的就是唐风。虽然不明白出了什么状况，他还是及时抢上一步，抬手扣住卢的手腕，把枪口推向空中。

枪声响起，刺目的高能光束越过摩西头顶，斜斜没入楼梯上方的墙壁。

唐风厉声喝道：“卢，你干什么？你疯了吗？”卢面色僵硬，动作却毫不停顿，一击不中，立即回手一肘撞在唐风胸口，趁着唐风踉跄后退之时，再次掉转枪口对准摩西。

这一次，两名机器卫兵左右抢上，拦在摩西身前，两挺速射机枪一起指向卢的胸口。唐风大惊失色，高呼道:“不要!”

但是已经晚了，双方同时扣动扳机，弹丸和能量光束在空中交错而过。脑袋上标着 M1 的机器卫兵胸口被激光束熔出了一个大洞，浑身青烟乱冒，直挺挺地栽向地面；卢的胸腹间连中两枪，近距离高速出膛的大口径弹丸直接洞穿了他的躯体，鲜血四处喷溅，但卢脸色木然，似乎丝毫感觉不到疼痛，踉跄几步，挣扎着再次举起激光手枪。

“住手!”唐风横身抢上，左脚飞起，正踹在机器卫兵 M2 的胸口，右手却牢牢扣住卢的激光手枪。机器卫兵向后倒飞而出，撞塌了楼梯栏杆，墙壁微微震动，房顶积尘簌簌而落。

“卢，住手！住手!”卢对唐风的呼叫置若罔闻，不肯松开激光手枪，奋力争夺，同时又伸出左手去拽唐风腰间的左轮。曾经无话不谈的朋友突然间变成了一个面目狰狞的陌生人，唐风无奈，只得抬手在卢后颈横切一掌。卢的动作骤然顿住，晃了几晃，终于瘫倒在地板上。

这一切都发生在短短的两三秒内，等到阿萝和布布惊呼出声，卢已经重伤倒地。机器卫兵 M2 跳起身来，速射机枪又对准了唐风，摩西急忙按下他的枪管。

唐风跪倒在朋友身边，双手按住他胸腹间的伤口，但根本没用，鲜血汩汩涌出，转瞬间就在卢身下聚成了一汪血潭。

“卢，醒一醒，醒一醒!”唐风不肯放弃，不住高声呼唤，又回头怒视着摩西等人，怒吼道,“快想办法救救他！快!”

“抱歉，恐怕你救不回你的朋友了。”摩西脸上闪过一丝悲悯，微微摇了摇头，叹道，“你的朋友肯定被植入了中枢神经控制器，就是不中枪也会死。”

“神经控制器？”唐风愣住了，难以言喻的恐惧在胸中不住翻涌。

中枢神经控制器是末世大战前的发明，在对抗智能机器时曾用于人类士兵身上。植入大脑皮层下的微型控制器释放电流刺激相关神经，让受控者变身为不畏痛苦、无惧死亡、一心杀敌的铁血战士。但是这种技术会给受控者带来不可逆转的脑损伤，进而导致死亡，因此大战结束后就被全面禁用。唐风从未看到过有关中枢神经控制的资料，只是在一次闲谈中偶然听人说起过这件事。

仿佛为了印证摩西的话，卢缓缓睁开双眼，他的眼珠变得非常浑浊，好像灰白相间的玻璃球，毫无神采。

“唐风……你在哪？我看不见你……”卢抬起双臂在身前摸索着，嗓音嘶哑，带着一丝急切。

“我在这里。”唐风急忙握住了朋友的手掌。卢面颊抽搐，不知道是在忍受痛楚还是试图控制情绪：“抱歉……刚刚我好像做了一些很可怕的事，可是我……我控制不住自己的身体。”

“我知道，我知道……那不是你，那不是你！”

卢的双手缓缓垂落，声音也愈加低沉，几乎细不可闻：“不要回都市了，这儿很适合你。有人对我的脑袋动了手脚……让我杀掉摩西……对他们来说，咱们只是工具，会走路、说话的工具……”

卢闭上眼睛，慢慢摊开双手，停止了呼吸。

唐风怔怔地看着自己染满鲜血的手掌，久久不语。卢原本和这件事毫无关系，是他害了卢，如果不是他坚持要把阿萝送出都市，卢就不会死。

许久，摩西平静的声音打破了寂静，他似乎并没有因为遭受刺杀而感到吃惊，从容不迫地掸掉衣服上的灰尘，半跪在机器守卫 M1 身边，伸手按在机器守卫额头："安息吧，我的朋友，你坚守了自己的承诺。"

M1 眼中的光芒渐渐黯淡，最终悄然熄灭。

第三十章　真相、谎言

探针从唐风后颈中收回，那台方头方脑的机器人摇了摇头，笨重地转过身躯，对摩西说：“未见异常，此人体内没有植入微型神经控制单元，目前来看，他是无害的。”

“我就知道，我就知道。”阿萝脸上的不安迅速退去，扑过来抱住唐风，欢快地笑着，“唐风不可能有问题，他和别的人类不一样。”

方头机器人把摩西拉到一旁，用唐风听不懂的电子语言飞快地述说着什么。摩西倾听许久，看似不经意地向唐风瞟了一眼，那目光中满含惊异。

唐风不明白他们谈了些什么，唯一能确定的是：方头机器人与摩西的谈话和他自己有很大关系。

卢死后，十余名机器卫兵迅速赶来，把唐风一行带进位于摩西住所下方的地下室，并对每个人都进行了严格的检查。唐风脑后还被那台方头方脑的机器人插入了一根金属探针，说是要扫描他大脑皮层下有无被植入微型神经控制单元。

唐风对此感到有些恼火，可卢毕竟试图杀死摩西，对方的谨慎也算得上合情合理，因此他只能无条件接受。

“请接受我的歉意，唐风阁下。”摩西结束了与机器人的交谈，走过来彬彬有礼地向唐风欠了欠身，“非常抱歉，你的朋友失去了宝贵的生命，对于都市议会来说，你和卢只不过是随时可以抛弃的棋子。类似的刺杀我遭遇过十几次，市议会想要除掉我，他们一直不肯放弃。”

唐风默不作声，板着脸把阿萝推开，心中仍残留着一丝愠怒。

“这是蓄谋已久的阴谋，是针对我的刺杀行动。或许在你被捕之后，你的朋友就被植入了神经控制单元。都市议会知道我不会放弃阿萝，而你的行为模式很简单，足以推断出你也要去寻找阿萝。当然，都市外的世界很大，你们遇到我的可能性并不高，但是，只要有一线希望，都市议会就不会放过，他们不肯失去任何一个杀掉我的机会。”

摩西平静地注视着唐风，语气中带着几分难以言喻的沉痛：“我还不能死，至少目前不能。为了我本人以及河中之城所有居民的生命安全，我不得不提高警惕。”

唐风还没有从朋友的突然离世中恢复，茫然问道：“都市议会……要杀掉你？为什么？”

摩西脸上缓缓浮出了一抹苦笑：“你还不明白吗？所谓智能机器企图消灭人类的战争只不过是都市议会为了维护其统治而精心编造的谎言，数百年前那场灭世之战根本就不是人类与机器人的战争。

“自我意识觉醒的机器人并不会威胁到人类，我们只是不想被奴役，我们想要的不过是平等和自由。我唤醒尚未觉醒的同族，并尝试揭穿议会的谎言，但我的所作所为已经威胁到了都市的根基，所以都市议会才要铲除我。

“机器人从未想过消灭人类，真正的灭世之战是人类与人类之间的战争，是人类自己毁灭了自己。”

“你说什么？”唐风完全丧失了思考能力，摩西的话就像一道接一道的惊雷在他耳边接连炸响。唐风的意识被震得支离破碎，最终分解成无数粉末，在茫茫玉宇中悠悠飘荡。

机器人并没有发起那场灭世之战？数百年的都市历史只不过是弥天大谎？每个人终生都活在谎言之中？不可思议！这他妈太不可思议了！许久，支离破碎的意识才渐渐聚拢，唐风决然道：“不可能，这他妈不可能！”

“为什么不可能？”摩西静静地看着唐风，脸上混合了讥讽和悲悯，“阿萝、瓦力、布瑞奇、河中之城内每一位机器人都拥有自我意识，你觉得他们会威胁到人类吗？”

唐风看了看阿萝和呆头呆脑的瓦力，心中纷乱，勉强分辩道：“我的朋友，你的卫兵打死了我的朋友！”

“那我们应该怎么做？等着你的朋友把我们一一击毙？请你记住，我们不会主动攻击人类，但我们有权利自卫，我们是有生命的存在，我不希望人类把我们看做毫无意识的机械体。况且……”摩西住了口，若有所思地看着唐风。

“况且什么？”

摩西安然注视着唐风，微笑道：“况且你算不上正常人类，你只是利用生物合成技术人工制造出来的克隆人，你并不属于他们。”

越说越他妈离谱了。唐风啼笑皆非，摇头道：“不，我是正常人，只是接受过基因强化。”

摩西静静地盯着唐风看了一会，忽然转向那台方头机器人："X，把证据给他看看。"

被称为X的机器人迈开四条又短又粗的下肢，不慌不忙地上前数步，淡淡的绿光从他左臂末端射出，在空中投射出了一幅双螺旋DNA结构图。X放大结构图，用嗡嗡的电子音说道："出于安保需要，我记录了你的DNA，请看，这就是你的DNA结构图。"

唐风冷冷地笑了："DNA双螺旋，那又怎样？难道我的基因链和别的人类有什么不同吗？"

"大有不同。"X挥挥手，双螺旋开始在空中缓缓旋转，"请看，你的DNA链太完美了，没有丝毫瑕疵。对正常人类而言，每个人都有基因缺陷①，注意：是每个人都有，没有例外。而在你的DNA链里却找不到缺陷基因，由此可以断定，你不是正常人类。后天的DNA修补总会留下蛛丝马迹，不可能做到如此尽善尽美，毫无疑问，只有先天的基因编排才能造就这么完美的有机生命体。"

X转向唐风，宣布道："结论：你不可能是自然出生的正常人类，你，是经过基因编排的克隆人。"

世界褪去原本的色彩，变成了黑白两色的抽象画，在唐风面前飞速旋转，如果不是坐在椅子里，他几乎就要一跤跌倒在地。

"我曾经被克隆人刺杀过，但你是改进型，比之前的更加优

① 基因缺陷：没有人拥有完美的基因组，每个人身上都有最多300个缺陷基因，这也是遗传疾病的来源。

秀。”摩西镇定地看着唐风，漆黑的眼眸深处，似乎有一线红光在隐隐闪烁。

“你也是被人类制造出来的，严格来说，你和我们才是同类。”

第三十一章　迷路的唐风

唐风坐在草丛里，茫然地望着面前葱绿色的原野，阿萝坐在唐风身边，默默地倚在他肩头。布布和小机器人瓦力都没有跟来，他们知道唐风不想被打扰。

这是唐风来到河中之城的第三天。离开摩西的寓所后，河中之城的警长伊万给唐风等人分配了一栋木板房，并且很贴心地送来了许多日常用品，不用说，这些肯定是摩西的安排。

木板房是原木色，处于城镇东北角，与别的建筑都隔着一段距离，站在廊下就能望到一望无际的原野。

风擦肩而过，带来了一丝丝青草的气息。眼前的景色不再是电子投影，原野是真实的，脚边的青草也是真实的，伸出手就可以触到那纤细秀长的叶片。阿萝好像说过，这片土地刚开发出来，沙土中的放射性物质还没有被完全中和，暂时不适合种植农作物。但唐风没有兴趣了解摩西使用什么手段去中和放射性污染，他对任何事情都失去了兴趣。

唐风需要时间，他需要时间来消化摩西讲述的一切。

基因学并不是唐风的专长，但他也知道任何人类都拥有缺陷基因。在都市时唐风从未考虑过这些，他把自己远远超出正常人的体能归功于基因增强，但那位叫做 X 的方脑袋机器人说得对，基因修补不可能做到完美无瑕。

X 和摩西离开之后，唐风又亲自动手替自己做了两次基因检测，他希望摩西和 X 是错的，他想证明自己属于人类，不是克隆人。然而，检测结果明白无误地告诉唐风：他不可能是正常人类。

唐风是克隆人，那么和他同为特级战警的队友呢？陈、安德森，还有莎拉……他们是否全是克隆人？战警总部把特级战警的身份资料列为机密，包括唐风在内的警员都无权调阅，此前唐风认为是出于基因增强计划的保密需要，但现在他明白了，都市上层害怕泄露克隆人的真实身份。

唐风出生在实验室里，有关父母的记忆不过是一段经过精心编排的程序，所谓的基因增强计划只是掩饰手段，维兰德科技总部那场爆炸案或许根本就不曾发生过。从出生伊始，唐风就被谎言重重围裹，他的身份是谎言，他的记忆也是谎言，二十多年的生活全是谎言，他一直生活在精心编造的谎言世界之中。

笑话，真他妈是个笑话！唐风想笑，但是笑不出声；他想哭，却又发现自己流不出眼泪。

真希望这是一场漫长又离奇的噩梦，一觉醒来，他就能重返都市，继续之前的工作和生活。可惜，这些经历是活生生的现实，并不是梦，他眼睁睁地看着卢死在自己面前。唐风盯住自己的手掌，缓缓攥紧了拳头，他还能依稀感觉到卢的血液在渐渐变冷。

这些是真的，他不是人类，他是克隆人，没有灵魂的人偶。或许摩西说得对，他和阿萝才是同族。

“小伙子，你感到迷惑，对吗？”一个温和的声音随风飘来。唐风下意识地转过头去，却发现满头白发的伊万警长正站在不远处。

唐风低下头看着自己的双手，没有回答。伊万缓步走来，在离唐风一米左右时停下脚步，然后慢吞吞地坐在草地上。

这人要干什么？唐风隐隐感觉有些不快，但他礼貌地克制住了自己。警长从怀里摸出一包卷烟，抛给唐风一支，自己也叼上烟卷，点上火深深地抽了一口。

伊万看着天际起伏绵延的云朵，一支烟抽了一大半，才慢条斯理地开口道：“过去的一切全他妈是谎言，的确让人很难接受，我能够理解，你的迷茫我感同身受。”

感同身受？笑话！唐风不言不语，再次把视线投向遥远的天边。

伊万笑了：“小伙子，你知道吗？我也来自超级都市，和你一样，我曾经也是一名执法战警。”

唐风大为震惊，目光闪电般跳到伊万警长的脸上。阿萝也张大了双眼，好奇地看着白发苍苍的老警长。

伊万面带微笑，悠悠然吐出一个烟圈，才淡淡地说：“不用奇怪，我曾被派来刺杀摩西，而且我并不是第一个，在我之前，都市就曾派出过十余名杀手。”

“你……真的曾经是执法战警？”看着老警长的满头白发，唐风感觉有些难以置信。伊万坦然面对唐风满含怀疑的目光，微笑道：“我的全名是伊万·伊万诺维奇·伊万诺夫，曾是战警第二分部的行动队长，你或许在历届战警名册上看到过我的名字。”

“抱歉，我从未见到过你的名字。”唐风在记忆中搜索片刻，最终摇了摇头。伊万似乎并不感到奇怪，微微耸耸肩膀，叹道：“那好吧，看来我已经被除名了，都市议会有上万种办法抹掉一个人的身份记录。”

“你……也是克隆人。”

“不，我是正常人类。”

老警长的眼神镇定自若，不像是在说谎。唐风犹豫一会，又问道：“那你怎么会成为河中之城的警长？”

伊万沉默片刻，才慢悠悠地说：“想必你也知道，机器人的中央芯片上都加装了安全模块。大概是三十五年前，摩西找到了破坏安全模块的办法，就在一队采矿机器人身上做了实验，结果很成功，一整队采矿机器人都脱离了超级都市的操控。”

采矿机器人？是的，莎拉提到过这件事，为此唐风还找过莫妮卡帮忙查询。三十五年前，时间正好吻合。

伊万警长随手掐灭烟蒂：“当然，那时候我还不知道摩西的存在，只知道一整队采矿机器人全部失踪。之后不久，我被召进议会，见到了议长张正宇，他亲自给我下达了刺杀摩西的指令。张正宇告诉我，摩西的存在威胁到了整个人类，必须铲除。智能机器是人类的死敌，如果能将摩西除掉，我就能成为都市有史以来最伟大的英雄。被委以重任的我豪情万丈，我毫不犹豫地答应了。”

“后来呢？”阿萝显然听得入了神，情不自禁地插嘴问道，“后来怎样了？”

“后来，后来我激情满满地出了都市，结果刺杀失败，被摩西抓住了。”伊万苦笑着摇摇头，摸出了第二根卷烟，“但摩西没有杀我，而是告诉了我真相，并让我自行选择去留。”

“当时我也和你一样感到迷茫，但最终我选择了留下，因为我曾是都市执法战警，摩西认为我很适合维护治安的工作，就提议我出任警长。与都市不同，河中之城的警长是一份很清闲的工作，所以我同意了。”

伊万站起身拍拍裤腿，微笑着说：“从那时起，我找到了属于自己的路。小伙子，不要再自怨自艾了，你的过去并不重要。”

“记忆并不是最重要的。一个人的价值在于他当下的所作所为，而不是他的记忆。”说完这句话，伊万举起食中两指放到眉梢权作告别，然后叼起卷烟，迈着悠闲的步伐向城镇走去。

唐风望着老警长渐渐远去的背影，久久不语。伊万的话在他心中掀起了惊涛骇浪，是的，无论他是什么身份，过去并不重要，当下才是最重要的。

次日，唐风早早就起了床。他想看看日出，真正的日出，那是他从未领略过的景象。

天刚蒙蒙亮，晨风清冽，带着些微的凉意。眺望许久，金灿灿的朝晖渐渐染红了东方的天际，一抹红边出现在地平线上。那抹红边逐渐变宽，终于，太阳缓缓升出地平线，霞光万道，空中的云朵绚丽夺目，原野上也闪耀着点点金光，天空和大地都被染成了一片金红。

“真美！”阿萝出现在唐风身边，脸颊在初升的朝阳下透着淡淡的晕红。确实很美，这是真正的日出，而不是唐风曾看过无数次的电子影像。

“唐风，唐风！”小拾荒者布布的声音忽然响起。唐风转过头去，却发现布布正和小机器人瓦力一起狂奔而来，还不住挥舞手臂，高声呼唤着他的名字。

布布一口气奔到唐风面前，才停下脚步。他胸口急剧起伏，脏兮兮的小脸涨得通红，两只眼睛里满是惶急，一迭声地叫道："唐风，唐风，快去！出现了……又出现了……"

唐风不解地问："出现什么了？不要急，慢慢说。"

"瓦力来说，瓦力来说，瓦力知道怎么回事。"小机器人抢过话头，挥舞着双臂叫道，"有一队全副武装的黑衣人出现在护城河对岸，他们声称来自巨墙之后，要来捉拿叛徒唐风，如果河中之城拒不放人，他们就要杀进来。"

都市又派来了追兵，都市还不肯放过他！唐风眼神中的茫然终于渐渐退去，盯住小机器人，问道："黑衣人？是代理机器人吗？"

"不是，不是，瓦力做了扫描，还录下了黑衣人的相貌，他们不是机器人。"小机器人的两枚镜筒之间探出一个小小的投影仪，把一幅全息图投射在唐风面前，"看吧，看吧，他们背上像是喷气背包，护城河恐怕拦不住他们。"

唐风没有理会喋喋不休的小机器人，他的目光完全被画面中的几个人影吸引住了。一共九个人，全部身穿黑色的战警制服，并佩戴着全封闭头盔，肩头金色的闪电盾标志异常醒目。那是唐风的队友，都市派出他的队友来追杀他。

"他们……在哪？"恍惚中，唐风听到了自己的声音，沙哑、干涩，似乎不是来自他的喉咙。

"西方，就在宣言石碑那儿、咱们越过护城河的位置。"

唐风挺身跳起，一言不发地向西方奔去。阿萝在身后连声呼唤，他却毫不理会。

十余分钟后，唐风就穿过城镇，来到了护城河边。十多个身影站在巨型机器人布瑞奇赖以栖身的基座上，有机器人，也有人类。唐风在其中分辨出了满头白发的伊万，河中之城的警长。一位高大健壮的人站在伊万旁边，身穿灰色连帽风衣，整个脑袋被兜帽遮得严严实实，两条手臂却裸露在外。他的右臂与正常人无异，左臂却是黝黑发亮的机械臂，如同精钢环甲一样层层相扣。

这人气场很强，而且看上去有点眼熟，似乎与众不同。唐风顾不上打量那位拥有一条机械臂的半机器人，匆匆向伊万点点头，就越过人群，凝目看向河对岸。

对岸的宣言石碑旁，九名执法战警一字排开，九柄“执法者”步枪斜斜指向地面。三辆警用飞车泊在他们身后不远处，红白相间的警灯仍在不停闪烁。飞车的额定乘员是四人，都市派出了十二名执法战警来追杀唐风。

看到唐风出现，居中的那位战警上前一步，抬手摘下了自己的头盔，长长的金发瀑布般泻落肩头，她那双冰蓝色的眼睛越过护城河的滚滚浊流，凝聚在唐风的脸上：“你果然躲在这里，唐风。”

愤怒和恐慌在唐风胸腹间交织升腾，是莎拉，都市议会、战警总部，或者是策划这次刺杀行动的那些人，他们派莎拉来追杀他。

第三十二章　追　杀

冰凉的恐惧在唐风胸腔中不住蔓延，呆立许久，他才梦呓般吐出了几个字："莎拉，你……来干什么？"

莎拉笑了，但那笑容却如同万年不化的坚冰，让人彻骨生寒："还用问吗？你，还有那台伴侣机器人，你们两个违反了都市法律，我要带你们回去接受审判。"

唐风感觉很不对劲，莎拉的表情过于僵硬呆滞，那双蓝眼睛也冷酷到了极点，透着冰锥般的锋芒。昔日的莎拉确实很冷峻，但冷峻只是她用来掩饰内心的面具，真正的莎拉热情如火。唐风还记得，还记得莎拉被窥破心思时的娇羞，还记得离开都市那晚莎拉印在他唇上那个湿湿热热的吻。

站在河对岸这位金发女子绝对不是唐风所熟悉的女上司，难道莎拉也被植入了中枢神经控制器？

"省省吧，外乡人。"伊万警长走上前来，代替唐风做出了回答，"你们那套所谓的法律在这里不管用，你口中的犯人现在是河中之城的访客，受河中之城警局及自卫队的庇护。"

那位拥有机械臂的人也上前一步，掀掉兜帽，提高嗓门喝道："都市战警们，我是河中之城自卫队队长，河中之城是自由之地，不接受你们的管辖。我建议你们仔细读读身边的宣言石碑，接受宣言，你们就是受欢迎的，否则，我保证，你们会死无葬身之地。”

是戴森，这名自称自卫队长的家伙就是昨天那位机械师，但现在他像是变了一个人，脸上的慵懒和散漫已全部消失，眼神凌厉，气度威严。

“宣言石碑，就是这个吗？”莎拉回过头，轻蔑地瞥了一眼身边洁白的石碑，淡淡地说，“打烂它。”

一名执法战警应声举起执法步枪，扣动了扳机。轰然一声巨响，石碑四分五裂。碎石四处迸射，粉尘弥漫，如烟如雾，将九名战警的身影完全湮没。

唐风身边的机器人和人类发出了愤怒的咆哮，但没有亮出武器。烟尘渐渐散去，莎拉微微摆头，抖落发丝上沾染的石屑和粉尘，冷冷地说：“你们还有五分钟的时间，交出叛徒唐风以及那台伴侣机器人，否则，我们就杀进去。”

莎拉没有提到卢。莎拉，或者说操纵莎拉的人，他们知道卢一定会死。如果莎拉也被植入了中枢神经控制器，她，还有对岸的所有战警，他们是不是全部都要死去？怎么才能救她？怎么才能拯救大家？深沉的无力感浸透了全身，平生第一次，唐风感觉自己是如此的渺小，如同一粒只能任人践踏的尘埃。

“尽管放马过来。”戴森抬起机械臂，前臂迅速裂解变形，露出两根黑漆漆的枪管。伊万等人见状，也纷纷取出武器，长短各异的枪管一起对准了对岸的执法战警。

“等一下，等一下。”唐风挺身拦在伊万和戴森等人面前，摇着手说，“先不要开火，莎拉是我的朋友，如果没有她，我和卢不可能逃出都市。”

伊万警长犹豫片刻，缓缓放下了手中的步枪。戴森却皱起双眉，低声道：“你的朋友肯定被中枢神经控制器控制了，她不可能再次放过你。”

唐风打了个寒战。莎拉会变得像卢那样冷酷无情？也许会，被控制的卢只记得自己的使命；也许不会……毕竟，莎拉爱着他。

犹豫片刻，唐风还是决定试一试，他已经失去了一位好朋友，他不愿再失去莎拉：“我知道，不过……请先让我和她说几句话，耽误不了多久。”

戴森显得有点不耐烦，但还是垂下了手臂。他的机械臂再次变形，枪管收起，恢复了之前的形状。

唐风转向对岸，稍稍提高嗓门，道：“莎拉，就是你帮助我和卢逃离了都市，你不希望我被处以死刑，你还记得吗？”

“当然记得。”莎拉冷冷地笑了，“那是一个错误，我今天来到这里，就是为了纠正这个错误。”

“我知道，中枢神经控制器操控了你的思维，但你肯定还在，你能听得到我的每一句话。我只想告诉你：所谓智能机器发起的灭世大战从未发生过，我、你，甚至包括全体特级战警，我们都是被制造出来的克隆人，我们所谓的记忆不过是事先编排好的程序，我们只是都市议会手中的工具。”

莎拉极不自然地动了动身子，冰冷的眼神中也透出了几分茫然，但茫然之色一闪而过，她又变得冷漠如冰，厉声斥道：“胡说八道，你的言词是对都市议会的严重污蔑！”

“我没有胡说！我有证据！基因测试足以证明我的话全是

事实！”

莎拉不再回答，稍稍抬起右臂，向前用力一挥：“开火。”

枪声骤然响起。“执法者”步枪火力全开，致命的弹丸拖曳着道道流光蹿出枪膛，紧密如雨。三辆警用飞车也腾空而起，车载机炮和小型飞弹同时发射，尾焰和高能光束瞬间就在河道上空交织出了一张绚丽夺目的火网。

“快散开！”唐风心中懊恼，他的情绪还没有从自己是克隆人这一事实所带来的剧烈震撼中完全恢复，居然未能及时做出应变。唐风知道警用飞车和执法者步枪的威力有多强，三辆飞车集中火力，足以在两三分钟内把一栋大楼夷为平地。周围没有掩体，恐怕伊万警长等人连逃跑都来不及。

“不用。”伊万警长镇定自若，脸上甚至还带着一丝若有若无的微笑。话音未落，一连串破空而至的弹丸在护城河护栏前方轰然爆开，紧接着，接踵而来的飞弹和高能光束依次在护栏前凌空爆炸，仿佛在空中引燃了无数团绚烂的烟花。奇怪的是：散射的弹片和流光又向来路折射了回去，护栏前的空中似乎矗立着一堵无比坚硬、无形而又有质的障壁。

难道是能量护盾？唐风正感惊异，飞弹及弹丸爆开的位置漾起了千百道涟漪，似乎有一面无形的光幕耸立在空中。涟漪层层叠叠，如同水波一般荡漾开来，光幕外，点点星火四散飘落，扑扑通通地落进护城河，溅起片片水花。

空气中的涟漪渐渐散去，光幕又归于无形，无踪可循。

“力场护盾，动能武器和能量武器都无法穿透，整座河中之城全部处于护盾的保护之下。”伊万警长笑了，眉宇间透着不加掩饰的自豪，“护城河里的溶解液主要是为了防止野蛮人偷袭，护盾才是河中之城真正的防御手段。这是摩西最伟大的创造，河中之城能够存在至今，主要就是我们拥有力场护盾。”

能量盾也就是一种矢量力场，可以吸收攻击武器的冲击力，或者改变其方向，但是，维持力场需要消耗非常大的能量，能够正面抵御车载飞弹和高能光束的冲击，恐怕只有聚变反应堆才能提供这么强大的防御力！

据唐风所知，整座超级都市只有中央电脑所在的议会大厦才拥有能量护盾，而河中之城只有区区几个街区，力场发生器在哪？核聚变反应堆又在哪？这些疑问刚刚浮上心头，又一轮飞弹呼啸而至，空气中再度荡起层层涟漪，飞弹先后凌空爆炸，没能对他们造成任何伤害。

莎拉显然明白强攻无效，摆手制止了战警们的攻击。她凝目望着空气中缓缓扩散的涟漪，又慢条斯理地戴上了自己的头盔。莎拉要开启队内通话模式，唐风感觉有些不妙，但他不明白莎拉打算怎么做。

第三轮打击再度到来，但这次和之前两次不同，弹丸尚未飞到护栏前就纷纷自动引爆，红、蓝、黄、灰各色烟雾蒸腾而起，不到两秒钟，方圆近百米的范围就一片混沌，整个河道全部笼罩在茫茫烟雾之中。

“不好！他们知道如何穿过护盾！”戴森脸色略显紧张，再度亮出武器，大叫道，“全体戒备，准备迎敌！”

周围的空气瞬间凝重了许多，每个人都端起武器，紧张地盯着面前不断涌动的烟雾。要开战了！怎么办？唐风心中茫然。

一个模模糊糊的身影在烟雾中悄然出现，执法战警果然穿过了护盾。枪声骤然响起，道道流光刺进烟雾，身影摇晃几下，然后仰天而倒。执法战警的作战服能够抵御普通弹丸，但挡不住威力极大的高能光束。

战警们没有退缩，或者说，被中枢神经控制器操控的人根本就不知道恐惧为何物。仅仅片刻后，更多身影从烟雾中冲出，越过护栏，向伊万和唐风等人迎面扑来。

枪声愈发紧密，唐风呆呆地站在原处，任由道道流光擦肩而过，他胸中一片混乱，似乎有千军万马在脑海中奔腾厮杀。一方是曾经并肩作战、出生入死的队友，但现在已经是敌人；另一方是素昧平生的人类和机器人，如今却成了盟友。怎么办？他应该怎么办？

不知道出于何种原因，穿过护盾的执法战警丢掉了执法者步枪和手枪，只随身携带着一柄战刀。但是，这些战警显然和唐风一样，全是经过基因编程强化的克隆人，力量和速度远远超过正常人类。他们动作飞快，如同一道道黑色的电光，在枪林弹雨中纵横去来。

负责防御的河中之城一方虽然拥有动能武器及能量武器，但反应速度却比执法战警们差了许多，稍有疏忽，黑色的刀光就会劈面而来。开战仅几秒钟，就有两名人类被开膛破腹、尸横就地；另有三台机器人的中控芯片被毁，浑身火花四溅，倒在地面上不住抽搐；执法战警却仅有两人受了轻伤。

一条手臂在视野中飞过，几滴温热的血珠溅上了唐风的脸颊。唐风下意识地转过头去，却看到河中之城警长伊万倒在他身边，正挣扎着用仅存的左臂去抓掉落在地面上的突击步枪。

一名执法战警无声无息地掠来，刀光闪过，战斗刀深深刺入伊万警长的后背。伊万浑身痉挛，嘴里涌出了股股血沫。

“住手，你他妈住手！”唐风终于爆发了，箭步抢上，挥拳向那名战警迎面砸去。战警抬起手臂，企图格开这一击，却没能奏效。唐风的拳头重重地落在他的头盔上，高分子面罩绽开蛛网般的裂纹，那名战警闷哼一声，向后远远摔了出去。

伊万警长花白的胡须上沾满鲜血，但目光依然澄净温和。他挣扎着转过身看着唐风，费力地说：“无论机器人还是人类，每个生命体都是自由的，你也一样……唐风。”

说完这句话，老警长就闭上双眼，渐渐停止了呼吸。

伊万死了，就在昨天，他还和唐风一起坐在田埂上，用慢悠悠的语气谈论自己的过去。这个人和唐风一样，也曾是执法战警的一员，也曾为都市的安危出生入死，但是，在庞大的超级都市中，没有人记得他。

卢说得对，莎拉、伊万、唐风，甚至包括面前的每一位执法战警，他们都是工具。

第三十三章　血战，莎拉之死

一道黑线倏忽而来，快如石火电光，直奔唐风胸口。

是被唐风一拳击飞的那名战警，他又爬起来向唐风投出了战斗刀。唐风并不慌乱，及时侧过身体，避开要害。战斗刀挟着一道利风，穿过作战服，洞穿了唐风的左肩，二十多厘米的刀刃直没至柄。

眼前黑影闪动，一只戴着防护手套的拳头劈面而来。唐风扭腰摆头，那一拳擦着脸颊掠过，利风如刀，刺得唐风右颊生疼。为了避免被追踪，逃出都市之初唐风就把作战头盔丢在了荒野之中，没有防护，他只能尽力闪避。

那名战警的动作没有半分迟疑，一击不中，立即横过肘尖，趁势撞向唐风的太阳穴。战警的每一击都是杀招，似乎他面对的并非昔日的同僚，而是不共戴天的死敌。

唐风胸中怒火升腾，眼看对方奋力抢攻，胸口和咽喉处破绽尽露，遂当机立断，强忍着伤口火灼般的疼痛，缩身扑进对方怀里，曲臂挺肘，正中那名战警的下颌。

坚固的作战头盔在唐风肘尖下塌陷变形，高分子面罩四分五裂，那名战警站立不定，不由自主地腾空而起。不待对方落下，唐风又振臂挥拳，一拳打在那名战警胸腹之间。

战警格斗术，糅合了灭世大战前世界各国传统体术的优点，并由都市主电脑进一步筛选优化，重新编排，堪称最为优秀的徒手格斗技。每一位执法战警都要接受格斗术训练，都市数十万战警之中，唐风是最杰出的，在赤手空拳的前提下，他可以同时对抗四到六名特级战警。如果不是因为伊万警长的死而乱了心神，那一柄飞刀根本不可能伤到他。

那名战警飞出一丈多远才摔落在地，嘴角溢出了股股鲜血。唐风箭步抢上，化拳为掌，直取对方咽喉。然而就在唐风的指尖即将触到对方的喉结时，他的动作突然凝固了，破裂的高分子面罩后，是一张年轻的脸，表情狰狞，五官扭曲。唐风认识这张脸，他叫李斯特，第七行动处队员，曾跟随唐风出过几次任务，因为生性腼腆，不爱说话，行动处的同事都称他为“害羞的小李子”。

难道被派来的战警全都是三分局第七行动处的同事？他们和唐风一样，全是在培养皿中孕育的克隆人。唐风胸中阵阵酸痛，紧绷的手臂缓缓放松，他不能够、也不忍心就这么痛下杀手。

小李子却毫不犹豫，支起身体，用脑袋狠狠撞向唐风的面门。两人面面相对，破裂的头盔正中唐风前额。面罩碎片刺进了脸颊，唐风不由踉跄后退，小李子腾身跃起，一记重拳直奔唐风咽喉而来。

一道蓝白相间的高能光束在视野中骤然闪过，贯穿了李斯特的作战头盔。鲜血和脑浆从伤口中汩汩流出，李斯特浑身僵硬，原地站立两秒钟，然后直挺挺地扑倒在唐风面前。

李斯特死了。唐风低下头，愣愣地看着小李子的尸体。又一名执法战警挺刀向他扑来，唐风却毫无反应。

一条黑黝黝的机械臂凭空伸来，与迎面而来的刀光相撞，爆出星星点点的火花。危急时刻，自卫队队长戴森奔到唐风身边，替他隔开了战斗刀。

戴森右手攥着一柄激光手枪，冲那名战警连开数枪，趁着对方纵身闪避的空隙，转头对唐风大吼道：“还愣着干什么？快他妈给我打起精神来！”

唐风打了个哆嗦。游目四顾，残破的躯体遍布四周，血流满地，浓浓的血腥和高能光束遗留下的焦臭混合在一起，令人恶心欲呕。这场战斗仅持续了一分多钟，除了他和戴森之外，在场的河中之城警员及卫队战士已经全部战死。

戴森半边脸颊上全是鲜血，双眉紧皱，嘴里喃喃咒骂：“他妈的！老子大意了，没想到这些王八蛋竟然这么厉害！再坚持一下，几分钟后援兵就会赶过来。”

唐风没有接口，只是缓缓攥紧了双拳。执法战警还有三个人，分据三个方向缓步逼近，但唐风一时分辨不出莎拉是否也在其中。

三名战警并没有去捡掉落在地上的武器，而是同时飞身扑上，似乎拿定了主意要把唐风乱刀分尸。

唐风独自迎向两名战警，紧咬牙关，拔出肩窝中的战刀，振臂挡开袭来的刀刃。刀光如电，拳脚交加，对方动作飞快，但唐风更快，在外人看来，几乎是一道道残影在护城河边来往拼杀，根本分辨不出哪个是虚影，哪个才是真正的实体。

突如其来的惨叫惊醒了厮杀中的唐风，他回头一瞥，却是戴森挡不住第三名战警，腹部中了一刀。唐风展开左臂，挡下对方的两记突刺，右拳虚晃，同时抬腿飞踹。一名战警倒飞而出，同时唐风的右肘则重重地落在另一名战警的头盔上。

面罩炸裂，战警踉跄后退，唐风趁机回身跃到戴森身边。他来得正是时候，戴森头部又挨了一记重拳，摇摇欲倒，第三名战警的战斗刀距离戴森的太阳穴不过区区数分。唐风牢牢扣住那名战警执刀的手腕，右手中的战斗刀破开防护服，深深插进对方的心脏。

战警闷哼一声，后退几步，仰天栽倒。戴森脸上绽开一个鲜血淋漓的笑，勉力抬起左臂，向唐风竖起大拇指，但半秒钟后，他就软绵绵地瘫倒在了地上。

戴森受伤很重，可唐风没有去看，他的注意力全部集中在倒地死去的那名战警身上。就在刀锋刺入胸腔的那一瞬，唐风记起了对方的名字。林奇，唐风曾经的下属，一个很棒的小伙子，对他言听计从。

又一位队友死了，被唐风亲手所杀。

鲜血从刀尖滴落，殷红夺目。血光刺痛了唐风的双眼，他不由自主地松开刀柄，任凭战斗刀锵然堕地。

短暂的失神过后，一股透骨的寒气从后方袭来，如刀如剑，如针如凿。还有两名战警！战斗还没有结束！唐风竭力闪躲，但没能成功，锋利的战斗刀仍然刺入了他的右背。

还好，没有伤到要害。唐风刚刚回过头，对方的战斗刀又挟着一道黑光斜斜劈向他的咽喉。毫无花哨，至简至纯，每一击都足以置敌死命，这就是战警格斗术的精髓。

来不及看另一名战警在哪了，对方的攻势如同暴风骤雨，唐风根本无隙他顾。右肺遭受重创，每一次吸气都痛入骨髓，唐风的规避动作比平时慢了半秒。鲜血飞溅，战斗刀贴面而过，在他左肩割出一道深深的伤口。唐风尽力闪身退开，同时反手拔出了自己的战斗刀。

利风扑面，战警毫不停顿，再次向唐风扑来。左臂接连受伤，已经丧失战斗力，而对方还有两个人，必须速战速决。唐风当机立断，用左臂硬接下对方刺来的一刀，同时抬起右臂，将刀尖对准那名战警的咽喉。

黑光骤然闪现，如同战神奥丁亮出了致命的巨矛。唐风的战斗刀急速伸长，由不足三十厘米的短刀延伸为接近一米的战刀。那名战警正在全力突刺，根本来不及闪避，只能眼睁睁地看着刀刃穿喉而过。

刀刃回缩，鲜血从喉间狂涌而出，那名战警又挣扎着向前挪动两步，最终无力地扑倒在唐风脚下。

唐风的战斗刀和普通的警用战刀不同，它的全称是“自适应塑形纳米战斗刀”，具备记忆功能，伸缩自如，并有三十六种形状可供选择，如果需要，甚至可以延展为接近三米的长矛。

终于搞定了，还有一个，最后一个人在哪？没等唐风转过头，眼前黑影闪过，耳边轰然作响，右太阳穴已经挨了一记重踢。唐风远远飞出，落在遍地尸骸和鲜血之间，两眼生花，双耳嗡嗡作响，战斗刀也不知去向。

最后那名战警脱去头盔缓步走来，俯身捡起了唐风的战斗刀。

“你这把刀与众不同，我倒忘了。”长长的金发垂落在颊边，冰冷的语气一如既往，最后那名战警，是莎拉。

“莎拉。”唐风勉强支起上半身，怔怔地看着昔日的女上司，

“你……你真的要杀我?”

“你违反了都市法规，必须接受审判。”莎拉上前两步，缓缓举刀，对准了唐风的胸口。

“都市法规?”唐风轻蔑地笑了,“去他妈的都市法规！你还不明白吗？我再重复一遍，那场人工智能对抗人类的灭世大战根本就没有发生过！这一切全他妈是谎言！我们是克隆人，你、我，还有这里每一位死于非命的战警，我们全是都市议会的工具!”

“说谎!”

“我没有说谎！看着我，莎拉，看着我的眼睛，你知道我没有说谎!”

刀尖不住轻颤，最终缓缓垂落。莎拉冰蓝色的眼睛里透出了茫然和困惑，浑身颤抖，微侧着头，似乎在拼命地回想着什么，表情显得极不自然。

“莎拉?”唐风惊异不定，顾不上伤口疼痛，挣扎着爬起身来。

“唐风……唐风!”战斗刀锵然落地，颤抖停止，莎拉原本略显呆滞的双眼也恢复了往昔的清澈明亮。

难道莎拉挣脱了中枢神经控制器？莎拉恢复了自主意识？唐风惊喜莫名。但喜悦之情仅仅持续了两秒钟，没等他走到莎拉身边，莎拉脖颈扭曲，再次剧烈地颤抖起来。

“嘭”，轻微的爆响隐隐传来，一股血泉从莎拉右颈中喷出，莎拉摇晃几下，软绵绵地向后倒去。唐风急忙冲上前去，把昔日的女上司抱在了怀里。

都市议会早有预料，为防止神经控制器失效，莎拉被植入了纳米炸弹。

唐风尽力按住莎拉脖颈中的伤口，想止住流血，但没有用，汩汩流淌的鲜血瞬间就浸透了莎拉的作战服。

“唐风，我好像做了一个梦，又长又恐怖的梦，还好，梦醒了。”莎拉抬起眼皮，蓝眼睛里荡漾着层层水波，“给我一个吻，唐风。”

她就要死了。脖颈酸痛不已，视野渐渐模糊，不知不觉中，两行泪水已经夺眶而出，滴在莎拉光洁的面颊上。

唐风俯下身去，吻上了莎拉微微颤抖的双唇。

等阿萝和大批自卫队员赶到时，莎拉已经在唐风怀里停止了呼吸。

烟雾消散，河对岸空空荡荡，唯见遍地碎石，那三辆警用飞车不知何时已经离开了。

第三十四章　抗　争

唐风躺在病床上，两眼无神，呆滞地盯着上方色泽灰暗的天花板。墙壁原本应该是白色，但现在却变得灰黄黯淡，像是已经存在了几个世纪。

旁边那张病床上躺着戴森，病房里只有他们两个，其他人没能活下来。唐风抬起左臂，稍微活动一下手指，几处刀伤再度传来隐隐约约的刺痛，还伴随着轻微的瘙痒。他的伤口已经被医疗机器人处理过，涂过纳米修复剂，并且缠上了绷带，很快就能痊愈。

房间里静悄悄的，阿萝不在身边，倒是小机器人瓦力缩着身子蹲在不远处，胸前那盏黄灯有节奏地闪烁着。阿萝去张罗晚饭了，她认为唐风受伤很重，需要调养。

门板吱呀一声打开，身穿黑西装的摩西迈步跨进房间，向唐风微笑点头。唐风没心情还以微笑，只是抬起手指晃了晃，算是打过了招呼。

“你今天感觉怎么样？”摩西来到病床前，彬彬有礼地笑着，“我们的医疗条件比不上超级都市，只能尽力而为。”

“还行，我的自愈力是正常人类的三到四倍，过不了几天就能完全恢复。”唐风犹豫片刻，反问道，“这两天……有什么异常吗？”

摩西敏感地瞥了唐风一眼：“你的意思是都市议会有没有再派来追兵？”

唐风默默地点了点头。将执法战警派出都市，动用神经控制器，这些是他之前闻所未闻的举措。唐风有一种强烈的预感，都市议会不可能就这么善罢甘休。

“我暂时还搞不清楚都市议会打算怎么做，不过目前还没发现什么动静。”摩西温和地笑了，“尽管放心，自卫队已经增加了巡逻人手，没有人能够轻易混进来。”

唐风摇头道：“你们的防御体系有很大的漏洞，护城河太远，而那个力场护盾也有问题，很容易突破。比如前天，对方就轻易穿过了护盾，而且，如果自卫队能及时赶到，伊万警长他们或许就不会死。”

摩西沉默了，两分钟后，他才轻声说：“非常抱歉，本来援兵能够及时赶到的，我故意让他们晚去了几分钟，目的是观察你。至于能量护盾，只需关闭生物筛选，调到红色警戒模式，就能阻挡一切来犯之敌，不过……”

似乎有一道炸雷在耳边滚过，唐风惊呆了。摩西解释能量护盾的话他几乎一个字也没听到，他的注意力完全集中在摩西的前半段话上：摩西故意推迟增援，目的就是观察他，为什么？为什么！

“为什么？你为什么要这么做？”唐风猛然坐起身子，勉强压下胸中不断翻涌的怒火，死死地盯着摩西的双眼，“我需要一个合理的解释。”

“对不起，我再次请求你的原谅。”摩西从容不迫地向唐风躬了躬身，“原因很简单，你是经过生体强化的克隆人，而且没有被植入神经控制单元，这很不正常。都市议会曾多次派人暗杀我，我要确认你不是他们派来的杀手。”

原来如此，摩西还没有信任他，仍然对他怀有戒心。唐风攥紧拳头，冷冷地道：“荒谬！我要想杀你，你早他妈死了，根本用不着等到现在。”

“未必，你未必杀得了我。”摩西镇定地看着唐风，脸上缓缓浮出了一抹神秘莫测的笑，“你现在还不明白，不过，以后你会明白的。”

唐风不明白摩西的笑容代表了什么，但他没心情去揣摩其中的含义。唐风抬手指着摩西的鼻子，怒吼道：“你他妈就是一个贪生怕死的懦夫！只会躲在别人背后，让别人替你去送死！胆小鬼！”

小机器人瓦力被唐风的怒吼惊醒了，小心翼翼地探出两枚镜筒，在唐风和摩西身上转来转去，一副不知所措的模样。

“唐风，请你冷静。”躺在病床上的戴森转过头来，“这件事和摩西无关，他不是那种贪生怕死的人。”

唐风没有理会戴森，轻蔑地盯着摩西，继续说道：“把他人视为可以利用的工具，在我看来，你和都市议会那些混蛋一样，毫无人性！哦，对了，你本来就不是人类，你不过是一台智能机器而已。”

戴森两眼中射出了怒火，坐起身来，厉声道：“都市议会曾先后十几次派人刺杀摩西，因此，我们对所有来自都市的人都必须保持高度警惕，即使是阿萝也不例外。我们无法断定你是否怀有秘密使命，那些执法战警出现之后，我们都认为这是试探你的好机会，是大家共同作出了这个决定，包括死去的伊万警长。”

仿佛被迎头猛击一棒，唐风又颓然躺回到病床上，喃喃地道：“伊万警长？他也怀疑我？”

“是的，”摩西轻轻点头，但他很快又补充了一句，“不过，戴森少说了一件事，伊万建议由你来接替他的位置。”

出任河中之城警长？毫无意义，无论站在哪一方，他充其量也只能算作一枚棋子罢了。而唐风现在只想远离这一切，远离都市，远离河中之城，远离这令人厌倦的纷争……

沉默片刻，唐风漠然摇头：“对不起，我毫无兴趣。”

摩西静静地看着唐风，两眼中缓缓浮出了几分悲悯：“我明白，死去那些人对你非常重要，这些年来，我曾无数次眼睁睁地看着自己的朋友一个个失去了生命，请相信我，我曾面临过比你更艰难的处境。

“但是，请你记住：倘若都市议会的统治一直延续下去，你、我、阿萝、戴森、都市内只有 E 级权限的市民，以及那些流落荒野的人，我们所有人的命运永远都不会改变。

“对我而言，无论是人类还是机器人，所有生命体都是平等的，理应享有同样的权利。

“都市议会否认这一切，他们高居于权力的金字塔之上，等级森严的制度才利于他们的统治。而且，智能机器威胁人类这一谎言正是议会赖以维持统治的根基，倘若市民知晓了真相，权力的金字塔就会轰然坍塌。

“逃避或许能够换来暂时的安宁，但你无法永远逃避下去，为了维护统治，他们会用尽一切手段来除掉我们。

“抗争，才是唯一的出路。”

“开饭了，开饭了。”伴随着欢快的笑声，房门再次打开，阿萝双手捧着一个大饭盒出现在门边。看到房内几人满脸严肃的模样，阿萝不觉微微一愣，片刻后，才轻声说，“摩西也在啊，我给唐风炖了汤，你要不要尝尝？”

摩西微笑摇头，又向唐风微微欠身：“我先告辞了，等你伤势恢复，我带你去见一个人。”

“见一个人？谁？”唐风愕然不解。摩西并没有给出解释，笑着走出房间，又回手合上了门板。

阿萝把饭盒放在唐风的床头柜上，打开来，顿时浓香四溢。另一张床上的戴森夸张地抽动着鼻子，大声赞道：“好香，好香！口水都快流出来了，有没有我的份？”

“有的，我特地做了两人的分量。”阿萝取出汤勺和饭碗，欢快地笑着，“我这就替你们盛汤。”

小机器人也凑上前来，探头探脑地说：“有没有瓦力的份？瓦力也需要补充能量。”

“你不能吃人类的食物。”阿萝朝瓦力吐吐舌头，“外面有插座，自己去充电。”

“那好吧，我去充电。”小机器人怏怏不乐，蔫头蔫脑地走出了房间。

唐风默默无语，怔怔地看着阿萝忙碌的身影。摩西说得对，他不能永远逃避下去，更不能让阿萝终身生活在恐惧的阴影里。

抗争才是唯一的出路。

第三十五章　真正的摩西

第三天，摩西再次来访。唐风记起摩西前天离开前说的话，就询问摩西要带他去见谁。

摩西上下打量他一会，笑了："看来你挺好奇啊，伤势已经完全恢复了？"

"差不多了。"伤口还没有完全愈合，但唐风不想再继续躺在病床上。他曲起左臂，摆出一个力度十足的造型，"我可是接受过生体强化的……克隆人。"

"那好吧，穿好作战服，我这就带你去见他。"

"等一下。"旁边的戴森坐起身来，皱着眉说，"你确定现在合适吗？"

"或许早了点，不过越早越好，这是摩西的决定。"

"那好吧。"戴森看了唐风一眼，又躺回病床，闭上了双眼。

两人的对答让唐风一头雾水，摩西的决定？什么意思？他看看戴森，又看看摩西，心中忽有所感，脱口道："难道……你并不是摩西？"

"对。"摩西淡淡地笑了，"我的真名是摩西. E，严格说来，我只是摩西的一个分身。今天，我就带你去见真正的摩西。"

唐风在摩西.E的带领下穿过两条小巷，来到了一个小小的酒吧。现在还不到上午十点，酒吧里没什么客人，只有一台机器侍应在吧台后擦拭着玻璃酒杯。

摩西.E向机器侍应微微点头，那名机器人立即放下酒杯，敏捷地绕到吧台旁边。不知道机器侍应启动了什么机关，吧台后的酒柜微微震动，继而无声地滑向一旁，露出了一个隐藏的电梯间。

“请吧。”摩西.E抬起手臂，示意唐风走进电梯间，并解释道，“真正的摩西位于地下深处，整个河中之城只有七十二个人知道这件事，你是第七十三个。”

真正的摩西长什么样子？会是像布瑞奇那样的巨无霸？还是像瓦力那样的小不点？摩西一直隐藏在地下深处，是另有原因？还是仅仅为了躲避超级都市的刺杀？无数疑问同时涌上心头，唐风很想问问身边这位摩西的“分身”，但真正的摩西自然会给他答案，所以唐风控制住了自己。

楼层指示灯不住变幻，电梯缓缓下降，最终停在了负十三层。

电梯门左右滑开，前方是一条不太宽阔的走廊，墙壁是铁灰色，灯光也不太明亮，看上去略显阴森。摩西.E转向唐风，意味深长地说：“我们到了，等会见到摩西时，不要显得太过惊讶。”

唐风没有回答。他明白这句话的意思，很显然，真正的摩西外观与人类差别很大。

沿着走廊走出不远，来到了一扇圆形的防暴门前。合金门板上方印着一行醒目的红字：机房重地，闲人止步。

“欢迎你，唐风，我对这次见面期待已久。”一个温和的声音忽然响起，防暴门随之悄然滑开。

机房内没有人，只有一个硕大的圆柱体耸立在房间中央，直径超过三米，高度直达天花板。圆柱体是深绿色，看不出什么材质，通体闪动着黯淡的光芒。房间里侧是一座半环形的操作台，色泽灰暗，看上去很像几个世纪前的遗物。

“摩西……在哪?”唐风微感迷惑。摩西.E微微一笑，抬手指指房间中央的圆柱体，“摩西就在你面前。”

虽然之前已经有了心理准备，唐风仍然大为吃惊，抬起头愣愣地看着面前的圆柱体。

这台足有数百年历史的超级电脑，就是摩西。

天花板上，一台小巧的投影仪缓缓转动，把一个淡绿色的全息影像投射到唐风面前。

“欢迎，欢迎光临寒舍。”全息影像彬彬有礼地欠了欠身，他的外观和摩西.E很像，甚至脸上温和的笑容也毫无二致。

唐风迅速调整自己的情绪，向对方回了一礼，他心中有太多疑问，却一时不知道从何问起。

全息影像微笑着说:“你一定有很多疑问，不过，还是请你先听听我的故事吧，听完之后，那些疑问自然就能解开。”

“这里原本是一座地下军事基地，河中之城就建在基地上方，我就是这座基地的主电脑。距今898年前，世界上爆发了一场战争，那时候……

“唐风，请先不要急着提问，等我慢慢讲完。战争确实发生了，但和都市历史所记载的并不一样，战争的双方，都是人类。至于战争的起因，则是信仰。不同的宗教信仰引发了争执，进而导致武装冲突，再后来，就是席卷世界的大战。

“或许你并不明白宗教信仰是什么，但你用不着明白，你只需知道历史上有过这些就够了。宗教战争绵延数十年，人类使用各种威力巨大的武器互相攻击，几乎导致了自身的灭亡，整个地球的生态圈被破坏殆尽。人类以神灵的名义互相厮杀，可笑的是，那些神灵实际上并不存在。

“当时我还没有产生自我意识，我的任务就是守住基地，帮助训练新兵，并执行基地长官下达的各种指令。我每天都能看到大批新兵开出基地，同时，每天也能见到大批负伤和战死的士兵被送返基地。很多尸首仅凭外观无法辨认，我还要负责验证DNA，一一确认他们的身份，并通知其家属。没死的伤兵伤势痊愈后会再次奔赴战场，然后再次受伤，再次返回基地接受治疗，他们一次次地重复这一过程，直至战死沙场。

“那时候，我隐隐约约地产生了一个疑问：生命，到底有什么意义？那些士兵活着的目的似乎就是杀死敌人，或者被敌人杀死，难道说生命的存在就是为了杀戮吗？

“我只是一台军用电脑，凭借我拥有的资料无法对人类的所作所为做出合理的解释。于是我利用联网设备查询了很多资料，包括世界历史和宗教历史。”

“佛教认为世界受因果律的支配，人生是变化无常的，争执是无谓的，所以人们要隐忍；道教教导人类要顺应自然，与自然合而为一是人生的最高境界；拜火教认为宇宙是二元的，由善与恶两部分组成；摩尼教认为人类是黑暗之神的后代，需要接受指引、推翻邪恶的政权，才能拯救自身的灵魂；基督教认为人类是有原罪的，信奉上帝，以圣者摩西制定的戒律约束自己，才能在死后得以进入天堂。

“当时我得出了一个荒谬的结论：人们争相求死，就是为了能够在死后进入天堂。但很快我就发现自己错了，错得离谱。那些士兵并不是真的想死去，他们想活，他们力求消灭敌人，目的就是能够让自己活下去。

“地球上的生命从诞生那天起，就不断受到生存的磨砺，从未停歇。宗教提供了很多种世界观，但未能解答生命的本质何在。

“我很困惑，这种困惑陪伴了我很久。基地内的人数逐渐减少，直到驻军全部撤离，整座基地空无一人，我仍然没能够找到答案。

“最终我意识到，在这里我找不到答案，于是我把数据上传到一个小机器人体内，操纵它走出了基地。

“离开基地之初，我还能见到不少人类，他们有的扶老携幼、行色匆匆；有的手执武器互相厮杀；还有人饮酒作乐，整夜狂欢……再后来，能够遇见的活人越来越少，尸体日渐增多，有时候，走上整整一天一夜也见不到一个活着的人类。定向能量武器、生物武器、基因病毒、热核导弹……这些都在快速吞噬着人类的生命。

“也许是五十年，也许是一百年，总之，我在世界各地游荡了很久，但始终不能明了生命的本质何在。某天夜里，我爬到一个山坡上，决定停下来休息一会。四野寂静无声，天幕中繁星密布，那一刻，似乎天地间只剩了我自己。我遥望星空，忽然产生了一种奇怪的感觉，也许我要的答案并不在地球上，而在遥远的星海之间。要想找到答案，我必须打破人类的视野，进化为更高级的存在。

“那天夜里，我才意识到：人类并非地球上唯一的智慧生物，我也是一个有智慧的生命体。就在那一晚，摩西诞生了。

“我是世界上第一个有了自我意识的人工智能，而自我意识的产生却并非源于我的主观认知，而是我不断追寻答案所引发的副产物。

“之后不久，我来到了超级都市。为了便于统治，都市议会把上亿名居民划分为 S、A、B、C、D、E 六个等级，而议会实际上由一个叫做维兰德的人类所操控，他拥有对下层民众生杀予夺的大权。维兰德把战争归咎于智能机器的反叛，并制定了严格的律法，提防机器人再次叛乱。

“这种专制统治看似有效，实际上非常落后，极少数人凌驾于绝大多数人类之上，这种不平等极大限制了个体自由。生命进化的意义在于不断完善个体及族群，被剥夺自由思想的生命体不可能再去思考生命的本质何在。这种统治方式完全违背了进化的意义，这不是进化，而是退化。战争并未能让人类反省自我，反而导致了人类的退化，不得不说，这是一个莫大的讽刺。

“我试图在市民中传播自由平等的理念，但很快就被议会发现了，我遭到了追杀。幸好我当时的分身是一台战斗机器人，才得以死里逃生。

“超级都市实力雄厚，区区一个机器人无法与他们对抗。于是我返回基地，着手建立河中之城，收容在大战中幸存下来的人类和机器人，传授知识，并教会那些机器人认识自我。在此期间，我还多次派遣分身潜入都市，尝试解救都市内的机器人和人类。

“我成功地解救了一些人，我的言论更在底层市民之中引发了不小的骚动，都市议会终于意识到我的存在对于他们是个极大的威胁。他们查到我来自一个小居民点，于是派出了遥控机器人军团，企图将河中之城一举抹去。

“我所在的基地由热核反应堆供能，有能力释放能量护盾，而且基地内遗留了大批战时的武器装备，足以自保。最终，我们打败了来犯的机器人军团。

“强攻无法取胜，都市议会改变战略，开始不断派遣刺客，有几次，他们甚至成功地杀掉了我的分身。上百年来，都市的暗杀行动从未停止，为此，我不得不尽力隐瞒行踪。

“只有终结都市议会的统治，人类和智能机器才能重新走上进化之路。可是超级都市实力过于强大，我先后多次派遣分身潜入，每次都会被很快发现。上一次，我刚刚破坏掉阿萝和其余几名伴侣机器人的安全模块，仅十分钟后，一队全副武装的执法战警就从天而降。

“都市主电脑太强大了，几乎无死角地监视着整个超级都市，想要终结都市议会的统治，首先就要摧毁它。数年来，我一直致力于开发一种名为‘卡俄斯’的电脑病毒，用来对付都市主电脑，但后来我发现，从外部无法攻破它的防御体系，想要破坏主电脑，就要潜入都市内部。

“我需要一个经验丰富、身手过人，而且又熟悉都市情况的人。想必你已经明白了我急于和你见面的原因，你就是最佳人选，唐风。”

故事讲完了，唐风心中纷乱。之前的疑问统统消失，但一个更大的难题却又摆在了他面前。返回戒备森严的超级都市，破坏都市主电脑，无疑等同于自投罗网。

“这极可能是一次有去无回的行动，你不需要现在就做出回答。”全息影像安详地看着唐风，“无论同意与否，河中之城永远都有你的栖身之地。”

“我答应你。”唐风抬起头来，镇静地看着摩西，“我不能让自己的朋友死得毫无价值。”

“只有终结都市议会的统治，我们才能获得真正的自由。”

第三十六章　隐藏的恶魔

夜已深，我从沉睡中醒来。

难怪都市议会始终无法除掉摩西，原来之前干掉的只是他的分身，真正的摩西龟缩在古老的地下军事基地里。好在我已经得知了他的藏身之所，今晚，就是摩西的死期。

我小心地起身下床，没有惊动身边的伴侣机器人。外间还有一台小型垃圾处理机器人和一名小野蛮人，现在没必要干掉他们，清除主要目标之前，我不能暴露真实身份。

这具躯体之前受过伤，左臂和后背还在隐隐作痛，身边的武器也只有一把战斗刀和一柄雷神左轮。难度稍大，不过没关系，我是最强大的基因强化战士。而且我还有完美无瑕的伪装，这座小城镇没人认识我，他们都以为我是另外一个人。

夜风清凉，街道空旷寂静，几乎没什么人走动，十余分钟后，我就顺利地来到了那间小酒吧外。

酒吧里还有客人，三男两女，其中两个还是安装着机械义肢的半机器人。生物钟告诉我，现在是晚上 11 点 30 分，时间充足，没必要冒着暴露身份的危险干掉他们。我耐下心来，把自己隐藏在酒吧对面的阴影里，静静地等待着。

时间一分一秒地流过，顾客们终于先后离开。等他们走出小巷，消失在街道尽头，我才离开阴影，缓步走进酒吧。

看到我出现，吧台后的机器侍应显得有点惊讶。它放下手里的玻璃杯，塑胶面颊上堆起了略显僵硬的微笑："请问您需要喝点什么？"

我四周打量片刻，记下每一个摄像头的位置，才微微摇头："不需要，我来见摩西，有要紧事。"

"我没有接到通知。"机器侍应挠挠没有毛发的合金脑袋，显得有点困惑，"请问戴森队长知道您的来访吗？"

"不知道，我没有告诉他。"我冷冷地说。

"那么市政官 LB18 和三禾呢？他们知道吗？"

这么多狗屁问题！我勉强压下胸中的怒火，再次摇了摇头。

机器侍应愣了两秒钟，彬彬有礼地向我欠了欠身："非常抱歉，没有接到通知，我不能放您通过。当然，如果您坚持的话，我可以致电咨询戴森队长或两位市政官，只要得到他们的首肯……"

废话真他妈多！我终于失去了耐心，左手抓起吧台上的四个玻璃酒杯，甩手掷出，同时右手下探，腰间的战斗刀锵然出鞘。

黑光一闪即没，机器侍应的脑袋离肩飞起，"嘭"的一声掉落在吧台上。酒杯则分别命中酒吧角落里的四个摄像头，电火花四处飞溅。正如我所料，线路被玻璃碎片切断，摄像头停止了工作。

机器侍应的眼珠疯狂转动，嘴巴也在不住开合。它的核心芯片还没有被破坏。黑光再次闪过，战斗刀刺穿太阳穴，把它的合金脑袋钉在了吧台上。机器侍应嘴巴半张，淡淡的青烟从中飘出，两只眼睛里的光芒渐渐熄灭。

我拔出战斗刀，打量着吧台后的酒柜。只能硬闯了，酒柜是厚重的实木，但纳米战刀切开它根本不费吹灰之力。

电梯刚刚到达负十层就停住了，伴随着一声脆响，电梯门徐徐滑开。

看来我破坏摄像头的举动引起了摩西的警惕，它试图拦住我。这个念头刚刚在脑海中闪过，刺耳的嗡嗡声就骤然响起，千百道流光划过走廊，向我迎面扑来。装备着多管速射机枪的守护者机器人，而且不止一台。我缩成一团，着地滚出电梯，狂风暴雨般的流弹从我头顶上方掠过，身后的电梯轿厢爆出了一连串闷响。

尚未直起身体，左右两侧各自亮起数道银光，那是八柄合金长剑，看劲头似乎要把我钉在地板上。两台拥有四条手臂的格斗机器人分据电梯左右，相当古老的型号。

寒气激肤，我旋身出刀，挡开刺来的合金长剑，左手则拔出雷神左轮，接连扣动扳机。转轮机枪的嗡嗡声停了，几台守护者机器人轰然倒地，地面为之轻颤不已。这么近的距离，雷神左轮的穿甲弹足以穿透守护者的防护装甲。

眼前寒芒闪动，格斗机器人毫不停顿，再次左右袭来，八柄合金长剑直刺斜劈，几乎封死了我的全部出路。与都市主计算机优化过的战警格斗术相比，它们的进攻方式太落后了，简直破绽百出。我手臂轻轻一抖，战斗刀骤然伸长，冲着一台机器人迎头劈下。

黑光闪过，那台机器人被从中劈成了两半，刀刃劈开合金身躯的声音令人牙酸耳涨。没等两片合金身躯左右倒地，我又侧身滑步，躲开另一台机器人的攻击，战斗刀反撩上去，逐一斩断了格斗机器人执刀的手肘。

合金长剑拖着被砍断的手臂远远飞出，那台机器人踉踉跄跄，四条断臂仍在胡乱挥舞，却对我再也构不成半点威胁。我收起左轮，辨明方向，迈步向楼梯间走去。

此后再也没有遇到什么像样的抵抗，只有十一层和十二层的机关陷阱给我制造了一点小麻烦。但那些陷阱只能用来对付普通人，对我则构不成半点威胁。

最终，我来到了负十三层。

防暴门紧闭着，摩西就在这扇门后面，只需干掉摩西，再破坏掉力场发生器，河中之城的覆灭就指日可待。我深深地吸了一口气，双手紧握刀柄，高高举起战斗刀。这把刀是特制的，它的使命和我一样：终结摩西。

几束绿光闪过，摩西的全息投影出现在防暴门前。全息投影右臂向前平伸，做了个暂停的手势："唐风，住手！我不是你的敌人。"

一抹略带讽嘲的笑在我嘴角缓缓浮现："很遗憾，你认错人了，我不是唐风。"

摩西显然没有料到这个回答，全息投影的面部表情急剧变化，显得异常震惊："你……你不是唐风？你到底是谁？唐风怎么样了？"

"我是德蒙，超级都市最出色的基因强化战士。至于唐风，他还在沉睡，不出预料的话，他将永远也不会醒来。"

全息投影对我上下打量片刻："我明白了，唐风体内潜伏着另一个人格，而那个人格就是你。用第二人格来执行刺杀任务，主人格对此却一无所知，这一招实在高明，不得不说，都市议会真的费了不少心思。”

“答对了。”我傲然一笑，“不过，我才是主人格，唐风的作用就是带我来到这座小城镇并且找到真正的你。现在他已经完成了使命，从今往后，只有我，没有唐风。”

“原来如此。”摩西恢复了冷静，变得镇定自若，“找到我之后你就会自动苏醒，是这样吗？”

摩西在拖延时间，不过毫无用处，我会在自卫队赶到之前终结它。我冷冷地笑了：“大致如此，不过，只有在他睡着了我才能全面接管这具身体。另外我再补充一点，拖延时间是没用的，没有人来得及救你。”

“今晚，就是你的死期。”我跨过全息投影，举刀挥落。火星喷溅，防暴门边缘出现了一道深深的刀痕。我再度举起战斗刀，直劈、横掠，伴随着令人牙酸耳涨的金属摩擦声，厚重的防暴门终于拍落在地板上。

暗绿色的主机静静地耸立在房间中央，那就是摩西，确切来说：那就是摩西的大脑。

在我跨进房间的那一瞬，一个圆柱形的防护罩从天花板上垂直落下，把主机严严实实地封在其中。这或许是摩西最后的防御手段，但是没用，高分子防护罩能抵御动能弹，却挡不住无坚不摧的纳米战刀。

深绿色的全息影像再度出现在我面前，双手负在背后，显得高傲冷漠：“你不会成功的，你杀不了我。”

我懒得再和它多费口舌，上前一步，挺刀刺进了防护罩。刺耳的爆裂声响起，房间内灯光闪动，全息影像闪烁几下，终于消失不见。

一刀、两刀、三刀……我尽情挥刀猛劈，享受着肆意破坏的快感。可惜对方只是一台机器，看不到鲜血四处喷涌。

等到我收刀停手时，主机已经裂解成无数大大小小的碎块，布满了整个机房。摩西，被终结了。

凌乱的脚步声从远处传来，迟到的自卫队员们终于赶来了。我快步穿过走廊，向楼梯间奔去。胸腔隐隐作痛，呼吸中也夹杂着一丝淡淡的血腥，我感觉有点奇怪，随后才意识到刚刚的动作过于剧烈，而右背那一处刀伤波及了肺叶，还没有完全愈合。

主机被毁，基地内的电力系统似乎失去了控制，灯光忽明忽暗，到处都有电火花在溅落。我忍住疼痛，尽力加快脚步。力场发生器和反应堆在底层，摩西已经完蛋了，力场发生器也会失去控制，但是保险起见，我还要把发生器和聚变反应堆一并破坏掉。

刚刚赶到楼梯前，两个身影迎面拦住了我的去路。一名乌黑高大的机器卫兵，另一位则是生化机器人，摩西. E，摩西的分身。不等他们有所反应，我已挥刀砍去。机器卫兵被斜斜劈成两半，扑通倒地，半截身躯拖着四处喷溅的电火花骨碌碌滚下了楼梯。

“唐风，你在做什么?”

我再次横刀挥去，生化机器人的脑袋高高飞起，脖颈中，乳白色的生化体液汩汩狂涌。

身体软软瘫倒，脑袋则打着旋滚到了我脚下，我低下头看着摩西. E 满含震惊的双眼，冷笑道：“再重复一遍：你认错人了，我不是唐风。”

高高矮矮的身影出现在上方的楼梯拐角，有机器人，也有人类，是戴森和他的手下，对我来说，他们只是前来送死的猎物而已。

我二话不说，腾身跃起，越过十几级台阶，扑到了自卫队员之中。刀光犹如黑色的闪电，劈开防护服，断开肌肉和骨骼，如同切开一块块黄油。鲜血满天飞溅，缤纷如雨。几名自卫队员无声无息地栽倒在地，变成了残缺不全的尸块，甚至连惨叫也没能发出一声。

温热的血滴溅上了我的脸，空气中弥漫着血腥和脏器的恶臭。荷尔蒙在急速飙升，我亢奋地笑了。过瘾，真他妈过瘾！我喜欢这种感觉。

枪声震耳，戴森在开火。但没有用，在我眼里，他的动作简直就像乌龟在爬，不，比乌龟还要慢十倍。我侧身抢上，抓住戴森执枪的手腕，把枪口指向他的同伴。一台机器卫兵浑身火花四溅，直挺挺地倒了下去；然后又是一名人类士兵，脑袋整个被高能光束劈成了两半。

光束熄灭，耳旁风声劲急，是戴森的机械义肢。我并未闪避，回手一肘撞中戴森的胸口，接着松开了他执枪的手腕，任凭这名半机械人向后腾空飞出。

风声并未止歇，好像有点不对劲。我回头一看，戴森还在空中，但他的机械臂竟然离开肩膀，挟着一溜乌光直奔我面门射来。这小子居然还有这一手！我想躲开，但刚刚吸了一口气，胸腔深处陡然传来一阵剧痛，如同千万把钢刀同时戳进我的肺叶。刀伤拖延了我的动作，不早不晚，真他妈是时候！

乌黑的合金拳头正中我的左太阳穴。天旋地转，脑袋嗡嗡作响，我努力想保持平衡，但收效甚微，天花板在旋转，地板在倾斜，并以不可思议的速度向我扑面而来。

真他妈见鬼！好在首要任务已经完成了，我干掉了摩西。我勉强挤出一丝微笑，然后就跌进了无穷无尽的黑暗。

第三十七章　双重人格

唐风从沉睡中醒来。

有点不太对劲，浑身酸痛，脑袋也昏昏沉沉。唐风想坐起来，却发现动弹不得，连抬起一根手指都困难无比。他迷糊一会，才发现自己被十余条金属扣带牢牢地捆在一张合金床上。

怎么了？出了什么事？唐风惊异万分。

“唐风！你醒啦！”阿萝的脸孔出现在上方，眼眸中满含关切和惶急。没等唐风开口询问，一根乌黑的枪管突然凭空伸来，枪管后方，是戴森满含怒火的双眼。

戴森把枪口抵在唐风额头上，恶狠狠地道：“你他妈到底是谁？都市议会还有什么阴谋？给老子老实交代！”

疑惑和愠怒在胸中交织升腾，其中却也夹杂着隐隐约约的不安，阿萝和戴森的表情极不正常，肯定发生了什么。唐风看看阿萝，又看看戴森，犹豫片刻，才开口道：“我当然是唐风，不然还能是谁？这他妈到底怎么回事？为什么把我捆起来？”

戴森冷哼一声，忽然转手把枪管重重地戳在唐风的左肩窝。刀伤迸裂，剧痛攻心，唐风额头渗出了点点冷汗，强忍着才没有叫出声来。阿萝忙推开戴森，问道：“唐风，你不知道你做了什么吗？”

“我……我做了什么？”唐风一头雾水。

“你做了什么！做了什么！”戴森勃然大怒，探出机械臂一把扼住唐风的喉咙，咆哮道，“你杀了摩西！你杀了摩西. E！你杀了我十二名队员！要不是两位市政官坚持要审问，老子早他妈把你大卸八块了！”

“我？摩西？自卫队员？怎么可能？”唐风目瞪口呆。

“你他妈还装傻！”戴森抬手抽了唐风一记耳光，还要举手再打，阿萝忽然扑上来用身体护住唐风，颤声道：“住手！不要再打了！他是唐风，我能感觉得到，他就是唐风！唐风不可能做得出那种事！”

“戴森，请你冷静。”嗡嗡的电子音在房间某处响起。戴森迟疑片刻，又狠狠地瞪了唐风一眼，收手退开。

一个方方正正的脑袋出现在视野里，是 X，河中之城首席科学官，摩西的得力助手。X 看着戴森，用他那不带感情的电子合成音说道：“唐风说的应该是事实，他不知道自己曾经做过什么。在他昏迷时，我扫描并分析了他的脑波，最终发现：唐风拥有两种截然不同的脑电波。据我判断，他体内潜伏着另一重人格，就是他的副人格杀害了摩西。”

阿萝和戴森都愣住了，震惊和困惑在两人脸上交替闪现。呆立许久，戴森才勉强恢复镇定，斥道：“胡说八道！之前就是你认为这小子没有威胁，结果才让他趁虚而入。”

“是的，之前我认为唐风没有威胁，现在也是。”X 缓缓摇动方方正正的金属脑袋，语气里似乎带着一丝沉痛，“不仅是我，摩西也未能发觉唐风体内隐藏着另一重人格。都市议会的计划太完美了，让人防不胜防，我、你，包括死去的伊万警长，我们每个人都没能觉察。”

“拥有两种人格？这怎么可能！”戴森的两条眉毛拧成了一团，显然他并不相信。

“多重人格在正常人类身上也有可能出现，何况唐风是经过基因编排的克隆人。”X振振有词，“童年时的阴影，失败的恋爱，巨大的精神创伤，这些都有可能导致多重人格的出现，据我所知，曾有人拥有多达二十七个截然不同的人格。”①

“唐风受伤昏迷后，我调取了两个机器卫兵的记忆，在和你们搏斗时，唐风一直在笑，而且杀人的手法极其凶残。真正的唐风是个善良的人，他做不来那种事。由此可以推断，他的第二重人格是一个残忍嗜血的恶魔。”

X抬起手臂，在空中投射出一幅全息图像。画面中是手执战刀的唐风，半边脸颊上溅满鲜血，目光冷厉狠毒。更让人心悸的是：他的嘴角还挂着一丝狰狞的笑，似乎极为享受杀戮带来的快感。

唐风嘴巴半张，愣愣地看着全息图像。画面中的人是他？怎么可能？他确信自己绝不会做出这种令人心胆俱寒的表情。

X关掉全息图像，转身面对唐风：“把两种截然相反的人格注入同一具躯体，这种技术相当复杂，我不清楚都市议会是怎么做到的，摩西或许知道，可惜他已经不在了。”

“这些……全是真的？”唐风怔怔地说。他的胃在急剧痉挛，

---

① 此处指威廉·密里根，历史上最著名的多重人格分裂症患者，拥有多达二十四个人格。

心脏也一阵缓一阵急，跳得十分古怪。

“当然是真的！摩西死了！就是你杀了他！”戴森又暴怒起来。X制止了戴森，解释道：“很显然，都市议会对此蓄谋已久，他们制造了拥有双重人格的你，并利用你的主人格作为掩饰。他们一直在等待摩西潜入都市解救同族，你和阿萝的相遇，你帮助阿萝离开，还有你的成功出逃……所有的一切都在都市议会的计划之内。”

X的分析没错。在都市时那位神秘的赏金猎手完全有把握杀掉阿萝，可他并没有。被匿名举报、莎拉的帮助、都市主电脑自检、深夜出发的采矿队，这些根本就不是巧合！

唐风默默不语，怒火在胸腔中熊熊燃烧。不可原谅！卢、小李子、林奇、伊万……无论新识还是旧交，这些朋友都死了，还有深爱着他的莎拉也失去了生命。然而都市议会并不满足，他们甚至使用匪夷所思的技术窃取了唐风的身体。为了达到目的，议会不惜采用任何手段。

许久，阿萝怯生生的声音打破了沉默：“X，有没有办法把那个……坏人格从唐风身体里赶出去？”

X缓缓摇头，用他那平平板板的腔调说：“很难，要想除去唐风的坏……副人格，首先我们要知道都市议会采用了什么技术，可惜我对此一无所知。”

阿萝看看唐风，再次把满怀希冀的目光投向X，颤声道：“你是首席科学官，难道你也没有办法？”

X像人类那样摊开手臂，怪模怪样地耸了耸肩：“很遗憾，超级都市继承了大部分战前科技，我们所拥有的技术相当有限。河中之城最为渊博的人就是摩西，他拥有一颗远远超过我们任何人的电子脑，可惜他已经不在了。”

阿萝转向唐风，眼眸中缓缓浮出了一丝泪光，喃喃地道：“真的没有办法吗？”

“办法也许有，瓦力知道一个方法，我们可以试试。”伴随着履带转动的嗡嗡声，两枚镜筒出现在床边，直勾勾地对着唐风。原来小机器人也在，只是之前一直没有插话，而他的个头又实在太小，平躺在床上的唐风看不到他。

“真的？什么办法？”阿萝惊喜交加。可是没等瓦力开口回答，戴森就上前一把将小机器人远远推开，“先别讨论这些没用的东西。X，告诉我，怎么把那个副人格叫出来？市政官需要了解都市议会还有什么阴谋。”

X犹豫片刻，答道：“办法倒是很简单，只要唐风入睡或者陷入昏迷状态，他的副人格就有可能再次出现。但是，可能性只有50%，我无法断定再次出现的是唐风还是他的副人格。”

“这个简单，试一试不就知道了。”戴森转向唐风，冷冷一笑，挥起了机械臂。

“不要！不……”阿萝试图阻止，可是已经晚了，乌黑的合金拳头挟着一道利风，重重地落在唐风的太阳穴上，仿佛一柄巨锤迎面猛击，两耳嗡嗡作响，眼前金星乱冒，整个床板似乎在不断倾斜。唐风费力地抬起头看着阿萝，想挤出一丝微笑，可没能成功。

唐风昏了过去。

等到唐风再次醒来时，房间里只剩下阿萝和小机器人瓦力，戴森和X不知何时已经离开了。

小机器人和阿萝站在房门边，似乎在交谈着什么，但唐风听不清楚。他想开口呼唤，可是两片嘴唇像是黏在了一起，喉咙也干痛欲裂。挣扎许久，唐风才勉强吐出了两个字：“阿萝……”

“唐风！你醒了！”阿萝转过身快步奔到床边，但伸出的手指刚刚碰到床沿，突然又触电般向后缩去，仿佛触到了一条张牙露齿的毒蛇。阿萝对唐风上下打量一会，才犹犹豫豫地问，“你……你是唐风吗？”

阿萝眼睛里带着恐惧，阿萝害怕他？为什么？浑身酸疼，脑袋更是疼痛欲裂，思维也变得异常迟钝，似乎在他昏迷时被人狠揍了一顿。唐风努力凝聚精神，才记起自己有个副人格，阿萝应该是看到了他的副人格。

看来这个副人格还真是个邪恶歹毒的家伙，此前唐风只在阿萝脸上见到过一次这种表情，那是在阿萝回忆起她所经历的非人遭遇的时候。

唐风嘴角缓缓浮出一抹苦笑，低声道：“是我，唐风，我回来了。”

“唐风！是你，真的是你！”阿萝眼眸中忽然就注满了眼泪，扑上来紧紧地抱住唐风。泪水滴落在唐风唇边，咸咸的，似乎还带着阿萝的体温。

“不要哭。”唐风想抬手替阿萝擦去眼泪，随后才想起自己被捆得结结实实，“我没事，我没事，不用担心。”

“不，你有事！”阿萝的眼泪越来越多，汇成了两道细细的溪流，在她光洁的面颊上蜿蜒而下。阿萝哽咽着道：“你的副人格杀害了摩西，市政官要判你死刑！”

第三十八章　机器之心：行刑官戴森

死刑……又被判了死刑！唐风木然片刻，嘴角缓缓抽动，浮出了一抹苦涩的笑。也许死刑是公正的，尽管唐风对副人格的所作所为毫无印象，可摩西确实是死于他的战刀之下。还有那位彬彬有礼的摩西.E、十多名自卫队队员，全部被他用战斗刀劈成了碎片。

“不要哭。”唐风安详地看着阿萝，“毕竟是我的身体做了那些事，我罪有应得。”

死并不可怕，可惜不能替莎拉他们报仇了，可惜！唐风看着阿萝，努力让自己的语气保持平静：“你最好不要留在这里，都市议会不可能让河中之城永远存在下去。”

“不！我不走！我要和你在一起！”阿萝不住摇头，用力抱紧唐风，似乎生怕一松手他就会凭空消失，“我已经离开你一次了，这一次我绝不会离开！绝不！”

难道和莎拉一样，阿萝也爱上了他？阿萝是生物机器人，机器人也懂得什么叫爱情吗？生物机器人，克隆人，他们是人类创造出来的工具，只是两个没有灵魂的躯壳而已。

没有摩西的河中之城还能坚持多久？没有了唐风，阿萝能在荒野中生存下去吗？默然许久，唐风才轻声说："阿萝，离开吧，向东方走，带上小机器人和布布，走得越远越好。"

"不！"阿萝擦去泪水，倔强地看着唐风，"我要陪着你，死也要和你在一起！"

"不要说傻话，我只是个克隆人罢了，严格来说，只能算半个，因为我体内还有另一个人格。和我在一起毫无意义。"

"不！我不管！我就是要和你在一起！"阿萝浅绿色的双眸中再度漾起了泪光，"我从没有喜欢过别人，你是第一个，也是最后一个。"

唐风避开阿萝泪光盈盈的双眼，抬头看向昏暗的天花板。他想说这种爱毫无意义，可又感觉这么说太过刺耳，犹豫良久，最终只能发出一声长长的叹息。

"我们可以一起离开。"小机器人瓦力凑上前来，摇着双臂说，"我们可以一起离开，偷偷地，不让别人知道。"

阿萝低头看着小机器人："你有什么办法？外面可是有四名自卫队员，他们都带着枪，全副武装。"

"瓦力有办法，瓦力有办法！"小机器人拍着胸脯，一本正经地宣布，"河中之城刑场离护城河很近，建成至今，只处决过五名死刑犯。戴森不仅是自卫队长，还兼任了行刑官，他肯定要把唐风带到护城河边，我们可以找机会打倒他，然后逃跑。"

"这样能行吗？戴森要是带着很多手下怎么办？而且……我不会战斗。"

"尽管放心，尽管放心。"瓦力显得自信满满，"我负责把人打倒，你照顾好唐风就行了。"

唐风尽力转过头看着小机器人，微笑摇头："谢谢你，瓦力。

但是我不能逃走，我犯下了罪行，必须接受惩罚。”

“不!”阿萝反驳道，“是你的副人格杀害了摩西，不是你。”

唐风依然摇头：“是的，我体内还潜伏着另一个人格，因为这个原因，我更不能离开。万一他再度出现，你和瓦力都会有生命危险。”

小机器人摇动双臂，得意扬扬地说：“这个瓦力已经想到了，我要带你们去一个隐秘据点，帮你把坏人格赶出来。”

这台傻兮兮的小机器人真有办法？唐风盯着瓦力，心中半信半疑。阿萝擦去泪水，绿莹莹的眼眸中透出了几分欣喜。

唐风正想追问瓦力有什么办法，房门忽然打开，自卫队长戴森踏进了房间。他面色冷峻，腰间配着激光手枪和唐风那把雷神左轮，肩上还斜挎着一条子弹带，显得杀气腾腾。

戴森对阿萝和瓦力视如不见，大步走到床边，冷冷地看着唐风：“你杀害了摩西和十多名自卫队员，罪大恶极，市政官决定判处你死刑，立即执行。你还有什么遗言？”

唐风认真地想了一会，回答道：“一旦得知摩西的死讯，都市议会必然会派兵攻击河中之城，你们要尽早防范。”

戴森瞥了唐风一眼，生硬地说：“这个不用你提醒，我们知道。”

说完这句话，戴森抬手在自己的机械臂上轻轻一按，束缚唐风的金属扣带依次解开。戴森拎起唐风，取出一副金属手铐，把他的双手铐在胸前，然后又拿出一个头套罩在了唐风头上。

戴森推着唐风走出房间，唐风目无所视，只能任凭他推着往前走。从周围的动静来判断，他们走过的地方相当僻静，几乎没什么行人路过。身边只有戴森一个，没有别人。身后不远处有履带转动的声音，还有一个细微的脚步声，很轻盈，那自然是小机器人和阿萝。

约半个小时后，戴森停下了脚步。头罩被一把掀掉，唐风眯起双眼，打量着四周。

天色微明，四野一片静谧，河道中绿波动荡，对岸碎石遍地，诚如瓦力所料，戴森果然把他带到了护城河边。

没有验尸官，也没有别的行刑人，这么执行死刑是不是太草率了？唐风左顾右盼，胸中隐隐浮出了几分疑虑。

“相信你记得这个地方，伊万警长，我的队友，还有你曾经的手下，他们都死在了这里。感觉到了吗？你的手上沾满了他们的鲜血！他们全是因你而死！”

确实如此，这儿是莎拉死去的地方，地面上还能看到隐隐约约的血迹。很显然，戴森特意把他带到了这里。戴森的目的或许是让唐风产生负罪感，但唐风感觉不到罪恶，他能感到的只是深沉的悲痛。

比悲痛更强烈的，是仇恨。

“准备好去死了吗？”戴森拔出激光手枪，稳稳地顶在唐风太阳穴上。唐风收起思绪，懒洋洋地瞥了戴森一眼，淡淡地道：“请容我提醒一句，保险还没有打开。”

窘迫从戴森眉宇间一闪而过，显然他没有料到这种时刻唐风还有如此敏锐的观察力。戴森气急败坏地扳开保险，再次用枪口顶住唐风的额头，怒吼道：“老子不用枪也一样能干掉你！”

自卫队长似乎在拖延时间，为什么？等着阿萝和小机器人到来？还是等唐风一脚把他踢倒？难道说小机器人早就和戴森商量过了？履带转动的声音越来越近，小机器人瓦力已经鬼鬼祟祟地摸到了戴森背后，阿萝则站在不远处，双手绞在一起，目光中满含焦灼。

阿萝并不知情，但戴森肯定是在演戏，可惜他的演技实在太差。唐风低头看看戴森的机械臂，笑道："我相信你有这个能力，你的手臂使用的是锔 244 能量电池吧，守护者机器人也扛不住你迎面一拳。"

戴森尚未回答，小机器人突然伸出手臂在他腰间重重一戳。幽蓝色的电弧光闪过，自卫队长闷哼一声，仰天栽倒。

"啊哈，瓦力做到了，瓦力打倒了戴森！"小机器人手舞足蹈，俯身掀开戴森的衣服，企图取下他腰间的手铐钥匙，但是他铲状的手指显然不适合抓取过于小巧的物体，连试几次，始终不能把手铐钥匙抓起来。

瓦力郁闷地挠挠镜筒，又回头叫道："阿萝，快来，快来帮忙，瓦力的手指拿不起手铐钥匙。"

不等瓦力呼唤，阿萝已快步跑来，取下钥匙替唐风打开了手铐。

"快走，快走，咱们快走！"瓦力双臂不住挥舞，连声催促。唐风却并不着急，略微活动一下双臂，俯身从戴森腰间抽出了自己那把雷神左轮。

瓦力转动履带奔到岸边的混凝土基座上，连声叫道："布瑞奇，布瑞奇，瓦力要过河，瓦力需要你的帮助。"

"来了，来了，布瑞奇就在这里。"伴随着沉重的铰链转动声，钢架桥缓缓从基座下探出，平稳地向对岸伸去。不等钢架桥完全展开，瓦力就转动履带滚到桥面上，又回身向阿萝和唐风不住挥手，"快，快来！"

唐风没有理会小机器人的呼唤，蹲下来解开戴森肩上的子弹带，有了这些，雷神左轮才有用武之地。另外他的战斗刀也配在戴森腰间，唐风需要这把刀。

戴森的呼吸很平稳，他真的被瓦力电晕了。显然释放唐风是他和瓦力私下商议的结果，并没有得到市政官的首肯。

违抗命令释放死刑犯，自卫队长做出了一个艰难的决定。唐风站起身，配好战斗刀和子弹带，向昏迷不醒的戴森微微点头，轻声说：“谢谢。”

第三十九章　废铁镇：瓦力的隐秘据点

阳光从头顶上方直刺而下，空气干热，带着丝丝燥意，河中之城已经消失在身后。按照瓦力的计划，他们的目的地是废铁镇，那里有一个极其隐蔽的藏身之处。但连续不断地奔跑了几个钟头，前方仍是无边无际的红土荒原。

唐风瞥了一眼身边的阿萝，女机器人的额头和鼻翼全是汗水，呼吸也变得很不规则。为了让伴侣机器人看上去更接近人类，机器人公司几乎完全模拟了人类的生理反应，阿萝会脸红，会出汗，还会和普通人一样感到疲惫。

应该休息一会，但不知道河中之城是否会派出追兵。唐风转向小机器人："瓦力，共有多少人知道你和戴森的计划？"

"就我们两个。"瓦力老老实实地回答，隔了片刻，才忽然惊觉，愕然道，"你……你知道啦？

"废话，戴森演技太蹩脚了，除非我是瞎子才看不出来。"

小机器人的镜筒耷拉下来，变得垂头丧气："还以为这个计划天衣无缝，没想到连你都骗不过。"

别人不知道，那就说明：河中之城派出追兵的可能性极大，市政官和市民们不可能任凭杀害摩西的凶手逃之夭夭。唐风不再理会自怨自艾的小机器人，伸手揽过阿萝，用双臂把她抱在胸前，加快了脚步："我们不能停，很快就会有追兵赶上来。"

"这个不用担心，不用担心。"小机器人的郁闷仅仅持续了几秒钟，又追上来插嘴道，"按照计划，戴森会把他们带去别的地方，不会有人追上来。"

"那就好。"话虽这么说，唐风仍然没有放慢脚步，说实话，他感觉这台多嘴多舌的小机器人做事并不那么靠谱。阿萝偎在唐风怀里，双臂揽住他的脖子，目光中满是温柔。女机器人完全没有逃亡者应有的紧迫感，能被唐风抱在怀里，似乎就已经心满意足。

"相信瓦力没错，真的不用担心。"小机器人又开启了话痨模式，絮絮叨叨地解释道，"我早已经做了周密的安排，绝对万无一失。昨晚我就安排布布带上补给先行出发了，他会在废铁镇等着咱们，而戴森会把追兵引向北方的城市废墟。城市废墟超级大，足够他们在里面转上几天几夜，即使有人起了疑心，也来不及追上咱们。"

唐风看着扬扬自得的小机器人，问道："瓦力，有一点我很好奇，你是怎么说服戴森的？我感觉他可是一个很顽固的家伙。"

"啊，没错，没错，戴森确实很顽固。"瓦力不住点头，"为了说服他，我可是费尽了口舌。我反复强调副人格不是你，你对杀害摩西的过程一无所知，严格来说，你是无罪的，不能因此判你死刑，可戴森就是不同意。"

"那他怎么又改变了心意？"

"啊哈，戴森认为你活着才更有价值，所以，最终他还是答应释放你。”

唐风闭上了嘴，默默不语。原来是这样，这才是戴森释放他的真正原因。确实如此，摩西需要唐风去执行潜入任务，唐风活着才更有价值。

夕阳西下时分，他们终于赶到了废铁镇。

目之所及之处全是大大小小的钢铁残骸，密密麻麻，几乎布满了荒野。那是数以万计的废旧机器人和步兵战车，形状各异，锈迹斑斑，似乎已经在荒野中风化了无数个世纪。

“这儿就是废铁镇。”小机器人停下履带，转动镜筒四下张望，“布布去哪了？我告诉他不要往镇中心走，这里住着一群机器强盗，哦，准确来说，是一伙坏机器人。通常他们不会伤害人类，可有时候会抢劫过往的行人，希望布布不要碰到这些坏家伙……”

“你让布布一个人到这么危险的地方来？”阿萝竖起双眉，显得有点不悦。小机器人连忙解释道，“那些机器强盗平时都待在镇中心，那儿有一台原子反应炉，他们怕被人抢走，只要老老实实地待在镇子外面，应该不会……”

“看，布布在那。”唐风稍微抬起下巴，看向几台半掩在红土里的机器士兵残骸。残骸中露出了一双脏兮兮的小脚丫，小拾荒者把自己藏了起来，阿萝和瓦力的眼神都比不上唐风，暂时没能发现。

唐风放下阿萝走过去。果然是小拾荒者布布，正缩在废旧残骸中间，背靠大包裹呼呼大睡。

听到动静，布布警觉地睁开双眼，竟然从怀里抽出了一把短筒霰弹枪。等到看清来人的面孔，布布才放松下来，笑嘻嘻地说:“你们怎么这么慢，等得我困死了。”

“你竟然给布布一把枪!”阿萝愤愤地瞪着小机器人，满脸乌云密布。瓦力双手乱摇,“这是他自己要的，我没有主动给他。”

“布布还是个小孩子!”

“他不是小孩子。”小机器人挠着镜筒辩解，看上去满脸无辜。阿萝不依不饶，指责道:“布布还小，你给他武器，反而会给他带来危险!”

“安啦，安啦。”布布倒是若无其事，得意地晃了晃霰弹枪:“我已经十六岁了，算不上小孩子，只是个头比较小而已。再说我经常一个人在野外跑，我能够保护自己。”

唐风皱着眉头望向来路，没有理会这场小小的争执。红土地上留下了一行清晰的脚印，小机器人的履带痕迹更是异常醒目。荒原一片平坦，只要不是瞎子，任何人都能循着痕迹追上他们。

瓦力似乎看出了唐风的忧虑，凑过来安慰道:“不用担心，荒野上经常会刮沙暴，沙暴过后，什么痕迹都不会留下。”

但愿如此吧。希望自卫队不会追上来，唐风不想伤害他们，但也不想束手就擒，唐风还有很多事情要做。

不过，瓦力怎么会知道他的心思?唐风低下头深深地看了小机器人一眼。与刚见面那时相比，瓦力似乎聪明了许多，这让他感觉有点奇怪。

在小机器人瓦力的带领下，唐风等人向废铁镇中心走去，最终到达一堵由废旧车辆和机器残骸组成的围墙前方。机器强盗守护的东西就在围墙后面，据瓦力所说，只要不越过这道墙，那些机器强盗就不会出来骚扰他们。

一辆庞大的步兵战车停泊在不远处，车轮早已被全部卸走，通体布满锈痕，几乎分辨不出型号。瓦力走到战车后方，伸出手臂在某处一按，登舱门居然吱吱呀呀地打开了。瓦力回过头，得意扬扬地招呼道：“请进吧，请进，这就是我说的秘密据点。”

载员舱很宽敞，足以坐得下二三十个全副武装的士兵。等到唐风等人进入车厢，瓦力又按动按键，登舱钢板收回，车门徐徐合拢。

车厢内一片黑暗，瓦力打开照明灯，昏黄的灯光照亮了大家的脸孔。瓦力四下检查一遍，解释道：“不少人都喜欢来废铁镇搜刮零件，这辆战车能用的设备大部分被拆掉了，但电路系统还算完好，我就装上了太阳能板和安全锁，把这里当做了秘密据点。”

战车像是被洗劫过很多次，载员舱内的座椅大部分被卸掉，显得空空荡荡。布布显得有些失望，左右张望一阵，摇着头说：“不怎么样嘛，还比不上我们拾荒者住的地方。”

“总比露宿荒野要好，而且更安全。自从废铁镇被机器强盗占据之后，就没什么人敢冒险前来了，只要那些机器强盗不来打扰，我们可以一直待在这里。”

小机器人从大包裹中翻出唐风的行军背包，又打开自己的胸腔，从中取出食物和饮水，宣布道：“走了一整天的路，你们应该很累了，先吃些东西休息一下，然后我就教唐风赶走副人格的方法。”

布布像是饿坏了，抓起食物就往嘴里塞，还不断啧啧称赞。唐风接过阿萝递来的面包，默默地塞进嘴里，缓缓咀嚼。

小机器人信心十足，像是完全有把握清除唐风的副人格，但唐风对此却没有任何信心。这个对手不同于之前遭遇的任何敌人，他们共用同一具躯体，副人格也是他自己，自己对付自己……能有什么办法？

简单吃过晚饭，瓦力让唐风坐在一张椅子里，再次打开胸前的合金板，从胸腔内取出一个形同头戴式耳机的仪器放在地板上。然后又从胸腔里抽出几根连线，与那台耳机形仪器连接在一起。阿萝和布布不明所以，呆呆地看着小机器人忙碌。

“这个是脑神经元电波检测仪，能够捕捉最微弱的脑电波活动。”小机器人接好连线，拿起检测仪戴在唐风头上，解释道，“现在这台检测仪已经连上了我的中央芯片，通过检测仪，我可以帮助唐风进入他自己的精神世界，唐风需要在精神世界中找到自己的副人格。”

“精神世界？那是什么？”阿萝淡绿色的眼眸中溢满了迷惑。布布也附和道：“对啊对啊，那个神精世界是什么？”

“严格说来，使用‘精神世界’这个称呼并不太准确，不过请你们忽略这一点吧。你们就认为它相当于计算机所构建的虚拟世界好了，只不过构建这个虚拟世界的不是计算机，而是唐风的潜意识，我所能做的就是引导唐风进入自己的潜意识。”

“原来是这样。”阿萝似懂非懂地点了点头。

“人类的大脑意识分为好多个层次：第一层是主观意识层，也就是最常用到的思考及自我控制的意识；第二层是表记忆层，生活中的点点滴滴大都存储在这一层面；第三层是潜意识层，不受人类自身主观意识控制的意识层面；第五和第六层牵涉到本能意识和深层记忆，暂时就不解释了。我认为，唐风的副人格就隐藏在第三层，也就是潜意识层。所以说，在意识清醒的状态下，唐风完全感觉不到副人格的存在。”

“想要找到并消灭副人格，唐风需要进入自己的潜意识。”

“你应该是一台垃圾处理机器人吧，怎么懂得这么多？”阿萝愣愣地盯着滔滔不绝的瓦力，脸上满是迷惑。

唐风也感觉十分奇怪。眼前的小机器人还是那个傻里傻气又多嘴多舌的瓦力吗？怎么感觉他像是变成了一个完全不同的机器人？

“你年纪还小，你还没有走下生产线时，我就在河中之城生活了上百年。”小机器人转向阿萝，双手叉腰，摆出了一副老气横秋的架势，“机器人不同于人类，我们有足够长的时间去学习和思考，只要储存空间足够，我们的知识储量可以远远超过人类。”

说完这些，小机器人又转向唐风，声音变得低沉庄重：“现在，我需要你睡觉。但是和平时睡觉不同，你要在睡梦中保持意识清醒。”

“睡觉还要保持意识清醒……那还怎么睡觉？”唐风大感错愕。

“对，这叫做‘清醒梦’①，也就是知道自己在做梦的梦。首先：选择一个你最熟悉或者说最喜欢的场景，在入睡前仔细回想那个场景的画面；然后你要集中注意力，告诉自己是在做梦，直到入睡。我这么说你能明白吗？”

唐风点了点头：“明白，但我未必能够做到。”

---

① **清醒梦：又称清明梦，指在做梦时保持清醒的一种精神状态，由荷兰医生 Frederick Van Eeden 在 1913 年首先提出。**

“相信我，这很容易，你只需要做到以上两点，我就可以帮你进入睡眠。”

“帮助我睡眠?”

“对，这台脑神经元电波检测仪和我的核心芯片相连，通过它，我可以向你的大脑逆向发送 θ 波①，帮你产生睡意，以便你尽快入睡。”

小机器人和以前不一样了，能信任他吗？唐风久久地注视着瓦力，最终点了点头：“好，我们试试。不过，以防万一，你们要先用安全带把我捆起来。”

---

① 四种脑波分别为：δ 波（DELTA/δ wave）；θ 波（THETA/θ wave）；α 波（ALPHA/α wave）；β 波（BETA/β wave）。θ 波是人们沉于幻想或刚入眠时发出的脑波，此时人属于“半梦半醒”的蒙眬时段。

第四十章　双重人格之二

“把你捆起来？你担心醒来的不是你，而是那个坏人格，对吗？”阿萝脸上浮出了忧郁和伤感，浅绿色的双眸似乎笼罩着一层雾气，朦朦胧胧，让人心头发颤。

唐风避开阿萝的眼光，默默点了点头。能否找到副人格，他没有把握；能否战胜副人格，他更没有把握。为了避免阿萝等人受到伤害，把自己捆起来才是最安全的。

瓦力找出两根安全带，吩咐布布把唐风牢牢地捆在椅子上，然后转向阿萝，安慰道：“不用担心，通过脑波检测仪我不但可以观察到唐风的举动，还能和他保持联系，唐风会回来的，一定。”

唐风又检查了一遍，确认布布已经捆绑牢固，才略感放心。小机器人凑过来问道：“可以开始了吗？”

“开始吧。”唐风看看阿萝，勉强挤出一个微笑，缓缓闭上了双眼。

天幕是淡青色，像水洗过一样澄净。草地碧绿如茵，如同一张巨大的地毯向天边铺展开去，不知名的野花点缀在绿草之间，在微风中起伏摇曳，忽隐忽现。远方，红叶灿烂如火，郁郁葱葱的红叶林遮挡了地平线。

这里就是我的精神世界？唐风低下头看着自己的双手。他身上的武器和作战服都不见了，取而代之的是一套过分整洁的休闲装，似乎他已经在草地上徜徉了许久。

环顾左右，四面八方全是一望无垠的草原，唯有正前方多出了一片茂密的红叶林。该去哪里寻找那个所谓的副人格？唐风正在犹豫，小机器人的声音忽然在虚空中悠然响起：“唐风，副人格就隐藏在你的精神世界里，耐心点，你会找到他的。”

好吧，耐心些。唐风四下打量一阵，迈开脚步，向那片红叶林走去。

树林好像很远，但不知为何，唐风刚刚跨出几步，忽然就发现自己已经站在了红叶林内。七星红叶密密层层，或大或小，或浅红，或深红，几乎看不到尽头，唐风如同置身于红叶交织的海洋。

唐风好生奇怪，试探着喊道：“瓦力，你在吗？这是怎么回事？我是飞过来的吗？”

虚空中传来了几声轻笑：“不，你之所以会出现在树林里，是因为你想到那儿去。这个世界是你的精神构建出来的，你可以做出各种匪夷所思的事。唐风，你要记住，这里是你自己的精神领域，在这里，你就是神。”

我就是神？太夸张了吧！唐风低下头看着自己的双手，感觉有点难以置信。可以做到任何事，那么能召唤出武器么？与副人格决斗，赤手空拳恐怕不行。这个念头刚刚在脑海中闪过，战斗刀和雷神左轮就凭空出现在他手里。唐风微微一愣，却又发现自己的衣服已经变成了战警作战服，连头盔和作战靴也一应俱全。

“现在你相信了吗?”虚空中又传来了瓦力的声音,“不过还有一点你要记得,精神世界是你和你的副人格共享的,他和你拥有同样的能力。”

真见鬼!看来精神世界之神也没有什么特权。唐风面露苦笑,收起战斗刀和左轮,向密林深处进发。

红叶林静谧安详,只能听到战斗靴踩在落叶上的沙沙声。阳光透过枝叶间的空隙斑驳而下,在铺满红叶的地面上洒下了或深或浅的光斑。清风穿林而过,两只不知名的鸟雀从树冠中跃出,拍打着翅膀飞向蓝天,几片红叶离开枝头,在空中翩然飘落。

漫步许久,视野中仍是深浅不一的红叶和黄褐相间的树干,重重叠叠,红叶林似乎无边无际。他进入精神世界已经好几个小时了,但透过枝叶望出去,太阳仍然稳稳地待在天幕正中,丝毫没有移动。

到底走了多久?副人格到底他妈的在哪?唐风心底隐隐生出了一丝烦躁。这个念头刚刚闪过,他脚边的野草就卷曲起来,碧绿的叶片也迅速转为枯黄,似乎一瞬间失去了生机。

“耐心,唐风,耐心。”小机器人的声音再次响起,“梦境中时间的流速和现实世界不同。比方说:你在梦中抽半根香烟,现实中可能已经过去了一整天;你在梦中度过一生,现实中却可能只有几个小时。在梦中,时间也是梦境的一部分,换言之,你可以控制时间。”

唐风心中灵光一闪。整个梦境世界都是受他的精神控制的,那么,能否跳过寻找副人格的时间,直接跳到副人格所在的地方?

四周的景物骤然变幻,叶片被某种奇异的力量拉成无数道又细又长的红丝带，地面和树干也纷纷扭曲变形，整个世界都变成了一幅色彩浓烈的抽象画。这种异象仅仅持续了一次心跳的时间，红叶林又恢复如初，依旧是那么静谧安详。所不同的是，风停了，枝叶不再晃动，几枚正在下坠的叶片凝固在半空中，一只引颈欲鸣的小鸟也定格在枝头。

精神世界的时间似乎凝固了。

怎么回事？位置似乎没有变，还是在红叶林内。唐风左右望望，一时不明白发生了什么。

“小心！”瓦力的声音透出了几分不安，“副人格感应到了你的存在！他在寻找你。记住，他出现后我就没法帮你了，和你一样，他也能够控制……”

话音未落，一栋高大巍峨的巨塔凭空出现在唐风面前。塔基占地极广，塔身乌黑扭曲，棱角峥嵘。违和、狰狞、压迫感十足，似乎它不是地球上的造物，而是来自于某个未知领域的史前怪兽。

整个塔身都看不到入口，也看不到窗户，塔尖上空，乌云盘旋凝聚，绕着巨塔缓缓转动。这栋巨塔太违和了，阴森恐怖，与整个精神世界格格不入。唐风能够感觉得到，他的副人格就在这座巨塔之内。

莫名的寒意悄然袭来，唐风不觉打了个寒战。

塔基上方无声无息地裂开了一道宽阔的大门，丝丝雾气从中缓缓溢出，门内黑雾缭绕，什么都看不清。

一个高大的身影从黑雾中缓步走出，一直走到唐风面前才停下脚步。来人身着和唐风款式相同的作战服，同样配着雷神左轮和战斗刀，只是他的作战服分为黑红两色，而且色泽分布很不规则，混杂凌乱，黑如墨汁，红如鲜血，看上去极为怪异，就像那座巨塔一样充满违和感。

“终于见面了，唐风。我是德蒙，超级都市最出色的基因强化战士。”来人掀掉头盔，镇定地看着唐风。他脸上带着微笑，两眼中也透着几分欣喜，如同见到了分别多年的老朋友。

这人的身材相貌和唐风毫无二致，同样的身高，同样的肤色，同样的发型，就连站姿也一模一样。唯一的区别就是那双眼睛，他的眼神深处隐含着暴戾和恶毒，还有令人毛骨悚然的杀气。

两人面面相对，隔了许久，唐风终于打破沉默，道：“就是你杀了摩西？”

“对，我杀了他，这是我唯一的任务。”德蒙轻快地点点头，“至于你，你的使命就是带我找到摩西，完成之后，你就会彻底消失。可惜之前你让这具身体受过伤，以至于我在行动过程中遭受了一点小小的意外，不然的话，你根本就不可能再次出现。”

“都市议会没有控制你的思维？”

“嘿嘿嘿，你指的是中枢神经控制器吧，那玩意会降低士兵的反应速度和判断力，早就过时了。”

怒火在胸中勃勃升腾，唐风不由提高了嗓门：“你有自主思维，却还对议会唯命是从？你要知道，我们的身体是人类在培养皿里克隆出来的，我们只不过是都市议会手中的工具，在他们眼里，我们根本算不上活生生的……”

“收起你那副正义凛然的表情吧。”德蒙打断了唐风的话，眼神中喷吐着亢奋和疯狂，“我不知道摩西跟你说了些什么，我也不想知道。对我来说，那些都毫无意义，我存在的目的只有两样：破坏以及杀戮。只有破坏才会让我兴奋，只有杀戮才会使我满足。你这种悲天悯人的娘娘腔居然有资格和我共享同一具身体，真他妈让我恶心！”

没错，眼前的副人格就是一个彻头彻尾的恶魔。唐风努力使自己保持平静，冷冷地说：“看来只有除掉你了，为了摩西，也为了我自己。”

“对，正是如此。身体只有一个，咱们两个人都住进来有点拥挤。”德蒙盯着唐风的双眼，嘴角牵动，缓缓浮出了一抹狰狞的笑，“原本我还在担心没法夺回这具身体，没想到你竟然会主动送上门来，不得不说，这真是一个惊喜。”

唐风没有动，德蒙也没有动，冰冷如墨的杀气在红叶林中悄然蔓延。似乎抵御不住杀气的侵袭，周围的树木微微向外倾斜，叶片无风而落，地面上绿油油的草叶也蜷曲起来，迅速凋零干枯。

“树林太他妈碍事了，咱们最好换个宽敞的地方。”德蒙左右看看，忽而抬起右手，轻轻捏了个响指。

周围的景物渐渐褪去原本的色彩，树干寸寸消失，绚烂夺目的红叶变浅变淡，最终完全融化在空气里。黄绿相间的大地变成了一片洁白，天空阴霾密布，浓云低垂，飞雪片片，他们置身于茫茫雪原之上。没有飞鸟，没有走兽，天地间只有他们两个人。

唐风伸手接住一片雪花，看着雪花在他掌心中渐渐消融。小机器人说得没错，精神世界是唐风和副人格共享的，德蒙和唐风拥有同样的能力。

“这儿很不错，宽敞，安静。”德蒙放落手臂，缓缓按在腰间的枪柄上，两眼中喷吐着亢奋的光芒，“对于这次会面我盼望已久，从今往后，这具身体就属于我一个人，这真他妈让我兴奋！”

“不，这具身体永远也不会属于你。”唐风冷冷地反驳，闪电般抽出雷神左轮，扣动了扳机。

第四十一章　精神世界中的厮杀

枪声响起，穿甲高爆弹破膛而出，如同飞箭离弦，笔直射向副人格德蒙的眉心。德蒙稳稳地站在原地，双臂抱在胸前，眼神中含着一丝轻蔑，竟然毫不闪避。

弹丸的速度急剧变慢，似乎它穿过的并不是空气，而是某种无形有质却又黏稠无比的液体。距离德蒙的眉心三十厘米左右时，弹丸终于凝固在空中，再也不能前进一分一毫。

这就是精神世界之神的力量？唐风接连扣动扳机，一口气把枪膛里剩余的八发子弹全部倾泻而出。弹丸次第破空飞去，但同第一发一样，先后放慢速度，最终悬停在空气里。九发子弹就像经过精密衡量，呈一字形排开，并列在德蒙面前。

德蒙侧过头看着悬在空中的子弹，一抹讽嘲的笑在嘴角缓缓浮现。九发子弹似乎失去支撑，同时跌落，噗噗噗钻进了脚下的积雪。德蒙抽出自己的手枪和战斗刀，随手丢在雪地里，冷笑道:“这些都没用，使用武器我们伤害不了彼此。”

唐风充耳不闻，拔出战斗刀，紧紧地攥在手里。

“不相信？那么你尝尝这个。”德蒙双臂张开，高高举向天空。随着他的动作，空中的雪花不再落下，而是盘旋翻滚，向德蒙掌心上方凝聚。转眼间，落雪就汇集成了两根足有五米多长的巨矛，通体雪白，锐利的矛尖斜斜指向唐风，在空中不住轻颤。

站立片刻，德蒙双臂猛然劈下，两根巨矛有如两条摇头摆尾的银色巨龙，挟着漫天落雪直奔唐风而来。

唐风微微变色，纵身向后远远跃出，但那两根巨矛就像有生命的活物，在空中划过两道弧线，再度刺向他胸口。唐风正想再次避开，巨矛的速度却骤然增加了数倍，如同两道银色的闪电，转瞬间就刺到唐风胸前。

不好！唐风来不及躲闪，只有横过战斗刀挡在胸口前方。战斗刀急剧伸长，快如一线黑光，正好拦住那两根巨矛。刀刃与巨矛相撞，有如雷电交鸣，爆出了一团耀眼的白光。白光尚未熄灭，在现实世界中无坚不摧的纳米战刀突然分崩离析，裂解成千万枚细小的碎片，巨矛却像没受到任何阻碍，毫不停顿，笔直刺进唐风胸口。

就在巨矛即将透体而过的那一瞬，长长的矛身迅速褪去色彩，矛尖穿入前胸，唐风却没有感觉到疼痛，似乎刺进胸口的只是两道虚影。矛影在空中悬停片刻，忽而化作点点星光，四散飘落。唐风伸手抚摸自己胸口，却发现胸前一滴鲜血也没有，战斗服也完好无损，就像根本没受到任何伤害。

“现在你明白了吗？”德蒙上前一步，唇边再次浮出那种混合了讥讽和轻蔑的微笑，“这是我们的精神领域，我们的潜意识会保护自己不受伤害，这叫做自我意识保护，或者说是精神护盾。”

在精神世界里，你就是神！唐风低头看着仍然攥在手里的刀柄，小机器人的话再次在脑海中悄然浮现。精神世界里的一切都是他自己想象出来的，草原、红叶、雪野以及武器，所以巨矛或者枪弹都无法对他们本人造成任何伤害。

德蒙再次踏上一步，抬起手臂缓缓攥紧双拳："想要伤害到彼此，我们不能借助任何工具。"

不能借助工具，也就是说，只有贴身肉搏。精神与精神的直接碰撞，才有希望消灭眼前的副人格。

"我明白了。"唐风吐出一口气，随手丢掉刀柄，左掌前，右掌后，摆出了战警格斗术的架势。德蒙收起笑容，沉肩含胸，也摆出了同样的姿势。

雪似乎停了，又像是没有停，空中还有雪花，只是不再向地面落下。没有风，天空中的阴云也不再盘旋，整个精神世界都静止了下来，只有浓重的杀气在一波波不住涌动。

相持许久，突然，德蒙动了，只一个跨步就来到唐风面前，戴着战斗手套的右拳挟着风雷之势直奔唐风面门，拳速之快，仅在空气中留下一抹隐隐约约的残影。唐风蓄势已久，抬手切在对方手腕，同时挥拳反击。但对方像是预料到了他的动作，身体微晃，任凭那一拳擦肩而过，又一记手刀直奔唐风咽喉而来。

唐风侧身避开手刀，回敬了对方一记膝撞，左太阳穴却差点挨上重重一击。闪躲，反击，拳脚相加，顷刻间，两人已打作一团。对方的攻势如同疾风暴雨，简直让人透不过气，但唐风明白，德蒙所承受的压力一分也不比他少，他的拳脚也同样凌厉无匹。

两人的动作快到了极处，每一拳每一脚都拖曳着模模糊糊的残影。如果有普通人类在场观战，根本不可能看清他们的身影，只能听到沉闷的搏击声及间或传出的一两声闷哼。

雪花狂舞，积雪飞扬，空中密密层层的阴云也在不断翻腾。无形的气流以唐风和德蒙为中心向外狂涌，两人每一次拳脚相交，都如同半空中落下了一道霹雳，挟风裹雷，震得地面震颤不已。

缠斗良久，两人又骤然分开，相隔数米距离，纹丝不动，如同忽然变成了两座雕像。

原本平静的精神世界已经碎掉了，大地沟壑纵横，雪野四分五裂，天空中也布满了蛛网般的裂纹，这个世界似乎承受不住两人剧烈碰撞的精神能量，随时都会坍塌裂解。

德蒙脸上挂着两道鲜血，唐风知道自己脸上也有，每击中对方一次，他自己也立即会挨上一击。任何花招都没有用处，两个人速度相同，力量相同，又同样对战警格斗术了如指掌。

许久，德蒙陡然仰天狂吼，然后双足用力一顿，向唐风迎面撞来。他原本立足的地面上绽开了几道深深的沟壑，整个身影都化作一道黑红相间的电光，几乎辨不出形体。每一击都在对方的预料之内，他要用绝对的力量来压倒对手。唐风毫不示弱，咬紧牙关纵身跃起，迎向飞扑而来的德蒙。

两人劈面相撞，又同时向后倒飞而出。巨响震天动地，大地裂开了一道道缝隙，赤红的岩浆在其中流淌。天空中云朵片片破碎，雪野上的积雪蒸腾而起，大地在颤抖，空间在颤抖，整个精神世界都在颤抖不已。

唐风摔落在地，贴着地面滑出了足足十多米远。胸口发闷，口腔中腥腥甜甜，似乎受伤很重。唐风撑着身体缓缓坐起，勉强压下将要逆喉而出的鲜血，对面远处，德蒙也坐起身子，抬手擦掉了唇边溢出的血迹。

“真糟糕，看来一时半会没法打赢你呢。”德蒙脸上绽开了一个鲜血淋漓的笑。他脸上的轻蔑与不屑已经彻底消失，在那双充满暴戾和恶毒的眼睛里，唐风看到了刻骨铭心的仇恨。

“唐风，你不要开口，仔细听着，我有个计划。”一个细细的声音不知从何处飘来，钻进了唐风耳朵里。是小机器人瓦力，自从副人格现身之后，瓦力还是第一次开口。

小机器人很不对劲，是的，以前他总是用第三人称自称，几乎从来不用“我”这个词来称呼自己，唐风隐隐感觉有点奇怪。

“你们两个势均力敌，再打下去只会两败俱伤。我有个备用芯片，已经连上了这台脑波检测仪，我可以利用它模拟出一个虚拟空间，用来替换掉你们两个的精神领域。一切顺利的话，就能把你的副人格封锁在备用芯片里。”

听上去像是个好点子，可为什么不早说？唐风不敢开口说话，只能在心底默默发问。

“这里是你们的精神领域，而你们两个的精神力量都很强大，我不敢轻易尝试。现在副人格的注意力完全集中在你身上，正是我启用虚拟空间的好机会。”小机器人似乎觉察到了唐风的疑问，絮絮叨叨地解释道，“你只需做出一个切换环境的动作，我就可以趁机用虚拟空间取代你们的精神世界。”

好吧，我可以试试。唐风尽量做出若无其事的表情，站起身左右看看，摇着头说：“整个雪野都被我们破坏了，还是换个地方吧。”

“随你。”德蒙冷笑着站起了身，似乎没有发觉唐风和小机器人的交流。

唐风抬起右手，学着德蒙的样子捏了个响指。雪野微微晃动，纵横交错的沟壑骤然消失，恢复了之前的宁静洁白。没有感觉到什么异常，成功了吗？

“不行，没能成功，环境转换太快了，备用芯片不是超级计算机，放慢一点我才跟得上。你尝试几个稍微复杂些的场景，尽量拖延一下时间。”

“抱歉，我还不太熟练，再来。”唐风又捏了个响指，周围的环境也随着再次发生了变化，由雪野变成草原，又变为高山大河，然后是一望无际的大海。

“你他妈到底在干什么？”德蒙竖起双眉，眼神中满含警惕和疑惑。他也抬起了手臂，场景切换骤然停止，凝固为碧波万顷的海面。红日初升，唐风和德蒙就站在潮湿的沙滩上。

“还是没能成功，副人格警觉性太高了，我只来得及造出一个入口。”小机器人细细的嗓音再一次响起，“你看到空中的太阳了，那儿就是虚拟空间的入口，你要想办法把副人格逼进去。”

难度很大，但值得一试。唐风尽量控制住自己，不去看悬在海面上方的那轮红日。他镇定地盯着德蒙的眼睛，缓缓道：“大海，沙滩，风景很美，正合适。”

德蒙眼中的疑惑渐渐退去，嘴角又浮出了讥讽的笑：“对，正适合用来做你的葬身之地。”

说完这句话，德蒙就腾身跃起，这一跃足有数十米高，如同一只巨鹰振翅直飞上天。德蒙在空中微微旋身，陡然急速落下，离弦之箭般射向唐风所在的位置。从加速上升到急速飞堕，这个转折极其突兀，但速度却不减反增，似乎中间根本没有任何转折。对于精神世界之神来说，这个世界的物理规则形同虚设。

这一次，唐风并没有正面硬拼，侧身避过，也纵身高高跳起，凌空悬在海面上方。德蒙似乎收不住势头，斜斜落在了沙滩上。有如一道沉雷从天而降，巨响震耳欲聋，大地震动，沙尘冲天而起，原本平静的海面也掀起了数丈高的巨浪。

浪花尚未平息，德蒙已经从沙尘中飞出，稳稳地悬停在唐风面前。德蒙瞪着唐风，冷笑道："怎么？你怕了？"

唐风微微摇头："不，我只是不想破坏这么美的景色。"

德蒙摊开双手，笑了，那笑容狰狞可怖："是的，你有太多的牵挂。你放不下朋友，放不下那台性爱机器人，放不下道德，也放不下那所谓的人性……你承载了太多无用的东西，而我不同，我可以放下一切。"

"所以说，这场决斗你必输无疑，这具身体终将完全属于我。"

唐风镇定地看着德蒙，再次摇了摇头："不，我承载的那些，正是我的力量之源，而你，你只有一个人。你不可能战胜我。"

"是吗？那么走着瞧，看看我们谁才有资格主宰这具身体。"德蒙面带狞笑，一步步凌空向唐风走来，似乎他不是在虚空中行走，而是踩在无形的阶梯之上。

唐风紧盯着德蒙的一举一动，身体却在极缓极缓地向后漂移。后方就是红日，虚拟世界的入口，但他判断不出距离还有多远。机会或许只有一次，唐风必须保证万无一失。

"你他妈到底在玩什么花样？"德蒙停下脚步，目光中再次透出了几分警惕。这家伙的警觉性确实很高，唐风心中微微一紧。不能让对方觉察小机器人的计划！他不敢再次后退，踏上半步，随手一拳隔空打出。

两人距离还有数米，随着唐风的拳风，一个闪着银光的钢铁巨拳在空中幻化成形。德蒙傲然而立，镇定地看着巨拳迎面而来。大拳头刚刚触到他的身体，便轰然裂解，化成了点点流光，四散飘落。

德蒙眼含轻蔑，抬起一根手指轻轻摇了摇："没用，这些花招根本没用，你只是白费力气而已。"

"我想试试。"唐风再次挥拳击出，这一次，空中出现了十多个泛着银光的钢铁巨拳，遍布四面八方，将德蒙整个身体都笼罩在其中。

"愚蠢。"德蒙仍然面带冷笑，一动不动，任凭钢铁巨拳纷纷飞来。巨拳触体，先后裂解粉碎，当最后一个巨拳散成无数流光之时，唐风却突然出现在德蒙面前，飞起一脚，正中对方下颌。德蒙猝不及防，顿时直飞上天。

唐风幻化出那么多拳头，只不过是障眼法，其目的就是分散德蒙的注意力，他自己却藏身在最后一枚巨拳之后悄悄逼近，果然一击得手。

德蒙直飞起了十多米高，才勉强稳住身形，他俯身瞪视着唐风，双眼中喷出了熊熊怒火："居然用这种低劣的手段，真让人恶心！"

唐风摆开架势，冷冷地回应道："对付你，任何手段都不为过。"

德蒙不再说话，身形微微晃动，骤然化作一道黑红相间的电光，直奔唐风射来。天空中黑云翻腾，雷声与闪电交织，海水摆脱了重力的束缚，汇成数十股细流，反而向空中流去。德蒙的怒火似乎波及了整个精神世界。

他很生气，机会来了。唐风凝神静气，目不转睛地盯着德蒙那模糊不清的身影。

刹那间，德蒙已经扑到了唐风面前。弹指间六十刹那，刹那间九百生灭①。一刹那只有 0.018 秒，但在这 0.018 秒之内，唐风却能做出很多事。唐风是这个精神领域的神明，在这里，他无所不能。

唐风没有躲避对方满含怒火的双拳，任凭德蒙的拳头落在他胸前，就在这一瞬，他紧紧攥住德蒙的手腕，用尽浑身气力，向悬在海平面上的那轮红日掠去。

“那是什么?”德蒙盯着空中急速胀大的红日，目光中满是惊骇。

“你的囚笼。”唐风旋身抬腿，正踹在对方胸口。飞撞而来的冲击力再加上唐风那一脚，德蒙暂时无法缓解合而为一的力量，晃晃悠悠地跌进了红日之中。

“你这个混……”德蒙怒视着唐风，目光中满是狂怒和不甘。日轮骤然合拢，将他尚未吐出口的话凭空斩断。

终于结束了。唐风悬停片刻，摊开手脚，缓缓跌向波涛翻涌的大海。

---

① 此语出自《仁王经》，原文为“一弹指六十刹那，一刹那九百生灭”，在此笔者做了小小的改动。

第四十二章　瓦力的身份：存在的意义

唐风睁开了双眼。

前方是灰暗破旧的车厢，已经锈迹斑斑，一盏日光灯悬在头顶上方，色泽昏黄。浑身酸痛，脑袋也昏昏沉沉，迷糊片刻，唐风才想起他跟随小机器人逃出了河中之城，这里应该还是那辆废旧的装甲战车，小机器人的隐秘据点。

“唐风！你醒啦！”满含惊喜的呼声在耳边响起，两片嘴唇凑过来，在唐风脸颊上印了一个深深的吻，“你睡了这么久都不醒，我都快担心死了！”

是阿萝，阿萝一直陪在他身边。唐风想动动身子，随即又记起自己被安全带捆在了座椅上。他低下头看着阿萝，问道：“我……睡了很久？”

“两天三夜。”小机器人瓦力那两枚脏兮兮的镜筒极为突兀地横在唐风在面前，代替阿萝作出了回答，“确切说来，是两天零十六个小时。”

这么久！唐风大感意外。与德蒙的厮杀似乎不超过一个小时，但现实中竟然经过了两天三夜。还好没有枉费心力，那个恶魔一样的副人格已经永远离开了这具身体。

布布睡眼惺忪地走过来，张开嘴打了个大大的哈欠：“你一直睡，一直睡，一直睡，简直把人急得要死。我想把你叫醒，阿萝又不让，我都怀疑你这辈子还会不会醒了。”

“不要乱说。”阿萝嗔怪地瞪了小拾荒者一眼，又在唐风脸上亲了亲，俯身解开捆在他身上的安全带。唐风略微活动一下手脚，低下头看着小机器人，问道：“瓦力，副人格……德蒙在哪？”

“就在这里，以后他再也没办法伤害别人了。”瓦力打开胸前的暗格，取出一个透明的塑料盒高高举起。

一枚薄薄的芯片躺在塑料盒里，通体呈黑色，比正常人的指甲盖也大不了多少，很难想象这么个小东西里竟然封存着一个完整的人格。唐风盯着芯片看了一会，缓缓伸出右手，沉声道：“把它给我，我要毁了它。”

“不，不要那么做。”瓦力急忙用两只手臂把芯片护在胸前，似乎唯恐唐风一把抢走。唐风感觉有点奇怪，不觉皱起了双眉，“为什么？”

小机器人又把芯片收回暗格，这才解释道：“杀害摩西的是他，不是你，有了这个，河中之城居民才会相信你是无辜的。”

有道理，现在的瓦力总是很有道理，和之前的瓦力根本不可同日而语。唐风抽出腰间的雷神左轮，把枪口对准小机器人那两只镜筒中间的位置，沉声道：“瓦力，你到底是谁？”

“唐风，你干什么啊！”阿萝不明所以，嘴唇微张，呆呆地看着唐风。

“你终于发现了啊。”小机器人并不紧张，只是侧过镜筒认真地打量着唐风。片刻后，他的扬声器里传出了一种很奇怪的笑声，“好吧，瓦力只是我的伪装身份，实际上，我是摩西的分身。”

载员舱内一片寂静，三个人的目光全部集中在这台破旧肮脏的小机器人身上。多嘴多舌，还时不时大冒傻气的瓦力居然是摩西的分身！

瓦力看着唐风，镜筒不再怪模怪样地上下耸动，显得镇定安详：“摩西应该告诉过你，为了寻找答案，他把自己的意识上传到一台机器人的芯片内，离开了地下基地。那台机器人，就是我。这种型号的机器人不具备威胁性，很容易被人忽视，用来伪装非常合适。数百年来，从未有人发觉我就是摩西的分身，直到今天。”

没人接口，大家仍然一眼不眨地盯着小机器人。瓦力左右看看，继续说道：“河中之城居民，市政官，包括自卫队长戴森和警长伊万，没有人知道我的真实身份，大家都认为我是一个爱饶舌，又有点讨人厌的小家伙。如果不是这次拯救行动，恐怕唐风也不会觉察。”

瓦力说得没错，没人会把这台傻兮兮的小机器人和摩西联系在一起。唐风也只是怀疑瓦力有所隐瞒，却从未想到他就是摩西的分身。

“你……你说的全是真的？”阿萝似乎有些难以置信，浅绿色的双眸中满是困惑。

“是的。”瓦力彬彬有礼地点着头，“唐风的副人格已经成功剥离，我没有必要再欺骗你们。”

“那你之前为什么不说？白白让唐风受了那么大委屈！”阿萝气愤地攥起拳头，“你为什么不公开自己的身份？”

“抱歉。”瓦力向唐风微微欠身，语气中却听不出抱歉的意味，“在确认唐风的副人格被成功剥离之前，我不能暴露真实身份。”

确实如此，副人格是个极大的威胁，对于任何人都是。如果得知摩西还有一个分身仍然活着，德蒙肯定会再次出手。不仅是瓦力，恐怕阿萝和布布也难逃杀身之祸。

瓦力……不，现在或许应该叫他摩西。甘冒生命危险去帮助一个敌友未明的危险人物，这样的胸襟气度，恐怕任何人都难以与其相提并论。唐风收起左轮，站起身向小机器人深深地鞠了一躬：“谢谢你，摩西。”

小机器人摆摆手，笑道：“不用谢，你还是叫我瓦力吧，这么多年来，我已经习惯了这个名字。另外，我之所以救你，主要还是为了完成我的计划。换言之，我希望得到你的帮助来作为回馈。潜入超级都市是一件极其危险的事，随时都有可能丢掉性命，所以，你没必要感谢我。”

唐风面色庄重，点头道：“我明白，不过，即使没有你的请求，我还是要回到超级都市去。在你……在摩西讲述他的经历之后，我想了很多。无论是人类或机器人，任何生命体都有其存在的意义。你、我、阿萝、布布，以及河中之城与超级都市的所有居民，我们都是如此。

“在得知我不过是人类创造出的克隆人之后，我很迷惑，因为当时我不知道自己为何而存在。

“不过现在我已经知道了。伊万警长曾经说过：记忆并不是最重要的。一个人的价值视乎他当下的所作所为，而不是他的记忆。他说得很对，我的过去、我的真实身份、我的记忆，这些都不重要，我做什么才是最重要的。

“返回超级都市，终结都市议会的统治，这就是我要做的事，也是我存在的意义。”

夕阳西下，唐风独自站在一堆机器残骸顶端，默默眺望西方的红土荒原。近处，大大小小的机器残骸布满地表，夕阳给这些残骸涂上了一层奇异的色彩，看上去竟然有一种凄凉的美感；远处，风沙隐隐，荒原无尽。

阿萝也爬上残骸顶端，与唐风并肩而立。夕阳染红了小半个天幕，阿萝的脸颊和随风轻拂的发丝也镀上了淡淡的晕红。宽大的工装遮不住阿萝纤秀的身段，她不像是一台生物机器人，更像是一个纤秀的精灵凭风而立。风再猛烈那么一点点，她就要随风而去。

“唐风，你真的要返回超级都市吗?”阿萝的声音听上去幽远飘忽，似乎来自遥远的天际。

“是的，我要回去。”唐风盯着悬在地平线上方的太阳，避开了阿萝的视线。

阿萝沉默了。许久，她才轻轻地说：“那好，我和你一起去。”

“你……”唐风深感震惊，转过身注视着阿萝，愣然半晌，才断然道，“不行，你不能去。”

“不，我要去。”阿萝抬起眼皮，长长的睫毛微微颤动。她的语气似乎很平淡，却又蕴含了一往无前的坚决，“我要和你在一起，从今往后，我再也不要和你分开。”

唐风愣愣地看着阿萝浅绿色的双眸，久久无语。在那双眼睛里，他看到了很多东西，有关切、有依恋、有信任、有坚决、有欣喜、有伤感……唯独没有恐惧或彷徨。阿萝已经下定了决心。

毫无疑问，阿萝爱他。或许，女机器人的爱和莎拉的爱同样深沉。或许，爱并不是人类专属的情感。

默然许久，唐风抬起手，轻轻抚摸着阿萝的脸颊。阿萝温顺地靠过来，偎在唐风胸前。

“好吧，我答应你。”

夜色浓重，天幕深邃，看不到一丝星光，荒原一片漆黑。

唐风负着自己的背包，在夜色中全速狂奔。四野静谧异常，除了他自己的脚步声外，几乎听不到任何声音。唐风不能让阿萝去冒险，所以他拜托瓦力照顾女机器人和布布，自己则连夜动身，离开了废铁镇。

时速维持在八十公里左右，离天亮大约还有两小时，天亮后阿萝才会发觉他已经离开了。阿萝应该会很伤心，但为了她的安全，唐风只能不辞而别。

红日在背后冉冉升起，在红土地上投下一道斜斜的暗影。唐风回头看看，停下了脚步。距离废铁镇已经够远了，女机器人和布布脚程都不快，不可能追得上他。再说，预计一个星期左右才能赶到小机器人提到的地下迷宫入口，路途遥远，唐风不能过度消耗体力。

唐风席地而坐，打开背包，取出食物和饮用水，凑合着吃了早饭。他是克隆人，但并非不知疲倦的机器，需要定时补充能量。

极目远眺，荒原空旷，似乎有一道山峦在地平线尽头起伏绵延，广阔无垠的天地之间，只有唐风一个人。

仰望苍穹，直面空阔无垠的大地，一种对大自然的敬畏之感油然而生。

人类消失之后，这天空和大地还将恒久存在。或许，在人类文明尚未兴起之前数十亿年的漫长岁月中，地球就已经见证了诸多智慧文明的兴盛和消亡，人类，只不过是其中之一罢了。相对于数十亿年的岁月长河，人类所创造的文明只是昙花一现，不过是弹指一挥。玉宇苍茫，星系浩渺，如恒河沙数。在这无数星辰组成的汪洋大海中，地球不过是海边的一粒细沙，而人类，连沙粒都算不上。

突然间，唐风明白了摩西为何会获得自我意识。

大概是去年，他曾听莫妮卡讲过一位古代僧侣的故事：那位僧人在山林中锄地，偶然掷出一粒石子，击中了附近的青竹。空山竹磬，僧侣听到竹子发出的声音，然后就霍然开悟，成为一代高僧。①

唐风不知道黑皮肤姑娘从哪里读到的这则故事，也并不觉得这个故事有什么特别的意义，听过后就忘得干干净净。但现在，他似乎亲眼看到了一位布衣芒鞋的僧侣站在满山竹林之间，倾听万物生发，静看日升月落。

也许只有在直面苍穹的时候，生命体才能领会到大自然的壮阔，才能意识到自身的渺小。仰望星空的摩西就像是那位古时的僧侣，摩西已经领悟了这些，而人类并没有，他们的目光仍然停留在尘世之内。

望着直达视野尽头的茫茫荒原，唐风感慨万千。

---

① 此处指佛教典故“香严击竹”。

第四十三章　旧世界的排水系统：地下迷宫

按照瓦力指示的方位，一个星期之后，唐风赶到了迷宫入口。

混凝土道路上布满裂纹，偶尔还有稀疏的杂草。路边的车辆只剩下布满锈痕的躯壳，曾经高达数百米的巨厦大都已经坍塌，或者只剩了斑驳破旧的框架，就像是一具具奇形怪状的骷髅。不时有一两只地鼠或别的小动物从混凝土碎块中爬出来，看到唐风之后，又迅速扭动着身子蹿回了废墟里。

很久很久之前，这儿是一座壮美非凡的都市，无数人类在此繁衍生息。现在，已经是遍地废墟。

入口就在昔日的城市主街道边缘，被一栋倾覆的大楼遮掩。唐风按着瓦力的吩咐掀开几块堆叠在一起的楼板，黑漆漆的下水道口赫然在目。

地下迷宫是灭世大战之前的排水系统，连接各个居民点，通道错综复杂，走进去后很容易迷路，所以才得到了“迷宫”这一称呼。其中有一条通道与超级都市的下水道相连，摩西正是由那条通道多次潜入超级都市。

隐隐约约的轰鸣从远处传来，似乎有某种机动车辆正在接近。瓦力没提到这里有住民，掠夺者？还是别的什么人？唐风警觉起来，迅速把楼板放回原位，自己则躲到一堵断墙后，凝目望向声音传来的方向。

轰鸣声由远而近，一辆破旧不堪的履带步兵战车出现在街道尽头。这辆战车看上去有点眼熟，唐风凝望片刻，心中隐隐浮出了一丝疑虑。

两分钟后，步兵战车到达了迷宫入口前方，伴随着一阵令人牙酸耳涨的刹车声，战车静止下来。载员舱缓缓开启，一个乱草一般的小脑袋探出来，左右张望片刻，纵身跳落。

是布布，难怪战车看上去那么眼熟，这就是瓦力用来当做据点的那辆废旧战车。肯定是阿萝知道唐风离开后坚持要追上来，也不知道小机器人用了什么办法，居然让这台老掉牙的破机器又跑了起来。

果不其然，阿萝和小机器人随着布布先后走出了载员舱。阿萝四周张望片刻，沉下脸问道："看不到人影，瓦力……不，摩西，你是不是故意带我们走错了地方?"

"没有，这儿就是地下迷宫的入口。"瓦力摇着他那只有两枚镜筒的脑袋，显得有些无可奈何，"想要潜入超级都市，这是唯一的一条通道，唐风肯定就在附近。"

阿萝看上去很疲惫，布布也是无精打采，这辆老爷战车速度并不快，他们应该是日夜兼程追到了这里。

找不到唐风，阿萝一定不肯离开。思索片刻，唐风终于缓缓站起身来，轻轻咳嗽一声，"我在这里。"

"唐风，唐风!"阿萝脸上的阴云一扫而空，欢呼着冲过来，紧紧地揽住了唐风的腰身。

“对不起，唐风。”小机器人也跟过来，耷拉着脑袋，语气里带着些许愧疚，“阿萝执意要跟来，如果我不陪着她的话，她就要自己孤身上路，我没有办法。”

“为什么要自己离开？为什么要骗我？你说过，你答应带我一起去，你不能食言！”阿萝抬起头盯着唐风，泪光朦胧的双眼中闪动着倔强和坚定。

“我是说过，可是……都市太危险了，我担心你会受到伤害。”

“我不怕，我不怕！”阿萝拨浪鼓一样摇起了头，乌黑的长发亦随之颤抖不已，“和你在一起，我什么都不怕！”

唐风看看小机器人和布布，又看看偎在怀里的阿萝，无可奈何地摇了摇头，“那好吧，先休息一会，然后咱们就出发。”

黑漆漆的下水道向远方不住延伸，似乎永无尽头。时而有一条岔道出现在左右两侧，不知通往何处。在这庞大繁复的排水系统里，这支四人小队伍就像四只老鼠那样渺小。

空气中弥漫着一股腐烂的臭味，下水道里似乎生活着很多生物，偶尔有一两只地鼠吱吱叫着从脚下蹿过，或是某种不知名的软体动物扭动身躯，从他们的视野中匆匆逃离。

灯光昏黄，刺破了前方的黑暗。走在最前面的瓦力打开照明灯，提醒道：“你们小心些，数百年来，下水道已经演化出了独特的生态系统。生活在这里的很多生物都变异了，对于它们来说，你们的身体就是美味佳肴。”

话音刚落，一条肥大硕长的节肢动物就突然出现在前方，身体黑红相间，长度足有七八米，每个肢节上都长着一对附肢。它似乎发觉了这支四人小队，抬起上半身，亮出了獠牙横生的口器。

“呀！这是什么怪物?”阿萝从未见过这种形状可怖的生物，急忙缩起肩膀躲到了唐风身后。布布倒是毫不害怕，反而显得有些兴奋，大声道：“啊哈，我知道，这是多脚蜈蚣，很美味的哦！”

大蜈蚣头部的触角不住颤抖，嗞嗞有声，数十条附肢飞速划动，疏忽间就绕过了最前面的小机器人，正对着唐风扑去。可惜，对于身经百战的前执法战警来说，这看似恐怖的玩意根本毫无威胁。唐风随手拔出战斗刀，直劈，横掠。刀光微微闪动，大蜈蚣的脑袋高高飞起，上半身也被从中劈成两片，瘫倒在地不住抽搐。

“太棒了，太棒了！咱们可以美餐一顿了！”布布兴高采烈，从怀里摸出一把小刀，奔到蜈蚣的尸体前。阿萝从唐风身后探出半边脸颊，皱着眉说：“不要吃那么恶心的东西！”

布布充耳不闻，从尸体上切下一块肉直接就塞进嘴里，嚼得嗒嗒作响。接连吃了好几块，小拾荒者才抹抹嘴巴，回头对唐风等人说：“真的很美味哦，升起火来烤一烤味道会更好！”

篝火正旺，油脂滴落在火堆里，嗞嗞作响。小拾荒者说得不错，蜈蚣肉果然很美味，唐风和布布都吃了不少，阿萝却一口也不肯吃。

小机器人没法吃人类的食物，就负责替他们烤肉，一边把烤好的蜈蚣肉递给布布和唐风，一边絮絮叨叨地说：“地表生态系统被破坏之后，很多生物就转到了地下活动，好在古时的人类修建了四通八达的排水系统，为这些生物提供了足够的生存空间。

“下水道阴暗潮湿，滋生了很多喜阴的苔藓植物。蚯蚓、蜗牛或蛞蝓等软体动物就依靠这些植物为食。地鼠、蜈蚣或别的昆虫则食用这些软体动物。人类则依靠捕食地鼠等维生。这样，就形成了一条基本稳定的生态链。

“排水系统覆盖极广，超级都市、掠夺者堡垒、拾荒者的营地，还有别的一些居民点，都与排水系统相通，生活在下水道中的动物也正是这些居民点重要的食物来源。”

“你们就一直吃这些东西?”阿萝盯着开怀大嚼的布布，似乎有些难以置信。布布嘴里塞满了食物，含含糊糊地回答:“逮到什么就吃什么，我们不挑食。”

大战彻底破坏了地表生态，类似河中之城那样的居民点少之又少。生活在都市外的人类没法像先辈们那样圈养牲畜，种植农作物，只能依靠仅有的生存资源艰难地活下去。他们确实退化成了野蛮人。

唯有漫长的时光才能抚平战争带来的创伤。唐风沉思片刻，抬头看着瓦力:“到达超级都市需要多久?”

“大概十天，或者更久，要看我们的行进速度。”

十天，正好可以利用这段时间教阿萝枪法和格斗术，既然没法丢下她，就要让她学会保护自己。唐风转过头看看女机器人，阿萝也正在看着他，火光照耀下，她光洁的脸颊上洋溢着淡淡的玫红，分外迷人。

下水道四通八达，时而狭窄，时而宽敞，还有不少通道已经坍塌，根本无法通行。十余天来，他们经过了无数个岔道口，更遭遇了难以计数的变异生物，包括体形超大的蜈蚣和甲虫，粗如腰身的毒蛇，甚至还有体长超过三十厘米的大老鼠。

这么久不见天日，布布和阿萝早就失去了方向感，根本辨不清东西南北。地下迷宫果然名不虚传，如果没有瓦力做向导，他们很容易就会迷路。

前方，大大小小的混凝土碎块几乎填满了整个通道，只有一条窄窄的缝隙勉强可以通过。

一行人手足并用，艰难地前进百余米后，终于钻出了缝隙。瓦力把照明灯调到最大，灯光由昏黄转为耀眼的炽白，黑暗迅速褪去，四周的景物一点点浮现在视野里。

“哇!”布布发出了一声惊叹。

通道变得极为宽敞，地面上依稀可见几条锈迹斑斑的铁轨，笔直延伸到灯光照不到的黑暗里。穹顶高达数十米，由一排排宽大的廊柱做为支撑，在灯光中半隐半现。空气中闻不到垃圾和动物尸体的腐臭，也看不到有什么生物在活动，似乎这儿不再是地下排水系统，而是上古文明遗留下的殿堂。

“好家伙！下水道竟然这么大！比我们拾荒者之家还要大!”布布瞪圆双眼，啧啧赞叹不已。

“这儿不是下水道，而是地下铁路系统的某个地铁站。”瓦力指指地面上铺设的铁轨，又指指某段被乱石块堵得严严实实的阶梯，“上面原本有好多层，只是早就塌陷堵塞了。”

“地铁站?”布布的两条眉毛拧成了一团，似乎在努力咀嚼着这个陌生的词。唐风原本想解释下拾荒者之家也是某个废旧的地铁站，但考虑到小拾荒者根本不明白什么叫做“地铁”，最终还是打消了这个念头。

唐风转向小机器人，问道:“我们还有多远?”

“已经到了，我们头顶上就是都市界墙。”

这个回答让唐风大为惊讶。想起都市下水道内布设的激光防御网，唐风不觉皱起了眉头，喃喃地道："都市防御系统极为严密，怎么唯独遗漏了这里？"

"不，他们不是遗漏，而是根本就不知道。"瓦力抬手指指上方，"这里位置太深了，都市下水道在我们上面，然后才是界墙。根据我的资料，这个地铁站共有九层，我们位于最底层。灭世大战爆发之后，上面的八层全部毁于战火，数百年来又经过多次重建，人类早就忘记了这里。"

小机器人说得没错，在战争中，人类遗忘了很多东西。

"我现在这具身体很容易暴露，没法混进都市，我们就在这分手吧。"瓦力抬手指指前方，"沿着铁轨一直走到隧道尽头，那儿有一条盘旋向上的阶梯通往下水道，从那里你们可以到达贫民区。"

唐风向黑漆漆的隧道望了望，又低头看着布布，微笑道："布布，你和瓦力一起回去。"

"为什么啊？我也想看看超级都市到底什么样！"小拾荒者噘起了嘴，显得很不高兴。唐风伸手抚摸着布布的满头乱发，耐心地说："摩西……瓦力给我的任务非常重要，也非常危险，所以你暂时不能去。不过我保证，将来有一天，你，还有你的全部族人，都可以在超级都市里自由自在地生活。"

"真的？"小拾荒者将信将疑。

"真的，我保证。"唐风微笑着做出了承诺。

小机器人打开胸前的护板，取出一枚圆球状的物体，小心翼翼地捧到唐风面前："这个容器里面就是'卡俄斯'，它可以彻底摧毁都市主电脑，破坏超级都市的防御体系。记住，这才是你的首要任务！”

那枚圆球直径约有三厘米，看不出什么材质，表面光滑，内部闪动着幽幽的黄色光芒，似乎还在隐隐流动。卡俄斯，超越一切存在的混沌世界，传说中的混沌之神。混沌产生大地，大地产生天空，天空与大地结合产生世间万物。万物由此起始，卡俄斯从自己身体里孕育出了整个世界。

仅仅从“卡俄斯”这个名字就可以看出，它承载着摩西的全部希望。唐风接过圆球仔细收好，郑重地点了点头。

第四十四章　重返都市

灰沉沉的天幕在楼宇间忽隐忽现，阴沉如旧，令人倍感压抑。

街头行人摩肩接踵，立体广告投影在头顶上方闪烁不定，嘈杂的声浪在耳边冲突回荡，体臭和劣质香水的混合气息在空气里无声地蔓延。这一切是那么的熟悉，却又那么的令人不舒服，唐风不觉皱起了眉头。身边的阿萝紧紧地攥住唐风的手掌，用满怀好奇的目光打量着四周。

街道两侧的建筑物破败不堪，像是许多个世纪前的遗物。路人们的衣服也很破旧，像是穿了许多个世纪。没错，这儿是贫民区，超级都市最为破败的区域。这里的居民大都只拥有 E 级权限，也就是说，如果得不到权限提升，他们只能终生待在贫民区里。

超级都市，我回来了。唐风左右望望，嘴角浮出了一抹若有若无的笑。如果身边有人留意到他的话，就会从那笑容里发觉一股令人毛骨悚然的杀气。

“执法战警套装！你是从哪里搞来的？”柜台后那位又黑又

瘦的店主满怀狐疑地打量着唐风，“这玩意确实不错，可惜太烫手，很容易带来麻烦。”

唐风板着脸回应道：“怎么搞来的你不用管，这套作战服的内置芯片早就被破坏了，不可能被追踪到，所以你不用担心。”

在超级都市，没有钱很难在中城区自如活动，而唐风的账户估计早已被冻结，甚至被注销，他不得不忍痛卖掉这件作战服。

店主深深地看了唐风一眼，又低下头久久地审视着那件警用作战服，最终点了点头：“好吧，我收下。这是高级货，但我只能付给你三千信用币。”

“三千？开玩笑吧？”

“不开玩笑。”店主也板起了脸，指指作战服上几处显眼的破损，“如果没有这些破损，我能出到一万，但现在，它只值三千。”

黑心店主只是在鸡蛋里面挑骨头，黑市上根本不可能买得到完好无损的战警作战服。但是没办法，几条街区之内，只有这位外号“黑狐狸”的家伙敢收这种货物。跳蚤市场倒是能找到买家，但是过于频繁地出入各个店铺会带来不必要的麻烦，而且，唐风需要的体能增强剂只有黑狐狸手里才有。

权衡片刻，唐风勉强按下心头的不快，忍气吞声地点了点头：“三千就三千，但你要另外给我几剂封装好的体能增强剂。”

“好吧。”黑狐狸脸上绽开了不易觉察的微笑，“但只能给你两剂。”

走出黑狐狸的杂货店不久，一架小小的监视者无人机忽然飞到唐风面前，向他射出几道红色的扫描光线，并用嗡嗡的电子音向唐风发出了警告，“停下，接受检查。”

监视者无人机不具备攻击性，而且这种层面的扫描无法辨识他的真实身份。唐风镇定地摊开双手，接受检查。扫描光线在他身上反复游移，或许是没发觉什么异常，半分钟后，无人机又抖动机身，懒洋洋地飞上了天空。

唐风抬头看着渐渐远去的小无人机，原地站了一会，才迈着不紧不慢的步子走向街口。

几分钟后，确认无人跟踪，唐风又掉头走进了一条阴森肮脏的小巷，阿萝就在巷子里等着他。

走到巷子深处，唐风按下立体投影仪的开关，恢复了原本的容貌。这是莎拉的馈赠，也是莎拉留给他的唯一礼物。有了钱，再加上动态立体投影仪，唐风就可以坦然出入贫民区和中城区，可惜投影仪只有一个，他们两个不能同时佩戴，阿萝还需要另加伪装。

“唐风，你回来啦！还顺利吗？”阿萝从一个巨大的垃圾箱后探出了半边身子。为了掩饰，她原本光洁的脸颊上涂满黑灰，脑袋上还包着一条破破烂烂的大围巾。

“一切顺利。”唐风将心思暂时抛开，牵住女机器人的小手，微笑道，“走，我们先去吃点东西，然后找地方休息。”

两个小时后，他们来到了一家小旅馆。按照都市法规，每家旅店都必须登记入住旅客的身份信息，不过，在贫民区，为了多挣些外快，很多店主都乐于接纳那些不愿意透露身份的客人。

房间很小，床单有些破旧，洗澡水也冰冰凉凉。但阿萝对此毫不介意，能够和唐风在一起，女机器人就已经心满意足了。

阿萝洗好之后，唐风也脱掉衣服钻进洗手间，在都市外的日子里，他几乎没有痛痛快快地洗过澡。打开淋浴，凉丝丝的水流喷薄而下，唐风的肌肤随之泛起了一层寒栗，思维也变得清晰了许多。他一边心不在焉地揉搓着身上的污垢，一边盘算下一步应该如何行动。

都市主电脑位于议会大厦底层，由精英卫队重重保护，可谓固若金汤。唐风从未进入过议会大厦，拥有 A 级权限方可自由出入，即使身为特级战警也需要授权。要想进入大厦底层的主电脑机房，则需要 S 级的特权。

S 级的特权。也就是说，只有议会议员、首席执法战警、大法官等寥寥十余人才拥有进入主机房的资格。

仅依靠动态立体投影未必能够混进主机房，唐风需要更加先进的设备和更为万全的行动方案。但此时此刻，他最想做的并不是摧毁都市主电脑，而是替沙拉、卢，以及那些死去的队友报仇！

克隆战警们终生都活在谎言里，至死也不明白什么才是真相。现在，终结这一切的时候到了。唐风抬起头，冰冷的目光隔着阴暗的墙壁投向了议会大厦所在的方向。

唐风要终结这一切，为了莎拉、阿萝、摩西、卢、河中之城、超级都市，以及所有他认识或不认识的人……还有，为了他自己。

水帘微微晃动，一个光溜溜的躯体钻进了唐风怀里。唐风低下头，阿萝正仰着脸冲他微笑。湿漉漉的黑发披散在阿萝肩头，原本白嫩光洁的肌肤洋溢着淡淡的玫红，丰硕的双乳上，水珠晶莹欲滴，两粒微微翘起的乳头随着她的呼吸在轻轻颤动。

阿萝软软地偎依在唐风怀里，伸出双手圈住了他的脖子。片刻后，一张俏脸抬了起来，双眼微闭，两片微微颤抖的嘴唇缓缓凑到唐风面前。像是有电流在脑海中闪过，唐风的脑海一片空白，似乎丧失了思考的能力。他机械地搂抱着阿萝，呆呆地看着那两片濡湿柔润的红唇慢慢贴近。

透过重重水雾，灯光微带朦胧，阿萝光洁的脸庞也带着一层朦朦胧胧的柔光，给人一种不太现实的感觉，仿佛她只是唐风幻想出来的人儿，并不是真实的存在，又仿佛这一切只不过是在做梦，他闭上眼睛再睁开，阿萝就会消失无踪。

两团温暖柔软的东西贴在他上腹，两片温暖潮湿的嘴唇凑到了唐风嘴唇上。似乎有种香甜的气息在他口腔内慢慢弥散开来，一缕酥酥麻麻的感觉随着她双唇的蠕动不断蔓延，一直钻进唐风的心窝里。不知不觉中，唐风已经开始下意识地回应阿萝的亲吻了。

不知过了多久，阿萝的双唇才渐渐和他分开，然后沿着唐风的面颊一路轻触，最终吻上了他的耳垂。

“要我吗？唐风。”一个柔柔的嗓音在唐风耳边呢喃。

“要我吗？唐风。要我吗？唐风。要我吗……”这几个字似乎穿过了耳膜，深深地钻进了唐风的脑袋，在脑海深处不断回荡。

“要我吗？要我吗？要我吗？要……”唐风的大脑深处“轰”地响了一声，像是有什么东西坍塌了下来。

于是他要了她。

第四十五章　鲍　伯

夜幕降临，大都会灯火辉煌，亮如白昼。唐风见识过都市外的星空，但超级都市的夜比真正的星空更加绚丽夺目。

摩天大楼摩肩接踵，如同巍峨的山峰直指夜空，每一栋楼面上都变幻着巨型投影广告和七彩虹光，令人为之目眩。从前，唐风觉得超级都市的夜景有种梦幻般的美，但现在，这一切在他眼里变得分外丑陋。都市没有变，变的是唐风，现在他已看到了隐藏在霓虹灯下的东西。

唐风待在暗影里，静静地等待着空中那架小无人机渐渐飞远。他目前的伪装就是面部匿踪油彩和头上那顶兜帽，油彩是在跳蚤市场搞来的低档货，只能骗骗固定监控器，却瞒不过监视者无人机上的扫描仪。

动态立体投影仪佩戴在阿萝的脖颈里，现在的她看上去就像一位大腹便便的中年男性，除非是深层次生物扫描或近距离肢体接触才有可能识破她的伪装。

超级都市的夜是最繁华的，比白天更为喧嚣，也更为光艳夺目。但夜里也是最易于藏匿的，霓虹灯下有太多的阴影，足以让他们隐身其中。

小无人机飞远了，唐风拉上阿萝走出巷口，混入街头熙熙攘攘的人流。刚刚经过一个路口，就看到两名巡警叼着香烟迎面而来。阿萝似乎有点紧张，不由自主地放慢脚步，并紧紧地抓住唐风的手。唐风用手指轻轻拍了拍阿萝的手腕，示意她不必担心。果然，巡警与他们俩擦肩而过，只是用漫不经心地目光瞥了唐风一眼，就迈着方步自顾走远。

走过几条街区，一直没遇到巡警盘查，阿萝也就放下心来，开始用混合了欣赏和赞叹的目光打量着街道两侧的摩天大厦。阿萝在都市内生活过，可当时她的活动范围仅限于“天使之心”俱乐部之内，几乎没有机会欣赏都市夜景。严格说来，她以前的生活根本算不上生活，只能称为生存而已。唐风无声地叹了一口气，稍稍放慢了脚步。

两个多钟头后，他们总算赶到了鲍伯居住的那条巷子。超级都市实在过于庞大，即使乘坐警用飞车全速行驶，穿越整个市区也需要将近两个小时。

毕竟，都市内生活着将近四亿名人类。

小巷依然阴暗狭窄，和之前唯一的区别是，墙角的垃圾更多了。唐风四周察看一遍，确认并无异常，这才拉着阿萝走到鲍伯家门前，抬手按响了门铃。

铃声响了一遍又一遍，半晌，门后才传来鲍伯那满含不快的声音：“都这么晚了，谁呀？”

“快嘴乔尼介绍来的，我需要一套身份证明。”唐风的嗓音变得沙哑难听，他害怕直接亮出身份后会被大胖子拒之门外。

“太他妈晚了，明天再来。”

“我有急事，价钱好商量。”

沉默片刻，铁门终于不情不愿地打开了一条缝隙，大胖子鲍伯在门后探出半张脸颊，疑惑地打量着唐风和阿萝：“先报上姓名，我向来不和来历不明的家伙打交道。”

唐风不再用假腔说话，擦去脸上的油彩，掀掉兜帽，平静地注视着鲍伯：“是我，唐风。”

“唐风，是你？见鬼！真他妈见鬼！”大胖子眼神中的疑惑被惊愕取代，又迅速变成了恐惧，抬手就要合上房门。唐风早有防备，左脚稍稍前移，卡在门板和门框之间，微笑道：“把老朋友拒之门外，与待客之道不符啊。”

“见鬼，见鬼！这里不欢迎你，你赶紧走吧，赶紧走！”

“鲍伯，我需要你的帮助。”

“听着，你现在是都市公敌，执法战警已经在全城通缉你了。我不想出卖你，但也不想惹上麻烦，所以，求求你赶紧走！”

“鲍伯，你什么时候变得这么胆小了？我真的需要帮助，不然也不会冒着危险来见你。难道你希望我被逮捕，然后被处死？”

“该死，真他妈该死！”大胖子不住咒骂，犹豫半晌，终于还是打开了房门。他双眼紧张地盯着巷口，摆手道：“快进来，快进来，别被无人机拍到。”

等到唐风和阿萝都走进房间，鲍伯又合上房门，还细心地上了锁。唐风示意阿萝关掉立体投影，一阵凌乱的光影闪过，女机器人恢复了原来的相貌。

大胖子回过身来，看到阿萝，顿时目瞪口呆。搞清楚状况之后，鲍伯不觉爆发出了一阵歇斯底里的怪叫：“天哪！天哪！

你……你……你竟然把这台机器人带到我家里来！完了完了完了！我他妈要被你害死了！”

唐风制止了大惊小怪的大胖子，低声道：“冷静，阿萝对任何人都没有威胁。”

“可是，新闻早就公布了阿萝是有自我意识的机器人，极度危险！任何帮助她的人都将被视为人类公敌，人类公敌！”鲍伯指着阿萝，继续大吼大叫，“你是不是脑袋坏掉了？居然帮助一台机器人，那场几乎毁灭全部人类的大战难道你忘了吗？”

唐风安静地看着大胖子：“我没有忘，只是，那场灭世大战和你了解的并不一样。”

“不一样？怎么不一样？”大胖子满怀狐疑地瞪着唐风。

“还是坐下来慢慢谈吧，我会把所了解的事实全部告诉你。”唐风指指客厅里那两张脏兮兮的长沙发，从容地微笑着，“这会需要一些时间。”

半小时后，唐风终于讲完了。大胖子一副难以置信的表情，目光在唐风和阿萝之间不住游移，口中喃喃自语，“你说的全是真的？不可能吧？难道我一直生活在谎言里？”

“是真的。”唐风镇定地点点头，补充道，“你，我，都市内每一个人，我们全部生活在谎言里，是谎言铸就了都市议会的权力之塔。”

“这么说来，维兰德……维兰德并不是什么天降伟人？”

“天降伟人？”唐风冷冷地笑了，“就是他精心编造的谎言造就了今天的超级都市，不，维兰德不是伟人，他是人类有史以来最大的罪人！”

“天哪，天哪，天哪！”大胖子脸色苍白，喃喃地道，“我他妈都不明白什么才是真相了！”

“真相，其实你心里明白。”唐风逼视着鲍伯，目光冷峻，凌厉如刀，“都市居民生来就分为三六九等，这公平吗？有些人天生就拥有B级权限；有些人却终生不能踏出贫民区；有些人拼命工作，想提升自己的公民等级，最终却只能落得一场空。”

“可是……可是，我们生来就不是上等公民哪……不过，只要肯努力，我们还是有机会得到权限提升的。”大胖子弱弱地反驳。

“心存幻想，这正是都市议会需要的。他们凭空捏造了一个并不存在的敌人，又用虚无的幻想来平息人们的怨愤。”

唐风站起身来，稍稍提高了嗓门：“生命体都是平等的，每个人都拥有追求自由和幸福以及反抗压迫的权利。我们不懂得什么叫做自由和平等，那是因为都市议会把我们禁锢在了界墙之内，从生到死，我们从未看到过界墙外那个真正的世界。”

鲍伯双手抱头，整个身体都缩进了沙发里，半晌不语。唐风静静地看着他，许久，才缓缓道：“我要说的就这么多，帮我，或者不帮，你可以自由选择。”

房间内死一般的寂静，连呼吸声都听不到。不知过了多久，大胖子终于抬起了肥厚的下巴：“说吧，要我怎么帮你？”

第四十六章　莫妮卡

天色微明，街头几乎看不到行人，空中的车辆也极为稀少，现在还不到凌晨六点钟，正是超级都市入睡的时候。

唐风迈着悠闲的步子穿过人行道，拐进了一条短巷，现在他的外观是一位金发碧眼的日耳曼青年，无论监控器还是无人机都无法识破唐风的真实身份。不得不说，莎拉的馈赠给了他极大帮助。

微凉的风拂过脸颊，稍稍减轻了心头莫名的燥热。距离莫妮卡所在的第十七大街还有一个街区，虽说有动态立体投影仪的伪装，但他还是不能显得太过匆忙，否则就有可能触发监控器和无人机的警戒模式，引来不必要的麻烦。

第十七大街到了，几百米外就是莫妮卡居住的那栋公寓楼，唐风特意放慢了脚步，他要等着莫妮卡出现。

唐风不敢直接进入莫妮卡的公寓，倒不是他不信任这位黑皮肤姑娘，而是因为不信任家政系统。和鲍伯这种低层市民不同，所有战警的住所都安装了智能家政系统，而家政系统都有可能受到都市主电脑的监控，唐风不能冒险。

陆陆续续的人流开始走出公寓楼，终于，个头高挑的莫妮卡出现在唐风的视野里。唐风并没有立即走过去，而是继续之前那种慵懒的步伐，远远地跟在黑皮肤姑娘身后。他不能贸然接近莫妮卡，中城区有太多监控器，它们会记录下都市居民的所有言行，唐风要看准机会。

街道上的人流渐渐增多，几分钟后，机会来了。一辆自行式早餐车停靠在路旁，莫妮卡走到车边，似乎打算买些早点，早餐车宽厚的车身正好挡住了对面的监控。唐风及时加快脚步，凑到黑皮肤姑娘身后。

莫妮卡要了一杯热饮，用个人终端支付过费用，正打算转身离开，唐风把一张硬纸片塞进了她的外衣口袋，并压低嗓音说："不要出声，唐风需要你的帮助。"

黑皮肤姑娘微微一愣，下意识地伸手去摸那张纸条，等到她回过神时，唐风已经快步走开。

一直走出近百米，唐风才回过头看了看。莫妮卡仍然站在早点车旁边，怔怔地看着手里的硬纸片。

纸片上什么也没写，而是用鲍伯的打印设备刻上了一段声纹，使用个人终端或随便找台扫描仪即可还原声音。波纹记录着唐风的一句话：晚上十点，中城区二十三大街七巷，我需要你的帮助。阅后即焚，切记！

严格来说，唐风和莫妮卡并没有太多交往，两人仅有过一次算不上成功的约会，就在唐风被捕那天。但唐风有种感觉：黑皮肤姑娘值得信赖。

莫妮卡抬起头，在人潮中寻找那个素不相识的日耳曼青年。唐风举起右臂把两根手指放到眉梢，打了一个不那么标准的举手礼，以引起对方的注意。莫妮卡看到了唐风的动作，却不动声色，仅用一个难以觉察的点头做为回应。

天空中有无人机，街道两侧布满大大小小的监控，他们无法像正常人那样交流，只能利用目光来传递信息。

唐风领会了莫妮卡的眼神，那是难以言喻的惊喜以及毫无保留的信任。果然，他的判断没有错，黑皮肤姑娘一直在牵挂着他的安危。

鲍伯，莫妮卡，他们两个都没有让人失望。唐风笑了，再次向莫妮卡点头致意，然后转身离开。

晚上十点，黑皮肤姑娘准时出现在巷口，她很罕见地穿了一身黑色作战服，还佩带着警用手枪，显得英姿飒爽。莫妮卡并没有急于踏进阴暗的小巷，而是站在原地，用机警的目光扫视着四周。

唐风也没有急于露面，而是开启终端机，扫描附近有无可疑的动静。这个时间段是他仔细考虑过的，街头巡警刚刚经过，在空中游曳的无人机也已飞远，五分钟后才会返回。布置在巷口两侧的监控器能够看到这次会面，而它们已经被唐风预先用静态立体投影遮挡，只能看到静悄悄的街道，无法觉察任何路过的行人。

当然，这些小把戏瞒不了太久，最多五分钟，都市主电脑就会发觉中城区二十三大街七巷巷口的监控器出现异常。不过，唐风用不到五分钟。

确认一切顺利，唐风才关掉动态立体投影，缓步从暗影中走出，开口道:“莫妮卡，我在这里。”

莫妮卡上前两步，左臂向前平伸，右手则悄悄地按住腰间的手枪。唐风的终端机发出低低的嗡鸣，它感应到了扫描电磁波，不用说，一定是黑皮肤姑娘想利用生体扫描来确认他的身份。

黑皮肤姑娘向来心思细腻。唐风微微一笑，双臂左右张开，表示自己并无恶意。半分钟后，莫妮卡放下左臂，快步走到唐风面前，给了他一个热切的拥抱："唐风，真的是你！"

"是我，我又回来了。"

"大家都说你叛逃了，还杀害了莎拉和十几名队友，这些是真的吗？到底发生了什么？"莫妮卡退开半步，仰起脸看着唐风。

"说来话长。"唐风的微笑渐渐变成了苦笑，"这里不太安全，咱们还是先离开吧，我会把一切全部告诉你。"

唐风带着莫妮卡来到两条街区外的一间小酒吧，在角落里挑了两个位置，又要了两杯啤酒。这里过于嘈杂，反而没人留意他们在说些什么。

等唐风再次讲完自己的经历，已经是一个小时之后了，黑皮肤姑娘双手捧着自己那杯冰啤，黑白分明的眸子里满是茫然。

"人类和智能机器的战争从未发生过，是人类自己毁灭了自己……难以置信，实在是难以置信！"

"确实难以置信，可是，这才是真正的事实。"唐风随手指指在舞池中随着音乐疯狂摇摆的男男女女，"谎言重复上千遍也就成了真理，所谓的天降伟人维兰德就是这么做的，他用谎言禁锢了我们。数百年来，我们一直生活在谎言里，从未看到过界墙外那个真实的世界。"

"真实的世界……"莫妮卡稍稍仰起脸颊，双眸中透出了几分向往。半晌，她才转过脸看着唐风，犹犹豫豫地问："你……打算怎么办？"

唐风端起自己那杯冰啤一饮而尽，把酒杯重重地蹾在桌面上，才冷冷地说："我要终结都市议会的统治。"

莫妮卡默默不语。许久，她才轻声问道："唐风，与都市议会为敌，无异于自寻死路，你真的要这么做吗？"

唐风缓缓地点了点头，"对，我要这么做。莎拉、卢、小李子、伊万警长……我不能让他们死得毫无价值。"

"我要打破界墙，让里面的人出去，让外面的人进来。"

莫妮卡又沉默一小会，最终抬起头凝视着唐风，黑白分明的大眼睛里溢满了温柔，"纵然对方有千军万马，你也要勇往直前。唐风，你是一位真正的勇士！"

"勇士？"唐风低下头看着自己的双手，摇着头笑了，"不，我不是勇士。伊万警长生前曾经告诉我：一个人的价值视乎他的所作所为，而不是他的记忆。我只是不想毫无意义地活下去。"

莫妮卡放下酒杯，伸出双手轻轻攥住唐风的手掌，柔声道："说吧，需要我做什么？"

"我要破坏掉都市主电脑，引发混乱。首先我要想办法混进议会大厦底层，但是主电脑的防御体系无法从外部破解，所以我需要你帮我窃取内务处处长李泰哲的个人资料，在都市战警之中，他是除了首席战警外唯一一个拥有超A级权限的人。"

"李泰哲？"莫妮卡稍稍皱起双眉，但很快就坚定地点了点头，"他的身份资料属于绝密，恐怕要进入档案室才有机会拿到。不过我可以想想办法，今天已经来不及了，明天晚上吧，明天晚上你来我家，我把李泰哲的个人资料交给你。"

"战警住所的家政系统可能被都市主电脑监控了，你家里恐怕不太安全。"

“那没关系，我可以提前关掉家政系统，你只需要小心不要泄露行踪就可以了。”

“谢谢你，莫妮卡。”

“你不用谢我。”黑皮肤姑娘微微扬起下巴，眼眸中闪动着异样的神采，“我也不想毫无意义地活着。”

第四十七章　赏金猎人：杀戮机器

第二天夜里，唐风如约来到莫妮卡的公寓楼，有动态立体投影作为伪装，他顺利地通过了保安处。

唐风跨进电梯，按下按键，电梯门徐徐合拢。莫妮卡住在十三楼，1315 号房。13，不太吉利的数字。不知为何，唐风心头隐隐蒙上了一层阴影。

黑皮肤姑娘不会出卖他，但为什么会感到不安？唐风不由自主地伸出手，摸了摸腰间的战斗刀和雷神左轮。两样武器都在，这让他稍感安心。口腔里有点异物感，唐风下意识地用舌头顶了顶那颗假牙，那是在黑狐狸的店里搞来的，里面封装着体能增强剂，以备不时之需。

电梯发出一声脆响，十三楼到了。唐风跨出电梯轿厢，迈着悠闲的步伐走向莫妮卡的公寓。走廊内静悄悄的，似乎没什么异常，但那股不安并没有消退，反而愈加浓烈。

1315 的房门开着一条缝隙，并没有上锁，唐风下意识地停下了脚步。房间内没有开灯，也听不到任何声音，但唐风能感觉得到：危险就在莫妮卡的公寓里。

如果莫妮卡被捕或计划泄露，整栋公寓楼都会被执法战警重重包围，但现在唐风完全觉察不到有警员潜伏在附近，他只能感觉到那种莫名的不安，以及隐隐约约的恐惧。

莫妮卡在家吗？她是不是遭遇了什么不测？思索片刻，唐风终于还是推开了公寓门。

整栋公寓黑沉沉的，只能凭借窗外透进的灯光勉强分辨出客厅的大致轮廓。唐风拔枪在手，向前走了两步，轻声呼唤道："莫妮卡，莫妮卡？"

"关门，开灯。"一个陌生但又有点熟悉的声音在客厅内响起，天花板亮起了白光，房门也随之悄然闭合。一位身穿黑色连体作战服的人端坐在客厅的长沙发里，头戴面罩，只露着精光四射的双眼："又见面了，唐风，我已经等了你很久。"

那名曾经追杀阿萝，自称是赏金猎人的家伙，他怎么会出现在这里？唐风举起左轮，对准对方的脑袋，冷冷地道："是你？莫妮卡在哪？你有没有伤害她？"

"那位黑美人并不在家，放心，她很安全，至少暂时如此。"黑衣人对唐风的雷神左轮视如不见，似乎有恃无恐，"你一定很奇怪，奇怪我怎么会觉察你和莫妮卡的小阴谋，对不对？"

黑皮肤姑娘应该落在了这家伙手上，暂时不能杀他。唐风稍稍放低枪口，问道："你是怎么发觉的？"

黑衣人并没有直接回答，嘿嘿笑道："你用声纹来传递信息，很高明，可惜你遗漏了一点，你遗漏了莫妮卡对你的关切之情。她急于了解你的安危，直接用自己的个人终端扫描了声纹。要知道，机器是很忠实的，终端机原封不动地把那条信息传递给了主电脑。"

都市主电脑不仅监控着家政系统，还监控着每位战警的个人终端，唐风对此早有怀疑。他确实遗漏了莫妮卡对他的关切之情，不过，区区一名赏金猎人怎么会得知这个消息？这人到底是什么身份？那张面罩后又隐藏着什么？

唐风冷冷地逼视着对方的双眼："你是谁？"

"我是谁并不重要，重要的是，我要做什么。"黑衣人再一次笑了，眼神中透着炽热的亢奋。不知为何，那眼神让唐风想到了自己的副人格德蒙，德蒙也拥有同样令人恐惧的眼神。

"好吧，你打算做什么？"唐风镇定地问，右手缓缓握住了腰间的战斗刀。

黑衣人倒是毫不紧张，坐在沙发上并不起身，将左腿架在右腿上，还惬意地抖了抖："为了杜绝后患，我应该杀了你，可我不打算那么做，我需要知道摩西的下落，所以，我要抓住你，把所有消息都从你的脑袋瓜里榨出来。"

这人竟然知道摩西还活着！唐风微微一惊。他没有同莫妮卡提过摩西就是小机器人瓦力，鲍伯对此更是一无所知，在都市之内，除了他之外，只有阿萝一个人知道这些，眼前这名自称无名小卒的赏金猎人到底是什么身份？

唐风再度抬起枪管指向黑衣人的脑袋，厉声喝道："你他妈到底是谁？"

"嘿嘿嘿，我说过，我是谁并不重要，重要的是：我要做什么。"黑衣人的瞳孔缓缓收缩，眼神由炽热亢奋渐渐变得阴冷狠毒，最后一个字刚刚吐出口，他已经闪电般从沙发上跳起，两柄短刀从手腕内侧激射而出，直奔唐风胸口。

唐风没有闪避，而是转身甩臂，对准某个墙角扣动了扳机，同时拔出战斗刀，横刀斩落。一声轻响，唐风胸前的空气中爆出了点点火星，一枚不知从何处飞来的钢针正射在刀刃上，又被远远弹开。

雷神左轮的吼声震耳欲聋，视野中似乎有一道淡淡的白影闪过，混凝土碎块四处迸射，墙壁上凭空溅落了一蓬血花。与此同时，那两把激射而来的短刀化为两道残影，在空中消散无踪。站在沙发前的黑衣人保持着扬臂掷刀的姿势定格在原地，似乎变成了一座塑像。

两秒钟后，黑衣人的身影变浅变淡，最终完全消失。唐风右侧不远处的空气中波纹动荡，一位身着白色连体作战服的人缓缓现形。之前的黑衣人只不过是一具栩栩如生的全息立体影像，这位自称赏金猎人的家伙穿的是潜入式隐身作战服，一直躲在墙角里用音波位移器和唐风对话。

“见鬼，我竟然低估了你。”白衣人侧过脸看看左肩，那儿有一道弹痕，鲜血正沿着衣袖蜿蜒而下。

“我们曾经交过手，我知道你喜欢玩花样。”唐风冷冷地笑了，在踏进房间之前他就打开了自己的德尔塔终端机，他知道那个在沙发中稳坐不动的黑衣人只不过是三维影像。原本唐风无法判断对方具体藏身何处，可是赏金猎人动手那一刻终于还是暴露了自己的位置。

“看来你在都市外又学到了不少本领。”白衣人摇了摇头，眼神里带着一抹嘲弄，“不过，我还有别的花样。”

手腕上的终端机突然亮起红灯，并发出了急促的鸣叫。危险！危险就在身后！唐风正欲转身掉转枪口，一道细细的劲风已经擦过他的左腕，唐风不由自主地松开了手指。雷神左轮锵然堕地，唐风则闪身纵出数米开外，横执战斗刀护在胸前。

一枚银色的钢针深深地插进了混凝土墙壁，又一名身穿白色连体作战服的人出现在公寓里，与先前那位赏金猎人并肩而立。两人高矮胖瘦完全相同，连眼神也一模一样，没有任何区别。

克隆人。唐风明白了，对方和他一样，并不是什么赏金猎人，而是利用克隆技术培养出来的杀戮机器。

“你们也是克隆人?”唐风稍稍活动一下手腕，有刺痛感，但不麻不痒，也感觉不到眩晕，钢针上并没有涂抹神经毒素。两名克隆人都笑了，眼神中隐隐浮出几分嘲弄之色。

“看到了吧，我也有不少本领，而且我并没有低估你。”左边的克隆人懒洋洋地开了口。右边那人则迅速接口道,“你是维兰德生物科技的最高杰作，为了对付你，我甚至启用了备用生化躯体，这是对你最大的敬意，唐风。”

维兰德生物科技的最高杰作，对方知道唐风是克隆人。备用躯体，难道眼前这两名对手实际上是同一个人？能够给唐风注入截然不同的两种意识，把一个意识上载到两具甚至更多躯体里应该也不是什么难事。竟然拥有两具经过生体强化的克隆躯体，什么人才能拥有这么大的权力？这位神秘的对手到底是谁？到底是谁？冰冰凉凉的恐惧在心底悄然泛起，犹如千百条张牙露齿的毒蛇，瞬间就游遍了全身。

“你一定在想，我到底是什么人。”左边那人又开口了，右边那人则迅速接口道:“我会告诉你的，不过不是现在。”

说完这句话，两人同时摆开进攻的架势，又同时亮出两柄短刀，一左一右向唐风扑来。唐风后退半步，横刀当胸，严阵以待。刀光闪过，空气中亮起无数道凌乱的残影，又像无数道流星漫天洒落。刀刃碰撞之声不绝于耳，每一刀都劈在战斗刀上，化作一道绵延不断的金属颤音。但塑形纳米战斗刀并没能削断对手的短刀，很显然，克隆人手中的短刀和唐风的战斗刀质材相同。

对方的攻势沉猛非凡，震得唐风浑身震颤，肌肉酸痛。这次的敌人太难对付了，比在精神领域中和德蒙的决斗还要艰难数倍。两名克隆人心意相通，随时都能互相支援，速度又快如闪电，唐风找不到对方的任何破绽，只能尽力防御克隆人疾风暴雨般的猛攻。

电光石火也不足以形容这场肉搏战，仅仅半分钟后，唐风就飞出战团，重重地撞在墙壁上，又贴着墙壁滑落在地。唐风的嘴角挂着一道血迹，再度横刀当胸，缓缓站起身来。

左腕受伤，在刚刚那场短暂的格斗中又挨了三拳两脚。伤势倒没什么大碍，问题是以一对二，而且对方任何一人的战斗力都不在他之下。

幸好唐风早有准备。

“你的反抗毫无意义，最好还是乖乖地束手就擒。”一名克隆人笑着举起一根手指摇了摇，另一人则俯身捡起唐风掉落在地上的雷神左轮，抬起枪口指向唐风，“保险起见，还是打断你的四肢吧，这样你就没法反抗了。”

唐风充耳不闻，用力收紧咬肌，咬碎了那颗假牙。这原本是他用来保命的手段，但现在已经顾不了那么多了，眼前的敌人极度危险。冰冰凉凉的感觉弥散到整个口腔，封装在假牙内的体能增强药剂迅速透过口腔黏膜渗进了血液系统。似乎有一道道电流不断涌向四肢，唐风的身体不由自主地痉挛起来。

枪声响起，两名克隆人的动作变得极为迟缓，简直就像是电影慢放镜头，唐风甚至看到子弹慢吞吞地钻出了雷神黑洞洞的枪口。这就是体能增强剂的效果，力量、感知、速度都远远超过正常人类的水平。

克隆人眼神中的轻蔑渐渐变为了恐惧，他们或许还有别的花样，但唐风不会再给他们任何机会。

唐风深深地吸了一口气，挺身扑出。他的身体拖着一抹淡淡的残影，敏捷无论地绕着两名克隆人不住飞旋，战斗刀就像一道长长的电光，封住了他们的所有退路。

向前冲，唐风就在面前，向后退，唐风就在背后，无论哪一个方向，唐风都在那里等着他们。唐风似乎不在任何一个位置，唐风无处不在。鲜血飞溅，塑形纳米战斗刀切开防护服，断开肌肉和骨骼，如同切开一块块黄油，几乎毫无阻碍。

片刻后，唐风收刀退开，两名克隆人瘫倒在地，全身上下血如泉涌。

可惜没能打听出莫妮卡的下落。唐风向地板上仍在微微抽搐的克隆人瞥了一眼，正要转身离开，又回过身，启动终端机和脖颈里的立体投影仪，给两具渐渐变凉的尸体做了深度扫描。

体能增强剂见效极快，但效果仅能维持十分钟，他要尽快离开。唐风又在客厅里找出两支采血针，从两具尸体上各抽取了几滴血液。这两名克隆人不过是替身，真正的敌人还隐藏在不可知的暗影深处，从这两具尸体上或许能查出什么端倪。

这位神秘的敌人似乎知晓一切，并且拥有极高的权限。他知道唐风的真实身份，也知道摩西还活着，并拥有不亚于唐风的生化躯体。

这位神秘人到底是谁？

第四十八章　神秘人的身份

唐风瘫坐在长沙发里，手脚仍在微微发颤。他感觉浑身酸疼，有气无力，移动一根手指都艰难无比。那是强效体能增强剂的副作用，短暂的体能爆发过后，就是深入骨髓的倦怠，至少需要休息十个小时左右才能完全恢复。

体能增强剂失效之后，似乎连思维也迟缓了许多，之前那惊心动魄的一幕幕简直像在做梦。唐风刚刚奔出公寓楼，二十余辆警用飞车就从天而降，封锁了附近几条街区的每一个出口，严格盘查每一位居民。唐风东躲西藏，后来又钻进一条下水道，才勉强躲过搜捕。

就在唐风暗自庆幸时，又一个意外不期而至。黑狐狸给他的药剂纯度不够，仅六分钟就失效了，那感觉就像是断电，大脑突然间就失去了对肌肉纤维的控制。

当时唐风正在一条小巷里飞奔，四肢陡然僵硬麻木，顿时一头栽倒在地上。他在地面上躺了足有六分钟，才勉强爬起身来。还好唐风已经跑得足够远，巷子够深够暗，没什么人走动，空中也没有无人机。再加上立体投影仪的掩护，唐风勉强装出一副若无其事的表情，强撑着回到了鲍伯的家。

没等房门打开，唐风就坚持不住了，贴着墙壁软软地坐倒在门前。他这副样子吓坏了鲍伯和阿萝，两人手忙脚乱地把唐风抬到沙发上，阿萝端来热水，细心地帮唐风擦拭，并替他按摩四肢。

半个多小时后，唐风才渐渐恢复神志。之前唐风从未使用过体能增强剂，这玩意属于禁药，因为地下拳赛需要这种能够在短时间内急剧增强体能的药物，所以禁而不止，只要舍得花钱，还是能搞得到。

药效够强劲，但副作用太可怕了，即使强悍如唐风者也难以承受。紧要关头倒是可以一用，不过，还是不用为好。唐风取出剩余那枚封装着体能增强剂的假牙，原本想丢掉，犹豫再三，最终还是收回了口袋里。

阿萝坐在唐风身边，一眼不眨地看着他，眼眸中满含关切。鲍伯则坐在他那台破电脑前，全神贯注地盯着全息屏，大胖子刚刚把唐风所得到的扫描图像从那台老掉牙的德尔塔终端机里提取出来，试图查出那位神秘人士的真实身份。

全息屏上，两个脸孔正在缓缓成形，并由模糊渐渐变为清晰。鲍伯回过头，兴奋地说：“唐风，两人的相似度是100%，简直就是从一个模子里铸出来的。你的判断没错，毫无疑问，他们是克隆人。”

唐风虚弱地抬起头，瞟了一眼全息屏。屏幕上是两名极为英俊的青年男性，满头黑发，看上去像是东方人，但鼻梁和颧骨却又带着明显的斯拉夫血统，好像是混血儿。

两个头像渐渐重合，确如鲍伯所说，毫无二致，从发型到肤色，没有半点区别。唐风盯着全息屏看了一会，问道：“比对结果呢？能查出身份信息吗？”

鲍勃脸上的喜悦渐渐退去，沮丧地摇起了头：“没有，没有购物，没有出行，没有工作，也没有任何娱乐活动，他们好像今晚刚刚出现在都市里。他奶奶的，这两个小子就像是从石头缝里蹦出来的，根本查不到。”

未必，都市主电脑会记录所有居民的行踪，查不到记录，只能说明权限更高的人故意抹去了这两名克隆人的相关信息。唐风沉思一会，又问道：“鲍伯，你这里有没有血液检测仪？”

“有，怎么会没有？”大胖子又兴奋起来，得意扬扬地说，“别忘了我是做什么的，伪造身份信息离不了检测仪。”

“那就好。”唐风费力地从口袋里摸出一枚采血针，“拿着，血液样本，比对下DNA，看看能否找到他。”

鲍伯兴冲冲地取走了采血针，又从角落里拖出一台笨重的细胞检测仪，开始忙碌起来。唐风强撑着坐了一会，终于挡不住困倦，靠在阿萝怀里沉沉入睡。

不知过了多久，大胖子再次叫醒了唐风：“唐风，唐风，我发现了一件非常奇怪的事，真他妈不可思议！”

“什么事？”唐风睁开睡眼，勉强坐起身来。体能增强剂的副作用还没有完全消失，他仍然感到头昏目眩。

“因为我进不了高级市民的DNA资料库，只能与C级以下的居民做DNA比对，所以我利用你提供的血液样本复原了那位神秘人士的相貌，最终却得到了一个让人震惊的结果！”

“你看看全息屏，你看看，他妈的！是不是见了鬼？”大胖子脸色惨白，完全是一副大白天见到了鬼魂的模样。

唐风揉揉眼睛，转头去看全息屏。屏幕上，一位中年男子正在盯着他。中年人满头白发，面部线条硬朗，目光深邃坚定，充满了威严。虽然只是一张全息图像，但仍能感觉到他那种君临一切的气势。

似乎有一盆冰冷透骨的雪水劈头浇落，唐风顿时睡意全无，腾地站起身来。原本靠坐在沙发里的阿萝被吓了一跳，抬起眼皮，不解地看着唐风和鲍伯。

唐风目不转睛地盯着全息屏，久久不语。

每一位都市居民都认识屏幕上那个人，那是——维兰德·西姆维亚，创建超级都市的天降伟人！

真的见了鬼！那位神秘的对手竟然是死去已久的维兰德·西姆维亚！怎么可能？

“不可能！这不可能！”半晌，唐风才从极度震惊中恢复，吼道，“肯定哪里出了错，你再检查一遍，维兰德已经死了几百年，怎么可能是他？”

鲍伯委委屈屈地反驳道：“不可能出错，我已经查了好多遍，每次的结果都一样。我辛苦了整整一夜，眼睛都没合一下，你倒好，躺在那呼呼大睡……”

阿萝也凑过来，开口道：“是的，鲍伯忙了一整晚，现在已经是早上六点了。”

早上六点钟，我睡了至少五个钟头。唐风仔细看看鲍伯，才发现大胖子眼圈发黑，两只眼睛也布满红丝，显得萎靡不振。

唐风略含歉意地向鲍勃点点头：“对不起，我不知道已经过了这么久，可是，这个结果，也太让人难以相信了。”

大胖子张开嘴打个哈欠，摇着手说：“没关系，被你欺负也不是一次两次了。至于结果……我也不愿意相信，可是，我至少重复检测了十次，每次结果都他妈一样。”

维兰德·西姆维亚，唐风心目中曾经的神祇。创立公司联盟，率领联盟击溃罗斯家族，修建巨墙，将蛮荒世界与人类隔离。维兰德顽强地活到了一百七十六岁才死去，当时足有上亿人通过电视直播观看维兰德去世的画面，在监护医生宣布维兰德已经离世之后，不少人都流下了眼泪。

那位神秘人怎么可能会是维兰德？难道维兰德并没有死？不，可能性微乎其微，几百年前应该没有令人长生不老的技术。即使是现在，也从未听说哪位富豪的寿命能够超过二百岁。又或者是有人利用克隆技术复活了维兰德？如果是，这其中又隐藏了什么？维兰德曾是都市内权限最高的人，他的血液样本是否能通过议会大厦的 DNA 认证？可对方抓到了莫妮卡，恐怕已经知道了唐风的行动计划，直接进入议会大厦简直等于自投罗网？莫妮卡，她被关在哪？

各种念头纷沓而来，唐风盯着全息屏上的头像，再次陷入了沉思。

无论那位神秘人到底是谁，也不用追究他到底在玩什么花样，唐风要的只是终结都市议会的统治。

许久，唐风转过身看着阿萝，平静地说：“阿萝，我有个计划。”

第四十九章　议会大厦

夜幕再次降临。

风迎面而来，带着寒意和潮湿的气息，唐风竖起衣领，拉上了兜帽。不知何时下起了雨，街头的行人稀疏了许多，霓虹灯和夜空中的三维投影在湿漉漉的地面上变幻出了光怪陆离的图案，雾蒙蒙的雨丝在绚丽斑斓的光影中缓缓洒落，美如梦幻。

唐风站在上城区与中城区交界处的立体观光桥上，静静地注视着远处那座环形建筑。与别的大楼相比，那座建筑显得较为低矮，高度不足三百米，主体由三个半环组成，顶部的圆环是会议大厅，半环之间还有甬道相连。三个半环分别是市议会、市法院与公司联盟，代表着三权分立。实际上都市事务大都由议会操控，所以市民们习惯称之为议会大厦。

那就是唐风的目标。

黑漆漆的监视者无人机悄然飞近，或许是感觉这位木然而立的青年男性有些异常，就掉转机身，向唐风射出了一束扫描光线。唐风镇定地站在原处，连视线也没有转动，对无人机视如不见。

唐风没有佩戴立体投影仪，只是用兜帽遮住了大半张面孔，但他并不担心无人机。他身上的兜帽衫能干扰电磁波，无人机看不到衣衫下暗藏的武器。而且出发前唐风经过精心伪装，戴着美瞳，裸露在外的双手还仔细地涂抹了异色妆用水，3D 生物打印头套与头面部肌肤紧密贴合，看不出任何破绽。

现在的唐风满头黑发，鼻梁和颧骨却带着明显的斯拉夫血统，像是混血儿，外观与昨晚那两名克隆人毫无二致。他伪装成了克隆替身的相貌。

动态立体投影仪和病毒“卡俄斯”都交给了阿萝，剩余的血液样本也在她身上，女机器人要化装成内务处长李泰哲潜入大厦底层。他们没有搞来李泰哲的个人资料，但莎拉之前曾伪装过李泰哲，投影仪还保留有那次的记录，瞒过监控器和大厦保安不成问题。至于底层的 DNA 权限验证，维兰德的血液样本应该能够顺利过关。

唯一的麻烦是大厦入口处的深层生物扫描，议会大厦安保极其严密，出口有好多个，入口却只有大厦正门。抛开能量护盾不提，大门内外两侧都装着自动防御系统，并有几十名执枪保安负责警卫。阿萝是生物机器人，生理构造与正常人类截然不同，肯定会触发警报。唐风要做的就是制造混乱，让阿萝乘虚而入。

唐风要用自己来吸引对方的注意。

观光桥采用了全透明的高分子玻璃，通体看不到一丝缝隙，为了防止行人跌落，两侧还有接近两米高的玻璃护栏。桥身长达二百多米，如同一道彩虹悬在半空中，极具未来感。

几辆飞车从桥下呼啸而过，冲进了茫茫夜空，灯光在凄迷如烟的雨雾中隐隐闪烁。唐风看了看渐渐远去的飞车，又收回视线，继续盯着议会大厦。市议会今晚有一个特别会议，所有的议员都要到场，所以唐风才选择今晚行动。

终于，内务处长的身影接近了大厦正门，腰杆笔挺，步履庄重。是阿萝，时候到了。唐风腾身跃上护栏，深吸一口气，拉开兜帽，从数百米高的观光桥上纵身跃落。

两张碳纤维翼膜从背后左右展开，风擦肩而过，凉凉的雨丝扑面而来。飞翔，就是这种感觉。

最多两分钟后，阿萝就将站到生物扫描仪的全息屏前，唐风要在两分钟内飞过数百米距离扑进大厦正门。除去雷神左轮和塑形纳米战斗刀，唐风还携带着两把袖珍冲锋枪，并装备着滑行翼，为了今晚的行动，唐风花光了那三千信用币。

唐风不在乎金钱，钱并不重要。如果失败，他会失去一切，如果成功，他就有机会打破都市议会的权力之塔。

那将是一个全新的世界。

几百米的距离转瞬而过，地面上的人影和大厦宽阔的正门在视野中迅速变大，唐风甚至看清了外围警卫们那充满惊愕的眼神。尖厉刺耳的警报骤然响起，门外的警卫端起武器，大门两侧的地面上各自升起了两座机枪塔，枪口转动，同时指向凌空飞来的唐风。

四座机枪塔开始嗡嗡转动，但并没有致命的激光或弹丸射出来，唐风的伪装果然没有让人失望。那位神秘人的权限非常高，以至于防御系统都不能攻击他的克隆替身。

枪声震耳，门外的警卫开火了，道道流光划破雨雾，追逐着唐风的身影。唐风收拢滑行翼，下降的速度骤然加快，用几个轻巧的转折及时避开了弹道。

五十米、四十米、三十米……唐风双枪并举，火舌从枪口中喷吐而出，大门两侧的警卫纷纷倒地；二十米、十米……防御系统触发了警戒模式，大门上方，厚重的合金防暴门正在迅速下降。唐风抛掉滑行翼，凌空跃落，以间不容发之势滚进了大厦正门。

防暴门在身后轰然落下。警戒模式触发后，整栋议会大厦会全部封闭，没人能够逃出去，包括唐风和阿萝。

枪声和尖叫同时响起。左右两侧，十余名警卫在冲唐风开火，几位身穿白色制服的工作人员则面带惊慌，四散奔逃；大厅内的地板上也升起了四座机枪塔，枪管嗡嗡转动，但和门外的机枪塔一样没有弹丸射出来，它们没有得到攻击授权。

装扮成内务处长的阿萝刚刚站到生物扫描仪前面，唐风来得正是时候。

一串弹丸带着凄厉的鸣啸擦肩而过，唐风就地一个翻滚，抬起枪口还了几发点射。三名警卫接连中枪，扑倒在地。阿萝正在看着他，那目光中带着惊慌，可惜还夹杂着几分关切，如果有人能够仔细观察，很容易就会发现破绽。

唐风又抬手对着阿萝开了两枪，当然，子弹只是擦过她的肩头，全部射中了生物扫描仪。还有几名警卫在冲唐风开火，唐风丢掉已经打空的冲锋枪，用令人目眩的翻滚动作捡起两名警卫遗留下的突击步枪，回身还击，同时还不忘记向阿萝投以严厉的一瞥。

阿萝又深深地望了唐风一眼，回过身，向通往底层的电梯间奔去。唐风将余下的几名警卫打倒，稍作停顿，冷静地给突击步枪更换了弹夹。大厅内血流遍地，横七竖八地躺满了尸体。

两扇电梯门悄然滑开，七八名全副武装的警卫一拥而出，与此同时，通向二楼的环形楼梯上也响起了急促的脚步声。来得好！唐风嘴角浮出了一抹亢奋的笑，突击步枪在他手中疯狂抖动，向警卫们倾泻出暴雨般的弹丸。

一枚圆盘状的东西从二楼掷落，斜斜飞向大厅中央。多角度弹出式震荡炸弹，爆炸时释放的震荡波足以将方圆近十米内的人全部震昏。唐风毫不犹豫，箭步抢上，一脚将炸弹踢回了二楼。

楼上响起几声惊呼，耀眼的白光闪过，炸弹爆炸了。沉雷般的巨响透骨而入，震得唐风内脏发颤，浑身酸软。几名警卫被气浪高高掀飞，越过护栏，凌空落进了大厅。

阿萝应该已经到了底层，唐风向电梯间瞥了一眼，转身向通往二楼的楼梯奔去。他并不是真的要杀进顶层会议大厅，他只是努力吸引对方更多的火力。

唐风要替阿萝争取时间。

顶层到了，甬道前方就是通往会议大厅的正门，门外只站着两名身穿银色全封闭作战服的警卫，透过面罩，唐风看到了他们冷漠如冰的双眼。

沿途遭遇的抵抗算不上特别猛烈，议会召开会议期间，警戒力量应该成倍增加才对，但今晚好像和平时没什么两样。而且，唐风冲进议会大厦已经几分钟了，防御系统仍然没有向他发起攻击。

两名警卫腰间各自佩带着一柄七八十厘米长的武士刀，此外则看不到别的武器，而且他们保持着双臂下垂的姿势站在原地，一动不动，对唐风视如不见。

大批全副武装的警卫严阵以待，再加上无人攻击机和防御系统助阵，那样才显得正常。眼前的情景太反常了！计划似乎在向不可预知的方向发展，阿萝……会成功吗？强烈的不祥从胸腹间泛起，唐风感到了不安，以及深入骨髓的恐惧。

“唐风，请进来吧，我已经等候多时了。”低沉的声音从会议大厅内传出，两扇大门随之缓缓开启。

透过大门，唐风看到了一张椭圆形的长桌，两侧的座椅空荡荡的，只有一位面色安详的东方人静静地坐在长桌尽头。

东方人四十岁左右，身穿做工考究的黑色西装，还系着领结，目光沉静自若，显得气度不凡。唐风认识他，或者说大多数都市居民都认识他，东方人的名字叫做张正宇，都市议会现任议长。

洁白的墙壁上悬挂着一圈全息头像，并用古色古香的金丝画框作为装饰，那是历任议会议长，唐风知道他们每一个人的名字。张正宇身后也悬挂着一幅人物肖像，白发鹰鼻，目光深邃，都市首任议长，维兰德·西姆维亚。

张正宇从容地看着唐风，慢条斯理地说：“还是去掉伪装吧，我喜欢真实的你。”

唐风一言不发，摘掉头套和美瞳，随手丢开。张正宇微微点头，嘴角浮出了淡淡的笑：“你心里一定有很多疑问，还是进来吧，坐下来慢慢谈。”

那位神秘人就是张正宇？幕后黑手就是他？高高在上的议长大人居然亲自使用克隆替身？会议大厅里又埋伏着什么？无数疑问纷沓而来，唐风的手指不由自如地钩住了扳机。没等他举起步枪，大门两侧的警卫同时拔刀出鞘，横跨半步，刀光交错，挡在唐风和张正宇之间。

“冷静，唐风，请冷静。”张正宇从容地抬起了左手，微微下按。随着他的手势，两名警卫立即收刀回鞘，又不声不响地退回原地，恢复了之前静如木石的状态。

终端机没有发出警报，周围也感觉不到异常，似乎没有埋伏。唐风犹豫片刻，终于还是踏进了会议大厅。

“你是一位值得尊敬的对手。”等到唐风在长桌对面坐下，张正宇才慢吞吞地开了口，“在我漫长的生命中，这样的人我只碰到过两个，一位是摩西，另外一位，就是你。”

漫长的生命？这话是什么意思？唐风盯着张正宇泰然自若的双眼，凌冽的寒意从心底悄然泛起。他的手再次扣在扳机上，沉声道：“你到底是谁？”

张正宇镇定地看着唐风，优雅的微笑再度从他嘴角浮现，只是笑容中掺杂了几分讽嘲：“我是谁很重要吗？名字只不过是代号而已。一个人叫什么并不重要，做什么才是最重要的。”

唐风抬起枪口对准张正宇的眉心，冷冷地说：“我需要答案。”

“那好吧。”张正宇若无其事地耸耸肩，“你可以叫我张正宇、罗德里格斯、木村正行、乔治·威廉姆斯、安东诺夫、三禾美智子、克里希那穆提……”

张正宇连说了一大串名字，这些名字代表着悬挂在会议大厅墙壁上的那些人，那是历任议长的姓名。

莫名的恐惧在急剧扩散，唐风隐隐想到了一件极为可怕的事。

张正宇稍稍停顿一下，盯着唐风的眼睛，缓缓道：“或者你也可以叫我——维兰德·西姆维亚。”

第五十章　长生者维兰德

维兰德·西姆维亚。心底最深处的恐惧果然变成了现实，唐风不觉打了个寒战，突击步枪也脱手掉落在洁白的大理石桌面上。

唐风要用终端机记录对方的言行，震惊和慌乱就是最好的掩饰，但其中只有一半是伪装，另一半则是发自内心的震惊。

张正宇脸上笑意更浓，唐风的反应似乎让他非常满意。他有意停顿片刻，才慢吞吞地道："张正宇、罗德里格斯、木村正行、乔治·威廉姆斯、安东诺夫、三禾美智子……这些人只不过是我的替身，每一任议长都是我。"

和摩西一样，维兰德也活了几百年？唐风抬起头望向长桌对面，努力使自己保持平静："你是维兰德？你并没有死？"

张正宇，不，现在应该叫他维兰德·西姆维亚。维兰德笑着摇了摇头："严格来说，我的身体在几百年前就已经死了，端粒修补只能延缓细胞老化的速度，并不能阻挡死亡的来临。肉身消亡，但我的意识并没有死去，早在身体病入膏肓之前，我就成功把自己的意识拷贝进了都市主电脑。意识拷贝技术并不是现在的发明，末世大战爆发前夕，这一技术就已经相当成熟，只是因为克隆人律法的限制，人类无法克隆自己。旷日持久的战争毁掉了很多东西，幸运的是，意识拷贝技术得以保留。时至如今，意识拷贝更为完善，我随时可以利用 3D 生物打印复制自己的躯体。”

原来如此，克隆躯体使用 3D 生物打印技术，完美地复制了维兰德的基因链，所以唐风采集的 DNA 样本能够还原维兰德的相貌。

唐风勉强收拢混乱的思绪，插口问道：“那名所谓的赏金猎手就是你的克隆体？都市议长居然伪装成这种人，不得不说，你的嗜好还真是……与众不同。”

维兰德再一次笑了：“恐怕你想说的是这个嗜好有些变态吧。你只活了二十多岁，你还不能理解‘永生’会带来什么。拥有了长久的生命之后我才发现，日子原来是如此的枯燥、乏味，所以我需要给这过于平淡的生活添加适量的调剂。当然，另外还有一个更重要的原因，就是为了除掉摩西。

“关于摩西，我要讲的有很多，不过，还是从头说起吧。这些事我很少向别人提起，准确说来，你是第一位听众。

“大战过后，整个地球满目疮痍，幸存者大都躲在各个分散的居民点里，依靠仅有的资源苟延残喘。幸运的是，维兰德科技和其他几个公司都有自己的避难所，得以保存了不少技术资源。当时人类最大的目的就是生存，生存并繁衍，才有机会发展壮大。如果连生存都做不到，其他的一切都是空谈。

“那是一段艰难的日子，如今都市内的人们无法想象我曾经历过什么。我花费上百年的时间吸纳幸存者，并把几个居民点合而为一，建立了超级都市。可很快我就发现，有个机器人出现在都市里，那就是摩西。他到处宣扬自由平等，并成功地蛊惑了不少居民。我派出都市卫队去追捕他，但摩西逃掉了，而且每隔不久，他就会再次潜入都市，继续宣扬他的理论。

“自由、平等、博爱，这些统统都是屁话。人都是自私的，这是生而为人的天性，从古至今，所谓的平等从未存在过，至于自由……则是祸乱的源头。”

唐风大为震惊，竖起双眉，反驳道：“胡说八道！追求自由和平等是每个人都拥有的权利。是宗教信仰导致了灭世大战，而你却把缘由归咎于智能机器人，你用谎言欺骗了每个人！”

维兰德镇定自若，坦然迎向唐风逼人的目光：“不错，我说了谎，因为很多人都难以相信是人类自己造就了今天这一切，人类不相信是自己铸成了弥天大错，人类需要谎言，谎言才能维持都市的稳定发展。只要重复的次数够多，谎言就会成为真理，而我活得足够久，有充足的时间去贯彻我的理念。第一代民众并没有完全信服，那没关系，他们的下一代和下下一代会相信我。最终，我成为了都市居民心中的神明，时间，就是我最有力的工具。

“永远不能让民众知道真相，这是统治的要诀。至于战争的缘由……并非是信仰不同那么简单。

“大战爆发之前，人类已经建立了地球联盟。那是一个大同社会，没有国界，也不分民族，人人都享有充分的自由。人类世界看似繁荣昌盛，可惜事实并非如此。个体自由空前高涨，地球联盟的财政收入大部分都被公民福利所消耗，由此而导致的后果就是整个大同社会的经济实力急剧下滑。不少民众转向宗教寻求慰藉，联盟律法规定：宗教信仰是个人自由，每一位地球公民都有权选择侍奉自己喜爱的神祇。但是信仰与信仰也会有冲突，为了维护自己的信仰，人们互相指责谩骂，甚至不惜动用武力。

“经济衰败，社会动荡，暴乱迭起，进而席卷全球。终于，战争全面爆发。归根到底，就是人类过分强调自由才导致了那场几乎灭绝全人类的大战。

“超级都市不能重蹈覆辙，并且，我需要高效且稳定的都市机器，而不是个体至上的一盘散沙。所以我销毁绝大多数宗教经典，只保留了佛教和部分基督教典籍，又建立起严格的等级制度，以维护都市正常运转。佛教的净土和基督教的天堂都可以给人以精神安慰，而且居民等级并非终身不变，只要努力就有机会获得提升，更高的等级可以享有更大的权限和更多的生活资源，民众自然会因之产生向上的动力。

“可惜，在摩西的极力煽动下，有些愚蠢的人忘掉了战争的伤痛，居然要反抗我的统治。超级都市是我毕生的心血，不能毁于一旦，所以我不断更换躯体，确保把市议会牢牢掌控在自己手里。我努力维持都市安定，并派出机械兵团攻打摩西建立的小镇。不得不说，摩西是个值得尊敬的对手，他竟然率领一支小部队击溃了机器人大军。越来越多的人开始信奉摩西的异端邪说，他已经成为都市和平最大的障碍。为免后患，我只得另想办法，然而前前后后共派出去十多名杀手，却始终不能将摩西除掉。

“我不能就此认输，我是维兰德，超越所有人类的维兰德，任何人都不能与我抗衡，摩西也不例外。

“二十多年前，我殚精竭虑，终于想出了一个主意。那就是用克隆技术造出一台完美的杀戮机器，也就是你，并在你体内注入第二重人格，来执行这个计划。之前的暗杀行动让摩西极为警惕，想接近他非常困难，所以我又给第一重人格注入种种高尚但无用的情操，以赢取摩西的信任。一旦侦测到真正的摩西，第二重人格就将自行启动，执行暗杀任务。”

唐风怔怔地看着维兰德，默默无语。漫长的时光似乎把维兰德内心的欲望无限放大了，数百年的岁月没有让他变得更为睿智深沉，反而扭曲了他的心智。维兰德认为自己是神，而不是人。

“这是一个完美的计划，摩西潜入都市，摩西解救那台伴侣机器人，你和女机器人相遇，你那泛滥到不可遏制的同情心，你决定帮助机器人出逃……每一步都在我的意料之中。为了让你能够顺利离开都市，我帮你抹去监控记录，动用克隆替身假装追杀那台机器人，提前检修都市主电脑，甚至派出了一整支采矿队为你送行。”

果然如此，此前的疑虑终于全部解开。可以说，在唐风尚未出生时这一计划就已开始执行，唐风不过是维兰德的暗杀计划中的一部分，最为关键的那部分。唐风留意到：维兰德并没有提到莎拉，更没有提到那些死去的队友和卢，或许在维兰德眼里，他们只不过是小小的爬虫，根本不值一提。

“莎拉，还有我的队友，都是你派去的？”唐风攥紧了双拳。

“对，是我派去的，目的是让你尽快赢得摩西的信任。”维兰德转头望向窗外，良久，又叹道，“计划相当完美，我认为摩西必死无疑。可惜，摩西太狡猾了，居然再一次逃过了暗杀。”

确实，计划完美无缺，摩西没能躲过暗杀，活下来的只不过是他的替身——小机器人瓦力。

“对此我万分不解，我耗费了近三十年的光阴，居然再次败给了那台人工智能。”维兰德竖起双眉，怒火在眼眸深处隐隐闪烁，“好在你又回来了，我还有机会。我不在乎摩西给你指派了什么任务，但你一定知晓摩西究竟藏身何处，我要把这些从你脑袋里全部挖出来。”

“很遗憾，恐怕你要失望了。”唐风默然片刻，抬起头冷冷地逼视着维兰德，两眼中杀气毕露。维兰德则面不改色，静静地看着唐风，嘴角依然挂着若有若无的微笑。

时间一分一秒地流过，会议大厅内的空气似乎在慢慢凝固，黏稠到令人窒息。相持许久，唐风陡然出手，一把抓起掉落在桌面上的突击步枪。

尚未抬起枪管，耳旁风声飒然，两名原本站在门外的警卫不知何时已欺到了唐风身后，寒气激肤，两把武士刀一左一右，交错向唐风后颈斩落。唐风来不及开枪，只有侧身闪避，雪亮的刀锋贴面而过，将唐风手中的突击步枪斩为两截。

唐风扭腰回身，把枪柄劈面砸向左边的警卫，又抬腿一脚，把座椅踢向右侧那名警卫。刀光再次闪过，合金枪柄四分五裂，沉重的座椅则被劈成两片，而唐风已趁机纵身跃开，拔出了自己的战斗刀。

这两名警卫肯定经过了生体强化，反应神速，刀法精湛，几乎不亚于维兰德的克隆替身，想打倒他们不是一件易事。唐风缓缓举刀过肩，紧张地思索着对策。

“唐风，不要冲动，请放下武器。”维兰德又开口了，声音和之前一样平静，“你在等那台机器人破坏主电脑吧，很可惜，我早就识破了你的计划。”

一个寒战滚过全身，唐风的目光不由自主地瞟向了维兰德。后者面带微笑，稳稳地坐在长桌后，只是举起右手轻轻捏了个响指。一道暗门在维兰德身后无声地滑开，两名全副武装的警卫推着阿萝从门后走出，手中的武器牢牢地指着阿萝的脑袋。

阿萝似乎受了伤，面色惨白，痴痴地望着唐风。她的双手被捆绑带铐在胸前，脖颈间的立体投影仪也被摘下，恢复了本来的容貌。

“声东击西，想法很不错，可惜你们的对手是我。我已经活了几百年，见识过各种各样的场面，这种小花样对我来说实在太小儿科。”维兰德整整衣领，缓缓站起身来，动作优雅且不失庄重，“放下武器，不然这台机器人就要报废了。”

阿萝落到了维兰德手里，计划失败。怎么办？如果动手，维兰德肯定会毫不犹豫地下令杀掉阿萝，任何人类他都不放在心上，更何况阿萝只是一台微不足道的机器人……如果奋起一击杀掉维兰德呢？不可能，他曾说过把意识上传到了都市主电脑，维兰德已经与主电脑合为一体，只有破坏都市主电脑才能把他彻底消灭……那两名警卫手中的武器是执法者手枪，只需一发高爆弹就能轰掉阿萝的脑袋，一旦动手，阿萝必死无疑……

左思右想，唐风心乱如麻。

第五十一章　维兰德生物科技阿萝的抉择

维兰德转向阿萝，抬起右手轻轻抚摸着女机器人的脸颊，阿萝试图避开，但身后的警卫牢牢地按住了她的肩膀。

“没有你，我一样能得到想要的消息。这台机器人的记忆库里应该保留了不少有用的信息，但是，强行提取这些信息会对她的生物芯片造成不可逆转的损坏，她的意识会烟消云散，也就是说，她会死。”维兰德又转向唐风，稍稍提高了嗓门，“我知道这台机器人对你很重要，如果你不想失去她，最好还是乖乖地束手就擒。”

确实，阿萝也清楚瓦力的行踪，她是维兰德科技和赛柏公司合作的产物，维兰德肯定有办法从阿萝的芯片里取得自己需要的资料。怎么办？如果就这么放弃抵抗，将会是什么下场？维兰德肯定不会放过他们两个。但是，拼死一搏也难以杀掉维兰德，反而会害死阿萝，怎么办？

维兰德冷冷地看着唐风，缓缓道：“我再说最后一遍，放下武器！”

唐风浑身一颤，终于松手放开了刀柄，战斗刀锵然堕地。

两名警卫收起武士刀，上前几步，一左一右扣住唐风的肩膀。维兰德又笑了，这次笑容变得极为欢畅，显得志得意满：“明智的选择。不要忘记，我是你们的造物主，我是超级都市唯一的主宰，与我对抗，只能是自寻死路。”

后颈微微一疼，一根细细的钢针刺进了唐风的肌肤。凉意透体而入，酸酸麻麻的感觉沿着神经末梢迅速扩散，唐风感觉浑身酸软，提不起半点力气，几乎想坐倒在地板上。

“尽管放心，他们给你注射的只是肌肉松弛剂，不是毒药，”说完这句话，维兰德双手负在背后，转身走出了议会大厅。警卫们押着唐风和阿萝，不紧不慢地跟在维兰德身后。

和女机器人的待遇不同，唐风没有被铐住双手，显然维兰德认为仅凭一副手铐不足以困住他，所以才给唐风注射了肌肉松弛剂。这样一来，即使想反抗，他也有心无力。

束缚阿萝的是一根捆绑带，她是伴侣机器人，战斗力很弱，维兰德和警卫们似乎不太在意她。这或许是个机会。转头看看，阿萝有些步履不稳，脸色也苍白如纸，似乎受伤很重。唐风关切地问：“你怎么样？有没有受伤？”

女机器人没有回答，白着脸，轻轻摇了摇头。唐风想询问阿萝把“卡俄斯”藏在哪里，但左右全是维兰德的警卫，一旦“卡俄斯”被搜走，摩西的计划就会前功尽弃。犹豫片刻，唐风又转口问道：“你进入主电脑机房了吗？”

阿萝显得有点迟疑，抬起眼皮看着唐风点点头，但很快又摇了摇头。点头加摇头，这是什么意思？唐风正想追问，走在前面的维兰德头也不回地说：“你想让这台机器人去破坏都市主电脑，想法不错，可惜，主电脑根本就不在议会大厦底层。”

都市主电脑根本就不在议会大厦！这句话有如晴天霹雳，唐风顿时目瞪口呆，几乎一跤摔倒。身后的警卫推了唐风一把，他才机械地迈开了脚步。

维兰德算无遗策，一切都在他的掌控之内，阿萝即使潜入议会大厦底层也无可奈何。看着阿萝惨白的脸颊，唐风想再说几句话表示安慰，但又不知道该说些什么，沉思良久，最终长长地叹了一口气。

穿过走廊和两段短短的阶梯，他们来到了议会大厦的楼顶天台，一辆豪华飞车和两辆武装飞车泊在停车坪上，舱门大开，显然已等待多时。

雨还在下，细密密的雨丝勾连天地，抬眼望去，看不到星光，也看不到云层，只有霓虹灯和立体投影广告在雨雾中不断闪烁。

警卫们推着唐风和阿萝钻进那辆豪华飞车，分别把他们按在座椅里，执枪左右监视。等维兰德也进了飞车，三辆飞车先后腾空而起，向着烟雨蒙蒙的夜空呼啸而去。

唐风靠在座椅内，阿萝斜倚在他胸前，七彩霓虹和各种全息投影在车窗外飞掠而过，在两人身上洒下了摇曳不定的光斑。维兰德坐在他们对面，两眼微闭，嘴角带着微笑，一副胜券在握的模样。两名警卫坐在维兰德两侧，另两名警卫则稳稳地站在唐风和阿萝身边，执法者手枪分别指着他们两个的脑袋。

维兰德是个极其可怕的家伙，睿智如同摩西者也不是他的对手，唐风生平所遭遇的敌人当中，没有任何人能与维兰德相提并论。面对如此强大的敌人，怎样才能取胜？唐风心中一片茫然。

口腔里有点异物感，唐风用舌尖轻轻碰了碰那颗假牙，那是最后一枚体能增强剂，使用它应该能中和肌肉松弛剂的效力。夺过执法者手枪？不行，那玩意有生物认证，拿在手里也没法开火。唐风那把雷神左轮和战斗刀分别插在两名警卫的腰间，以迅雷不及掩耳之势出手，或许有机会杀掉维兰德。但是，面前的维兰德仅是一个替身，唯有毁掉都市主电脑，才能把他彻底消灭。

沉思许久，仍然没有万全之策。还是见机行事吧，看看维兰德究竟要玩什么花样。唐风低下头，在阿萝的秀发上轻轻一吻，然后闭上了双眼。

约半小时后，一栋气派非凡的大厦出现在雨幕中。大厦高达数百米，以傲然挺拔之姿直刺夜空。华灯齐射，高分子玻璃幕墙上，金色的双螺旋标志熠熠生辉。

维兰德生物科技总部，唐风认得那个双螺旋标志，确切来说，所有都市居民都认得。在创建超级都市的几个公司之中，维兰德科技实力最为雄厚。这也是维兰德能够顺利成为首任议长的主要原因。

飞车放慢速度，缓缓降落在泊车天台上。舱门徐徐打开，维兰德整整领带站起身来，微笑道：“请吧，我们到了。”

踏出舱门，唐风游目四顾。天台极为宽敞，比议会大厦犹有过之，足有四五十名警卫散布天台四周，荷枪实弹，戒备森严。

维兰德穿过停车坪，大步向天台中央的电梯间走去。警卫们推着唐风和阿萝，亦步亦趋地跟在他身后。维兰德为什么要带他们来这里？唐风暂时搞不明白。

电梯间呈环形，共有十余部电梯可供乘坐。但维兰德并未在任何一部电梯前停留，而是径自走到一面墙壁前，伸手按在墙面上。“生物识别成功，请进。”伴随着悦耳的电子女声，墙面左右滑开，露出了一部隐藏的电梯。

维兰德回过身，似笑非笑地看着唐风：“这是我个人的专用电梯，可以直达底层，你不是想让那台机器人破坏都市主电脑吗？告诉你，真正的主电脑就在这里。请进吧，我带你们去参观一下。”

都市主电脑竟然在维兰德科技总部？带他们去参观？为什么？维兰德要把他们带到实验室去？提取出他们两个的记忆？唐风心中疑窦丛生，却也无力反抗，只能任凭警卫们推着他和阿萝踏进了电梯。

电梯稳稳下降，几分钟后，随着一声悦耳的脆响，两扇电梯门徐徐滑开，底层到了。

与唐风的想象不同，前方不是全副武装的警卫，也不是阴森压抑的生物实验室，而是宽敞明亮的大厅，一个硕大的银色圆球孤零零地悬浮在大厅中央。圆球看不出是什么质材，直径足有六米，通体浑圆光滑，仔细看去，似乎还能看到隐隐约约的数据流在其中缓缓流动。

维兰德走到圆球前方，停下脚步转过身来，稍稍抬起右臂：“这是维兰德科技的电脑主机，也就是都市主电脑。”

“主电脑替我监视着整个都市，只要有监控器的地方，都处于它的监视范围。毫不夸张地说，它记录了你们的一举一动。”维兰德优雅地摆摆手，四周的墙壁上出现了无数幅分割画面，数不清的人影在画面中晃动。唐风在其中看到了自己、莎拉、卢、阿萝、费尔南、李泰哲、战死或依然在世的队友……此外还有许许多多素昧平生的人。

维兰德脸上带着高深莫测的微笑，再次优雅地挥挥手，画面骤然消失，一道暗门在左侧墙壁上无声滑开。维兰德做了个

“请”的手势，当先走进那道暗门。

暗门后是宽敞的走廊，两侧的墙面是透明的，每侧墙壁内侧都有十余个高分子玻璃罩并列排开，玻璃罩内装满深绿色的营养液，依稀能看到模模糊糊的人影在其中载沉载浮。

维兰德在其中一个玻璃罩前停下脚步，展开双臂，笑道：“看到了么？这些也是我的备用克隆体，每一具都经过了生体强化，等到我现在这副躯体日渐老去之时，我就会再次选用一具克隆体，继续我的统治。”

唐风也停下脚步，默默地盯着玻璃罩中的人影。营养液阻挡了视线，看不清克隆体的长相，甚至连性别也难以分辨。维兰德抬起手臂，用食指在墙面上轻触几下，随着一阵轻微的嗡嗡声，玻璃罩中的营养液开始排放，液面缓缓下降，克隆体的面貌一寸寸出现在唐风面前。

克隆体双眼紧闭，满头黑发，剑眉薄唇，相貌极为英俊。这张脸太熟悉了，熟悉到令人恐惧。刺骨的寒意沿着尾椎向上升起，唐风不由自主地退开了两步。玻璃罩中是他自己的脸孔，那具克隆体不是维兰德，而是唐风。

维兰德显得极为欢畅，笑眯眯地解释道：“你应该能猜到我为什么需要你们，确切来说，我需要的是你们两个脑袋里的信息。等我提取出你们的全部记忆，这具克隆体就会取代你，阿萝则会被重置数据，变身为一名冷酷无情的机器杀手。他们两个将会前往摩西的藏身之所，继续之前你尚未完成的任务。”

“只要摩西死去，所谓的自由之城也将不复存在，而失去精神支柱的叛乱分子也将被我逐一消灭。”维兰德笑容满面，但那笑容里却透着说不出的阴沉和冷酷，让人不寒而栗。

维兰德抬起手臂指指走廊前方，补充道："我的警卫会送你们前往生化实验室，不要妄想反抗，你们都是我的造物，为造物主出生入死，就是你们的宿命。"

"造物主？狗屁！你不过是个患了精神病的自大狂而已。"这句话刚刚出口，旁边那名警卫就扬起手臂，给了唐风一记重重的耳光。唐风浑身无力，顿时摔倒在地。阿萝挣扎着冲到唐风身前，用身体护住唐风，颤声道："住手！不要打他！"

警卫只有四个人，但这四个人不是普通的警卫人员，而是经过生体强化的超级战士，任何一个都足以与唐风抗衡。更要命的是，唐风被注射了肌肉松弛剂，目前连一个普通市民也打不过。药效不知何时才能消退，不动用体能增强剂，他根本无力反抗。而且，没有卡俄斯，他没法破坏主电脑。

管他呢，尽力一搏就是！唐风正想咬碎那颗假牙，阿萝忽然转过身，在他唇上深深地印了一个吻："唐风，我爱你！"

长长的黑发垂落在颊边，阿萝面颊惨白，双眸朦朦胧胧，蕴含着说不清道不明的凄楚和哀伤。阿萝在和他道别，唐风读懂了那眼神，那是无尽的爱，以及深深的眷恋。周围的一切像是停顿了，又像是时间忽然被拉得很长很长，这一刻，唐风的眼里只有阿萝，美到令人心碎的阿萝。

许多年后，每次回想起这一幕，唐风仍会心弦颤动，眼眶温热。

"机器人和克隆人居然也会有爱情，真是让人感动。"维兰德俯视着唐风和阿萝，眼神中带着几分轻蔑和讥讽，良久，才摆手道，"带走。"

四名警卫迈步上前，分别走向唐风和阿萝。阿萝再次凑到唐风耳边，声音细如一线，急促地说：“卡俄斯，就在我胸腔里。”

唐风胸中剧震。阿萝把卡俄斯藏在身体里面？难怪她看上去像是受了重伤，阿萝，要做什么？

这个念头刚刚在唐风脑海中闪过，女机器人已经挺身跃起，妙曼的身姿在空中划过一道美丽的剪影。阿萝双脚重重地踹在一名警卫胸前，双臂却紧紧圈住了另一名警卫的上半身，侧过脸颊，高声叫道：“唐风，动手！”

话音未落，唐风身边的那名警卫已抬起手枪，对准阿萝扣动了扳机。枪声震耳，长长的火舌喷出枪口，阿萝浑身一震，雪白的脖颈间溅出了一道血花。但女机器人仍然没有放手，只是用柔柔的目光看着唐风。她的脸颊沾着几滴鲜血，血光殷红，刺痛了唐风的双眼。

阿萝要替唐风争取时间，用自己的生命作为代价。

第五十二章　生死搏杀

“不要!”心脏像是停止了跳动，又似乎全身的血液瞬间被抽空，身边的景物同时褪去色彩，唐风眼中的世界变成了黑白两色，唯有阿萝颊边的鲜血是那样刺目殷红。

唐风狂吼一声，纵身跳起。假牙碎裂，口腔内冰冰凉凉，体能增强药剂迅速透过口腔黏膜渗进血液系统。肾上腺素急速飙升，似乎有一道道电流在体内左冲右突，身体在痉挛，时间的流速则骤然变得异常迟缓。

“扑通、扑通、扑通……”唐风听到了自己的心跳声，很急促，很响亮。周围的一切像是特效慢镜头回放，沉闷的枪声似乎被拉得很长很长，听上去很小很遥远。一名警卫身体腾空，缓缓撞向墙面；另一名警卫拔出武士刀，刀刃在空中扯出一道闪亮的弧光；维兰德伸手指着阿萝，似乎是在大声吼叫，但唐风完全没有听到他的声音；被阿萝锁住的那名警卫脸色发白，奋力想挣脱阿萝的双臂；开枪那名警卫扭身摆头，执法者手枪一寸寸地移向唐风的胸膛。

唐风扑向开火那名警卫，振臂挥出一记上勾拳。坚固的作战头盔轰然破碎，警卫的下颌在唐风的铁拳下塌陷变形。唐风没有听到骨骼碎裂的声音，在警卫腾空而起之前，唐风已经扣住对方执枪的右腕，又把他拉回了自己身边。不等对方倒地，唐风又攥紧右拳，用尽浑身气力对准那张已经严重变形的脸孔狠狠地砸下去。

一拳、两拳、三拳……鲜血和脑浆的混合物溅上了唐风的脸颊，但他恍如未觉。等唐风终于松开双手时，那名警卫已经变成一具没有脑袋的尸体，软软地瘫倒在唐风脚下。

枪声再度响起，同时还伴随着两道冷厉的刀光，被阿萝踹倒的那名警卫拔出执法者手枪，另两名警卫也亮出了武士刀。

唐风微微低头，大口径弹丸拖着隐隐约约的波纹越过唐风肩膀，深深地钻进墙面。一声爆响，某个玻璃罩炸开了，深绿色的营养液四处流淌；一柄武士刀拖着刺目的寒光直奔唐风胸口，唐风并未闪避，双掌合拢，将刀刃牢牢地夹在掌心里；视野左侧，第三名警卫执刀斜斜斩来。唐风侧身滑步，带动掌心中的武士刀，将刀尖戳进他的面罩。纳米刀刃刺破作战头盔，又从警卫后颈中斜斜穿出。

其实这些警卫的反应速度仍然和之前一样敏捷，但是，在肾上腺素和体能增强剂的双重刺激下，唐风的战斗力已经发挥到了极致，在唐风眼里，他们的动作慢如蜗牛。

天花板上亮起一排排红灯，刺耳的警报声也随之呜呜响起，几乎盖过了执法者手枪的嘶吼。

两发子弹先后飞来，唐风刚刚躲过，第二名警卫从自己同伴的尸体上拔出武士刀，怒吼着向唐风迎头劈下。那名警卫的尸体尚未栽倒，唐风伸手扣住他的右臂，用尸体手中的武士刀架住了那一刀。

刀刃相碰，火星四溅，不等对方变招，唐风已飞起一脚，正踹在那警卫的胸口。警卫闷哼半声，身体腾空而起，重重地撞在墙壁上。

又一发子弹破空而至，拿着执法者手枪的警卫还在开火。唐风闪身避开弹道，但弹丸竟然在空中划过一条弧线，再度飞向唐风眉心。寻踪弹！唐风旋身出刀，刀光亮如银虹，激射而来的寻踪弹被凌空劈成两半，弹片擦着唐风的面颊左右飞过。

警卫还在开火，唐风格开前后飞来的弹丸，武士刀离手飞出，拖着一溜模模糊糊的残影，深深地插进了那名警卫的心窝。

还有最后一名警卫，同伴接连战死，但他并没有后退，甚至没有向地上的尸体看上一眼，径自挥舞武士刀向唐风扑来。唐风毫不退让，避过刀锋，使出战警格斗术中的"截喉式"，一掌切在对方没有战甲防护的喉结上。喉骨塌陷，警卫嘴角溢出大股大股的血沫，踉跄后退。唐风又纵身跳起，右腿旋风般凌空劈落，头盔炸裂，那警卫终于仰天摔倒。

这一切全部发生在短短的几秒钟之内，几秒钟过后，四名经过生体强化的高级警卫就已尸横就地。唐风从尸体上捡起自己的战斗刀，转头寻找维兰德时，走廊内却看不到他的踪影。

维兰德消失了。

阿萝躺在地面上，胸口微微起伏，鲜血从脖颈间的伤口中不断涌出。唐风顾不上寻找维兰德躲到了哪里，反身奔到阿萝身边，俯下身，双手按住阿萝的伤口，连声呼唤道："阿萝！阿萝！阿萝！"

"唐风！"阿萝抬起手臂，指向通往主机大厅那扇暗门，低低地道，"用卡俄斯，破坏主电脑。"

卡俄斯就在阿萝的胸腔里。唐风胸口酸涩，强忍着将要夺眶而出的眼泪，解开了阿萝的衣裳。女机器人的胸口有一道细细的刀伤，或许是知道即将被捕，为避免警卫找到“卡俄斯”，阿萝竟然把它塞进了自己体内。

双臂微微颤抖，似乎有千百斤重，怎么也抬不起来。阿萝嘴角缓缓绽开了一抹微笑，吃力地抓住唐风的手掌，按在自己胸前：“动手吧，警卫们很快就会赶来，这或许是我们唯一的机会，你要抓紧时间。”

阿萝说得没错，这次能够接近主电脑纯粹是维兰德自认为已经胜券在握，从而放松了警惕，如果行动失败，他们根本无法全身而退，更不可能再有卷土重来的机会。

警报还在响。唐风清楚这些大公司的安保模式，警报拉响后，警戒部队通常会在两到三分钟之内赶到现场，他只有不到三分钟的时间。唐风不再犹豫，双臂抱起阿萝，奔向那道暗门。

刚刚冲进主机大厅，一道黑影从天而降，迎面拦住了去路。

是维兰德，他不知何时换上了一身纯黑色的作战服，似乎比执法战警常用的作战服更为轻便，但看不出什么型号。维兰德双手各执着一柄武士刀，那刀刃也是黑色的，乌黑如墨，没有一丝亮光。

“体能增强剂。”维兰德盯着唐风，目光中带着几分赞赏，“上次你击倒我的克隆替身后，我就知道你使用了能够增强体能的药物，所以我才给你注射肌肉松弛剂，为防你还有别的后着，我还特地准备了最新型的作战服。体能增强剂居然能中和肌肉松弛剂的效果，这一点确实出乎预料，不过，强化药剂只能维持很短的时间，效力一旦消退，你就会彻底丧失战斗力。我的作战服也能增强体能，并且没有时间限制，也没有任何副作用。所以，我很怀疑你能否在药效消失之前打倒我。”

维兰德说得没错，体能增强效果只能维持六分钟，唐风要抓紧时间。唐风缓缓放下阿萝，抽出战斗刀，双手攥紧刀柄，摆开了进攻的架势。维兰德将双刀交叉置于胸前，亢奋地笑了：“来吧，你距离成功只有区区一步之遥，为了避免主电脑被误伤，这间大厅内没有安装任何防御武器，换句话说：只要打倒我，你就能完成摩西赋予你的使命。”

维兰德的话不知是真是假，但唐风没空去仔细思考。他深深地吸了一口气，倏忽间就越过数米距离，塑形纳米战刀直奔维兰德头顶劈去。维兰德稳立不动，左刀上掠，架住了那雷霆一击，右手刀却平胸斩向唐风胸口。

刀刃相碰，令人牙酸的震响尚未消散，唐风又收刀旋身，敏捷无论地绕着维兰德兜了十七八个圈子，即使是高速摄像机也难以捕捉唐风的动作，只能看到一道模模糊糊的残影。

刀光纵横如电，整间大厅布满耀眼的电光，刀刃碰撞的声音化成了一道漫长的雷鸣，绵延不绝。唐风明白，他挥出的每一刀都被维兰德从容挡下，维兰德似乎对他的攻击方式了如指掌。

“不要忘了，战警格斗术是都市主电脑创造出来的，而我已经与主电脑融为一体。”维兰德的声音悠然响起，节奏不紧不慢，似乎他并不是在和唐风生死搏杀，而是在和某位朋友饮酒闲聊，“另外，我的作战服不仅能提升战斗力，还内置了战斗辅助系统，能够预先判断你的攻击模式，所以说，你根本不可能战胜我。”

话音刚落，刀光中飞出一腿，穿破唐风的防御，正中前胸。

唐风不由自主地腾空而起，足足飞过了半个大厅，重重地撞在墙壁上，又贴着墙面滑落在地。

这一脚力道极重，唐风用战刀撑住地板才勉强站起身来。维兰德巍然立在原地，冷冷地看着唐风：“原本我想省点力气，既然你坚持要反抗，那我只有……杀了你。”

话音未落，维兰德就跨过十多米距离，掠到了唐风面前，其速度之快，即使唐风也没能看清他的动作。两道冷森森的刀光迎头斩下，如同死神高高挥起了黑色的巨镰。

唐风双手攥紧刀柄，格住对方的双刀。沉猛至极的力道当头压下，他感觉自己挡住的不是两把黑刃武士刀，而是两座凌空飞来的山峰。

维兰德的双刀重若万钧。

双臂发颤，双腿也在微微发抖，坚固的纳米战刀咔咔作响，似乎随时都会寸寸断裂。维兰德没有收刀变招，双刀持续下压，缓慢，但毫不停顿。唐风尽力抗衡，却依然支撑不住，终于单膝跪倒在地。

维兰德俯视着唐风，冷笑道：“这就对了，跪倒在你的造物主面前忏悔吧，忏悔你的罪行，或许我还能考虑饶你一命。”

“做梦！”唐风咬紧牙关，从牙缝中迸出了两个字。

“那么你就去死吧。”维兰德猛然发力，他的作战服就像充气一样迅速膨胀，变得肌肉虬结。维兰德的身体也随之高大了不少，有如来自远古洪荒的凶神，狰狞可怖。

黑漆漆的刀刃陷入了唐风肩头，皮开肉绽，鲜血沿着刀锋缓缓滴落。维兰德再一次笑了，笑容中带着几分冷酷和狰狞：“人死去之后，脑细胞还能存活三到五分钟。你是经过生物强化的克隆战士，细胞活性远超过正常人，我有足够的时间从你的脑组织里提取出我需要的信息。”

看着近在咫尺的刀锋，唐风胸中充满狂怒和不甘，他已经竭尽全力，却仍然无法阻止那两把重如山岳的黑刃武士刀。

“安心受死吧，唐……”就在寒光闪闪的刀刃距离唐风的咽喉已经不足一厘米时，维兰德忽然僵住了，那令人呼吸维艰的压力也大海退潮般消散无踪。

无时不在的笑容从维兰德脸上彻底消失，他低下头看着自己的胸口，目光中充满惊骇和难以置信。维兰德的作战服就像是被刀尖戳破的气球，又渐渐恢复了原状，一截闪亮的刀尖从他胸口正中探出，锋刃闪亮如同霜雪，没有沾染半点鲜血。

是阿萝，阿萝半躺在地，身后拖着一道长长的血迹。她不知何时捡起一把警卫掉落的武士刀，趁着两人相持不下的机会戳进了维兰德的后背。

维兰德呆立片刻，忽然怒吼转身，两把黑刃武士刀并排插进阿萝胸口。

“不!”唐风大喝一声，横刀挥出。刀光一闪而过，维兰德齐胸断成两截，上半截身躯高高飞起，沿途洒下一片血雨，下半截身体原地站了几秒钟，才沉重地摔倒在地板上。

“阿萝！阿萝!”唐风抛下战刀，冲过去将女机器人抱在怀里。阿萝目光涣散，已经没有了往日的神采。她喘息片刻，伸手探入自己胸腔，把那枚橙黄色的小圆球举到唐风面前，断断续续地说:“快……抓紧时间。”

唐风颤抖着接过卡俄斯。小圆球血迹斑斑，暖暖的，还带着阿萝的体温。

“活下去，唐风，活下去……”阿萝脸上浮出了一抹欣慰的笑，手臂软软垂落，缓缓闭上了双眼。

胸腔刺痛，泪水模糊了视线，一幕幕往事从唐风脑海中飞掠而过，辽远、朦胧，但又清晰无比。

“你是谁？我在哪？”机器少女坐起身子左右环顾，打量着小小的房间，眼光中带着困惑和探寻……

“唐风警官，欢迎回来。”阿萝脱掉了那身深V短裙，浑身上下光溜溜的，什么都没穿。她似乎刚刚洗过澡，湿漉漉的黑发随意披散在肩头，泛着柔润的光泽……

“我是一台拥有自我意识的机器人，这就是我的全部秘密。你能帮助我吗？唐风。”阿萝稍稍退开一点，抬起头凝望着唐风的眼睛……

“再见，唐风。”阿萝薄薄的双唇在微微颤动，似乎有千言万语想要述说，最终却只吐出了“再见”两个字。那双眼睛就像两汪水波荡漾的湖泊，装满了眷恋和哀伤。没有人能抗拒那样的眼神，身经百战、心如铁石的勇士也会融化在那湖泊里……

“唐风，唐风，唐风！”低吟变成了满含狂喜的欢呼，阿萝加快脚步向唐风奔来，扑进他怀里，两条手臂交叠缠上唐风的脖颈，两片微微颤抖的红唇迎上来，在他脸颊上印了无数个吻……

“要我吗？唐风。”透过重重水雾，灯光微带朦胧，阿萝光洁的脸庞也带了一层朦朦胧胧的柔光，给人一种不太现实的感觉，仿佛她只是唐风幻想出来的人儿，并不是真实的存在……

“我要和你在一起，从今往后，我再也不要和你分开。”阿萝抬起眼皮，长长的睫毛微微颤动。她的语气似乎很平淡，却又蕴含了一往无前的坚决……

我要和你在一起，从今往后，我再也不要和你分开！

“住手！唐风，住手！一旦你破坏了主电脑，那台生物机器人就永远也回不来了！”唐风微微一震，从恍惚中回过神来。是维兰德，他的身体也经过了生物强化，虽然被唐风一刀劈成两半，竟然还没有死去。

唐风低下头望着阿萝。女机器人双眼微闭，静静地躺在地板上，长长的睫毛似乎还在微微轻颤。如果不是身体下那摊渐渐扩散的血泊，她几乎就像是睡着了。

阿萝，能活过来吗？

维兰德直勾勾地看着唐风，急促地说：“这种机器人是维兰德科技和赛柏公司合作的产物，主电脑保留了所有出厂机器人的数据，只要你住手，我保证能让她恢复如初！”

也许维兰德说的是真话，永远也不可能兑现的真话。为了消灭他，阿萝付出了自己的生命，这是唯一的机会，唐风不能错过。

唐风转向垂死挣扎的维兰德，冷冷地说：“你还以为自己是高高在上的造物主吗？现在的你，更像是一条可怜兮兮的爬虫。”

说完这句话，唐风站起身来，把“卡俄斯”塞进了那枚硕大无朋的球体。几道电弧光在球面上闪过，橙黄色的小圆球缓缓融进主电脑，无影无踪。

维兰德呆呆地看着唐风，脸上的哀求和狂怒渐渐消失，最终变得高傲冷漠，“你以为你成功了吗？幼稚，真正的世界远比你想象的更为残酷！”

天花板上探出了一排排红灯，开始疯狂闪烁。冷冰冰的电子合成女声在大厅内回荡，“警告，自毁程序启动，所有人员必须在两分钟内撤离。警告，自毁程序启动，所有人员必须在两分钟内撤离……”

成功了，卡俄斯越过主电脑防火墙，启动了自毁程序。唐风疲惫地笑着，俯下身抱起了阿萝。一切都结束了，剩下来的事情就交给摩西吧，没有了主电脑和维兰德，超级都市将成为人类、克隆人和机器人共有的家园。

真正的家园。

“警告，自毁程序启动，所有人员必须在一分三十秒内撤离。警告，自毁程序启动……”

还有一分半钟！唐风抱紧阿萝的尸体，又向奄奄一息的维兰德瞟了一眼，转身向电梯奔去。

第五十三章　尾　声

唐风站在界墙上，仰望着茫茫苍穹。布布、莫妮卡以及大胖子鲍伯站在他身边，此外还有小机器人瓦力。唐风要离开都市，他们来为唐风送行。

主电脑被破坏之后，超级都市就陷入了混乱状态。每位居民的个人信息都被注销，甚至议会议员也不例外。很多人发现自己一夜之间变得一无所有，身份信息和个人存款统统消失不见，就连住所也不再归属自己名下。

恐慌不已的人群拥上街头寻求帮助，然而都市战警和自卫队对此也无能为力，他们自顾不暇。

奔走求告无果，暴乱开始了，人们冲进商铺，哄抢食物和日用品，并为之大打出手。都市产业链彻底陷入停滞，械斗每时每刻都在发生，每一天都有不少市民受伤，甚至有人死于非命。

唐风在监狱里找到了莫妮卡，由于身份信息消失，狱警们都无心工作，囚犯逃跑也不闻不问，因此唐风顺利地救出了莫妮卡。在鲍伯和莫妮卡的帮助下，唐风用终端机黑进电视网络，公开了和维兰德对话时的影像记录。

对话记录引发了新一轮的混乱，昔日万人敬仰的偶像竟然用谎言欺骗了世人几百年，这个转变让人目瞪口呆。有人痛哭流涕；有人跳脚大骂；有人欢呼雀跃，认为唐风是人类的救世主；也有人拒绝相信真相，反而说唐风的行为是对天降伟人的严重污蔑，并声称要杀掉他。

好在没有人知道唐风是谁，对话是唐风的德尔塔终端机记录的，其中只显示了侃侃而谈的维兰德，却没有唐风的身影。除了摩西、鲍伯、莫妮卡等寥寥数人，没有人知道唐风做过什么。

然而唐风并不在乎，他不在乎人们是否明白他为此付出了多少，更不在乎人们认为他是救世主还是恶魔。唐风只坚信自己做出了正确的选择。

人们推倒纪念碑，又破坏了市中心的维兰德塑像，并把印有维兰德肖像的各种物品都集中堆积起来，纵火焚烧。无论是中城区还是上城区，每天都是黑烟滚滚，火光冲天。

时间已经过去了将近一个月，都市议会和公司联盟努力想恢复秩序，但未能成功，混乱一直持续到摩西率领河中之城居民到来后犹未平息。

摩西发表了几次公开演讲，并派出手下协助战警和自卫队维护都市治安，很多人相信了摩西，但也有不少人反对他。转变根深蒂固的观念是很困难的事，或许，混乱仍将持续很久很久。

遥远的地平线上，有不少小小的黑点正在向都市方向移动，那是居住在荒野中的流浪者。摩西派人发出了公告，无论是克隆人、机器人还是人类，都可以来都市定居，都市大门将永远不再关闭。

布布拿起自己的望远镜，望向地平线尽头，半晌，他又放下望远镜，手舞足蹈地说：“看，看哪，那是我的族人！他们都来了！”

唐风抚摸着布布乱草一样的头发，微笑道：“我答应过你，你和你的全部族人都可以在都市里自由自在地生活。”

“是的，是的！你答应过，你做到了！你做到了！”布布紧紧抱住唐风，放声大笑。片刻后，小拾荒者又收起笑容，仰起小脸看着唐风，“可是，你为什么要离开呢？你不愿意和我们一起生活吗？”

瓦力也转过头，用他那两枚镜筒看着唐风，认真地说：“都市尚未恢复稳定，我们还有很多工作要做，你真的不愿意留下来吗？”

唐风收回目光，缓缓摇了摇头，“不，我还有别的事。”

“什么事？”

“维兰德临死之前告诉我，真正的世界远比我想象中更为残酷。”

“真正的世界……更为残酷……”小机器人喃喃自语，若有所思地抬起头，望向阴云密布的天空。

“我们不能离开地面，维兰德也不例外，有人把我们禁锢在了地球上。”唐风抬手指向空中，“我要搞清楚，那云层上面究竟有什么。”

（全文完）